ドクター・マリゴールド

朗読小説傑作選

チャールズ・ディケンズ
井原慶一郎＝編訳

幻戯書房

目次

ロゴ・イラスト――丸山有美
装丁――小沼宏之[Gibbon]

クリスマス・キャロル

第一節　マーレイの幽霊

いいですか、みなさん、マーレイは死んでいます。もし疑われるのでしたら、教会の埋葬記録を調べてみてください。牧師が、書記が、葬儀屋が、喪主《もしゅ》が、ちゃんと署名していますよ。スクルージの名前もあります。スクルージの名前は、ロンドンの王立取引所ではたいへん信用があって、彼が署名したものはすべて優良な債権とみなされるんですからね。

間違いなく、マーレイは死んでいます。

スクルージは、マーレイが死んでいることを知っていたかですって？　あたりまえじゃないですか。どうして知らないということがあるでしょう。マーレイはスクルージの共同経営者だったんです。何年も一緒に仕事をしていたんですよ。スクルージはマーレイの、たった一人の遺言《ゆいごん》執行人、たった一人の遺産管理人、たった一人の遺産相続人、たった一人の残余《ざんよ》財産受取人、たった一人の友達、たった一人の葬儀《そうぎ》立会人だったのですから。

スクルージは会社の表札のマーレイの名前をそのままにしていました。マーレイが死んで何年かたった今でも、事務所のドアのうえには「スクルージ&《アンド》マーレイ商会」と書かれています。その会社は「スクルージ&マーレイ商会」という名前で知られていました。初めて事務所にやってきた人のなかには、スクルージのことをスクルージさんと呼ぶ人もいれば、マーレイさんと呼ぶ人もいました。スクルージはどちらの呼びかけにも答えていました。彼にとってはどちらでも同じことだったのです。

しかし、なんて欲深い老人だろう、スクルージは！ 搾《しぼ》り取り、もぎ取り、つかみ取り、削《けず》り取り、いったんつかんだら絶対に離さない、強欲な罪深い者！ 心の外側が暑かろうが寒かろうが、スクルージにはほとんど影響はなかったのです。どんな暖かさも彼を暖めることはできず、どんな寒さも彼を寒がらせることはできませんでした。どんな風も彼ほど厳《きび》しくはなく、どんな積雪《せきせつ》も彼ほどしつこくはなく、どんな土砂《どしゃ》降りの雨も彼ほど無慈悲《むじひ》ではありません。どんな悪天候《あくてんこう》も彼を打ち負かすことはできませんでした。ただし、激しい雨や雪、雹《ひょう》や霙《みぞれ》も、ただ一つの点ではスクルージに勝《まさ》っていました。それらは「気前よく」降ってきましたが、スクルージが「気前よく」振る舞うことなど決してなかったからです。

路上で彼を呼びとめて、嬉しそうな顔をして、「こんにちは、スクルージさん。今度家《うち》に遊びに来てくださいよ」と言う人はいないし、小銭を恵《めぐ》んでくださいと彼に言う物乞《ものご》いもいないし、今何時ですかと彼に聞く子どももいなければ、男であれ、女であれ、かつて生涯に一度として、どこそこへの道を教えてくださいとスクルージに尋ねた者は一人もいません。盲導犬さえもがスクルージのことを知っているようでした。スクルージがやってくるのを見ると、彼らは飼い主を玄関口や路地まで引っ張っていきました。そして、まるでこう言っているかのようにしっぽを振ったのです。「あなたがあんなに暗く濁《にご》った目を持っていなくてよかったと心から思いますよ、ご主人さま！」

しかし、スクルージはそんなことはまったく気にしていませんでした。まさに、それこそがスクルージが望んでいたことだったからです。あらゆる同情心に近寄るなと警告しながら、この世の人混みのなかを縫《ぬ》うように進んでいくことこそ、スクルージにとっては、物知り顔の人が言うところの「欣快《きんかい》の至《いた》り」だったのです。

昔あるとき、一年のうちで最も楽しい日――クリスマス・イブの日に、スクルージは事務所で忙しく働いていました。その日は、冷たく、寒々《さむざむ》として、身を切るような、霧の濃い日でした。街中の時計の鐘が三時を打ったばかりだというのに、外はもうすっかり暗くなっていました。

スクルージは事務員を見張るために、自分の部屋のドアを開《あ》けっ放《ぱな》しにしていましたが、その事務員は、向こうの小さくて陰気な、水槽《すいそう》のような小部屋のなかで、せっせと手紙を書き写していました。スクルージの部屋の暖炉の火はとても小さかったのですが、事務員の部屋の暖炉の火はもっともっと小さく、石炭一個だけに見えます。けれども、事務員が暖炉に石炭をくべることはできませんでした。石炭箱はスクルージの部屋に置いてあったからです。それに、もし事務員がシャベルを持ってスクルージの部屋に入っていけば、スクルージは事務員の肩をたたいて退職を勧《すす》めたことでしょう。だから事務員は仕方なく白いマフラーを首に巻いて、ロウソクの炎で暖まろうとしましたが、想像力が足りなかったせいでしょうか、うまくいきませんでした。

「クリスマスおめでとう、おじさん！　神さまの祝福がありますように！」元気な声が聞こえました。それはスクルージの甥《おい》の声でした。彼はとても素早くスクルージのところにやってきたので、スクルージは甥の声を聞いて初めて彼がそこにいることを知りました。

「ふん！　ばかばかしい！」

「クリスマスがばかばかしいですって、おじさん！　本気で言ってるんじゃないでしょうね」

「本気だ。クリスマスなんてクソくらえだ！　クリスマスがお前にとっていったい何だって言うんだ。金がないのに勘定を払わなければならん日、一つ年《とし》を重ねても金は一つも重ねられないのがわかる日、帳簿を締《し》めて一年十二か月すべての項目が赤字という答えが出る日じゃないか。もし、わしの望みどおりになるなら、クリスマスおめでとうなんてほざいてまわる連中は、一人残らず自分のクリスマス・プディングと一緒に蒸し焼きにして、心臓にヒイラギの枝を突き刺してから埋めてやる。当然だ！」

「おじさん！」

「甥よ、お前はお前のやり方でクリスマスを祝えばよろしい。わしはわしのやり方でやる」

「やるって、おじさんはそもそも祝ってないじゃないですか」

「じゃあ、わしはわしのやり方でやらない。クリスマスなんか祝ってなんになる！　クリスマスがお前に何をしてくれた！」

「お金にならなくても、ためになることはたくさんありますよ。なかでもクリスマスがそうです。僕はクリスマスが来るといつも――イエスさまの誕生日として尊《とうと》ぶのは別にして、もちろんそれとこれとを区別することはできないけど――それを、ありがたい日だと思うんです。親切と、寛容《かんよう》と、慈善と、喜びの日。一年の長いカレンダーのなかで、この日だけは、みんなが心を一つにして、普段《ふだん》閉じている心の殻《から》を破って楽しく付き合うんです。そして、困っている人たちのことを、別の目的地に向かう赤の他人ではなく、つかのまの人生をともに生きている同じ旅の仲間と考えるんです。だからね、おじさん、銀貨や金貨の一枚が僕のポケットに入るわけじゃないけど、クリスマスは僕のためになるし、これからもそうだと信じています。だから、クリスマス万歳！」

　小部屋のなかの事務員は思わず拍手しました。

「もう一度音をたててみろ」スクルージは言いました。「失業によってクリスマスを祝うことになるぞ。ずいぶん演説がうまいじゃないか」今度は甥のほうに向き直って言いました。「国会議員にでもなるんだな」

「怒らないでください、おじさん。ねぇ、いいでしょう！　明日《あした》僕たちと一緒に食事をしましょうよ」

お前たちの所に行くくらいなら――。そうです。彼は最後まで言ってしまいました。お前たちの所に行くくらいなら――地獄に行くほうがましだ、と。

「なぜです」甥《おい》は言いました。「どうしてです」

「どうしてお前は結婚したんだ」

「恋に落ちちゃったからですよ」

「恋に・落ち・ちゃった・から・だと！」スクルージは、この世にたった一つだけクリスマスよりもばかばかしいものがあるとすれば、それは、恋に・落ち・ちゃった・ことだと言わんばかりに叫びました。「さようなら！」

「だけどね、おじさん、おじさんは僕が結婚する前から会いに来てくださらないじゃないですか。なぜ今それを理由にして来ないとおっしゃるんですか」

「さようなら」

「おじさんから何かをもらおうと思ってないし、何かをお願いするつもりもありません。なのに、どうして仲良くなれないんですか」

「さようなら」

「そんなに頑固なおじさんを見て、心から残念に思います。僕たちが口げんかしたことは今までだって一度もないのに。だけど、今日僕はクリスマスに敬意を表《ひょう》して、おじさんと仲良くなろうとしたんです。だから僕は最後までクリスマス気分を持ち続けます。メリー・クリスマス、おじさん！」

「さ・よ・う・な・ら！」

「そして、新年おめでとう！」

「さ・よ・う・な・ら！」

スクルージの甥はひとことも愚痴《ぐち》をこぼさずに部屋を出ていきました。事務員は、スクルージの甥を見送ると、今度は別の二人の人物を招《まね》き入れました。彼らは、ほれぼれするほど恰幅《かっぷく》のよい紳士で、今はもう帽子を取ってスクルージの部屋のなかに立っています。手には帳簿と書類を持ち、スクルージに会釈《えしゃく》しました。

「スクルージ&《アンド》マーレイ商会さんですね」紳士の一人が名簿を見ながら言いました。「お目にかかっているのはスクルージさんでしょうか、それともマーレイさんでしょうか」

「マーレイは七年《しち》前に死にました。今晩《こんばん》でちょうど七年になります」

「スクルージさん」その紳士はペンを手に取って言いました。「一年のうちで最も喜ばしいこの季節に、貧しい人たちや困っている人たちにちょっとした施《ほどこ》しをするのは、いつにもまして好ましいことです。彼らはこの時期とくに困っております。何千という人たちが日々の生活に必要な物資を買うことができません。また、何十万という人たちが生活に楽しみを見いだせないでいます」

「監獄《かんごく》がなくなったとでも？」

「たくさんありますとも。しかしながら、わが国が罪のない大勢の者たちに、人間らしい心と体の糧《かて》を与えることができていないという現状では、私ども民間の有志《ゆうし》が基金を集め、貧しい人たちに食べ物や飲み物、毛布や石炭などを買い与えるほかありません。私どもがこの時期を選びましたのは、貧しい者が貧しさを痛感し、富める者が富を実感するのがとりわけこの時期だからであります。あなたさまのお名前でいくら記帳いたしましょうか」

「なしで頼む」

「匿名《とくめい》をご希望ですね」

「ほうっておかれるのがご希望だ。何がご希望かと聞かれるなら、それがわしの答えだ。わしはクリスマスに陽気になんかならないし、怠けている連中を陽気にさせるような金もない。監獄と救貧院《きゅうひんいん》の運営を維持するために、ちゃんと高い税金を払っている。生活できないやつはそこに行けばよろしい」

「多くの者をそこに収容することはできませんし、むしろ彼らは収容されるくらいなら死んだほうがましだと思うでしょう」

「死を選びたいのなら――止めはせん。過剰《かじょう》人口が解消されて結構じゃないか」

ようやく事務所を閉める時刻がやってきました。スクルージは椅子から立ち上がると、小部屋のなかの事務員に時間が来たことを無言《むごん》で告《つ》げました。事務員は待ってましたとばかりに、すぐさまロウソクの火を消し、帽子をかぶりました。

「明日《あす》はまる一日休みが欲しいと言うんだろうな」

「よろしければ」

「よろしくはない。それにフェアでもない。もし明日《あす》の分《ぶん》の半クラウンをわしが支払わないと言ったら、お前は、きっと、自分はひどい扱いを受けていると思うんだろう」

「……」

「それなのにお前は、仕事をしない日の賃金をわしが払うことに関しては、わしがひどい扱いを受けたことになるとは思わんのだろう」

「一年に一度のことですから」

「毎年《まいとし》十二月二十五日に人さまのポケットから小銭をちょろまかす言い訳にはなっとらん！　しかし、どうしても明日《あす》一日休みが欲しいと言うのなら、明後日《あさって》の朝はいつもよりずっと早く出てくるんだ、わかったな！」

事務員はわかりましたと答え、スクルージはぶつくさ言いながら事務所をあとにしました。事務所は瞬《また》く間《ま》に閉じられました。事務員は白いマフラーの長い両端を腰の下までぶらさげながら——彼はオーバーコートを持っていなかったので――帰り道、クリスマス・イブを記念して、少年たちの列に混《ま》じって二十回も凍《こお》った坂道をすべってから、家族みんなで目隠し遊びをしようと全速力で家に帰りました。

スクルージはと言えば、いつもの陰気な居酒屋で、いつもの陰気な夕食を食べました。彼はすべての新聞に目を通すと、あとは通帳を見て時間をつぶしました。家には寝に帰るだけだったのです。彼は、今は亡《な》き共同経営者から譲《ゆず》り受けたアパートに住んでいました。それは庭の奥まったところにある、押しつぶされたような建物のなかの陰気なひと続きの部屋でした。建物は今ではもうかなり古く、うら寂《さび》れていました。そこに住んでいたのはスクルージただ一人だけで、残りの部屋はすべて事務所として貸し出されていたからです。

さて、みなさん、この家のノッカーには、それがとても大きかったということのほかには、とくに変わったところは何もありませんでした。また、スクルージはそこに住み始めてからというもの、朝も夜もこのノッカーを見ていました。さらに、スクルージは、ロンドンのシティの誰よりも空想する力というものを持ち合わせていませんでした。それなのにです。スクルージがドアの鍵穴に鍵を差し込んだとき、彼がドアのノッカーのなかに見たもの――彼の目にいきなり飛び込んできたものは――ノッカーではなく、マーレイの顔でした。

マーレイの顔。薄暗い地下の食料品貯蔵庫《ちょぞうこ》のなかで鈍《にぶ》く光る腐《くさ》りかけのロブスターのように、そのまわりに薄気味悪い光を帯《お》びたマーレイの顔。それは怒っている顔でも、荒れ狂っている顔でもなく、いつもマーレイがスクルージを見ていたように、スクルージの顔を見つめています。幽霊のような透明なおでこに、幽霊のような透明な眼鏡をのせて。

スクルージがこの不思議な現象を見つめていると、それはもとのノッカーに戻りました。彼は「くだらん！」と言ってから、玄関のドアをバタンと閉めました。

その音は雷《かみなり》のように家中《いえじゅう》に鳴り響きました。階上《かいじょう》のすべての部屋と、地下のワイン貯蔵庫のすべての樽《たる》が別々に反響しているように聞こえました。しかし、スクルージは反響音《おん》ごときにおびえるような、やわな男ではありません。ですから、彼はドアの鍵を閉めると、玄関ホールを横切って、ロウソクの芯《しん》の先を切りながら、ゆっくりと階段を上《のぼ》っていきました。

スクルージは、あたりの暗闇をこれっぽっちも気にせずに階段を上っていきました。暗闇はお金がかからないからいいのです。それでも、スクルージは自分の部屋の入り口の重たいドアを閉める前に、いくつかある部屋のなかを確認して回りました。そうしないですむほどには、まだ例の顔が頭から離れていなかったのです。

居間《いま》、寝室、納戸《なんど》、すべてよし。テーブルの下にも、ソファの下にも、誰もいない。暖炉には小さな火が消えずに残っている。スプーンとお碗《わん》もちゃんとそこにある。小さな鍋に入ったお粥《かゆ》も（スクルージは鼻かぜをひいていたのです）ちゃんと暖炉内《ない》の横棚《よこだな》のうえにある。ベッドの下には、誰もいない。クローゼットのなかにも、誰もいない。怪《あや》しげな様子で壁にかかっていたガウンのなかにも、誰もいない。納戸《なんど》のなか――古い炉格子《ろごうし》、古靴《ふるぐつ》、二つの魚籠《びく》、三つ足の洗面台、火かき棒――もいつものとおり。

彼は満足して、入り口のドアを閉め、錠《じょう》をおろしました。二重に錠をおろしました。いつもはしないことです。こうして不意打ちを食らわないように安全を確保してから、ネクタイをはずし、ガウンとスリッパに着がえ、ナイトキャップをかぶりました。そして、椅子に座ると暖炉の小さな火にあたりながら、お粥《かゆ》を食べ始めました。

椅子の背もたれに寄りかかったとき、ふと彼の目にとまったのは一つのベルでした。今は使われていない、天井からぶら下がっているそのベルは、どういう理由かはわかりませんが、この建物の最上階にある部屋とつながっていました。彼が見つめていると、このベルは静かに揺れ始めました。そのときスクルージが感じた驚きと言いようのない恐ろしさはどれほどだったでしょう。すぐにこのベルは激しく鳴り始めました。そして、家中《いえじゅう》のベルが激しく鳴り始めたのです。

その音に続いて、地下のほうから、何かの金属音が聞こえてきました。それは、まるで誰かがワイン貯蔵庫の樽《たる》にかけた重い鎖《くさり》を引きずっているかのような音でした。

その音は次第に大きくなり、一階まで上《のぼ》ってきました。そして、その音は階段を上り、まっすぐにスクルージの部屋のドアのところまでやってきました。

その音が重たいドアを通り抜け部屋に入ってきたとき、スクルージの目の前に現れたのは幽霊（！）でした。そのとき、消えかけていたロウソクの炎が、まるでこう叫《さけ》んでいるかのように一瞬激しく燃え上がったのです。「俺はやつを知っているぞ！　マーレイの亡霊だ！」

同じ顔。まったく変わっていません。弁髪《べんぱつ》のように後ろ髪を編《あ》んで垂《た》らし、いつものチョッキを着て、ぴったりとしたズボンにブーツを履《は》いたマーレイです。彼の体は透明で、スクルージが彼の姿を眺めると、チョッキの向こう側には、上着の背中に付いている二つのボタンが透《す》けて見えました。

スクルージは、マーレイには心臓《ハート》がないと人が言うのをよく耳にしていましたが、そんなことは今の今までまったく信じていなかったのです。

いいえ、今だって信じていません。その幽霊をじっと見つめ、それが彼の目の前に立っているのを見ていたにもかかわらず、その幽霊の放《はな》つ視線の冷たさに背筋が凍《こお》っていたにもかかわらず、その幽霊の頭とあごを縛った包帯の織《お》り目までもが見えていたにもかかわらず、彼はまだその存在を疑っていたのです。

「どういうことだ！」スクルージは、いつもの調子で辛辣《しんらつ》に冷たく言いました。「何が望みだ」

「たくさんある！」マーレイの声です。間違いありません。

「お前は誰だ」

「私が誰だったかと聞いてほしい」

「それなら、お前は誰だったんだ」

「生前《せいぜん》はお前の共同経営者だったジェイコブ・マーレイだ」

「座ることができるのか」

「座れる」

「じゃあ、座ってみろ」

スクルージがそんな質問をしたのは、こんなに透明な幽霊が椅子に座るという芸当《げいとう》をはたしてやってのけることができるかどうか不審に思ったからです。しかし、幽霊は、いつもし慣《な》れているというように、暖炉をはさんで向かい側の椅子に腰を下ろしました。

「私の存在を信じていないらしいな」

「信じない」

「お前の感覚を信じないで、いったい何をもって私の存在を信じると言うのかね」

「わからん」

「どうして自分の五感を信じないんだ」

「ちょっとしたことで狂うからだ。少し胃の調子が悪いとだまされるからだ。お前さんは、消化されていない牛肉か、マスタードのしみか、チーズのかけらか、生煮えのポテトだ。お前さんは、何かは知らんが、霊《れい》魂《こん》というよりも、ベーコンのほうに近いんだろう！」

スクルージは冗談を言うような男ではなかったし、そのときだって、決《けっ》しておどけていたわけではないのです。自分自身の気を紛《まぎ》らし、恐怖心を抑えるために、しゃれのめそうとしていたというのが本当のところです。

しかし、彼の恐怖はどれほどだったでしょう。幽霊が、部屋のなかは暑すぎるとでもいうように、頭に巻いた包帯を取ると、下あごが胸のところまでずり落ちてきたのです！

「勘弁してくれ！　恐ろしい亡霊《ぼうれい》よ、どうしてわしを苦しめるんだ。なぜ幽霊がこの世に現れ、わしのところにやってくるんだ」

「すべての者の心は、人々と交《まじ》わり、あまねく旅をするように創《つく》られているものだ。もし、この世で心が一歩も外に出なければ、人はあの世でそうする運命にあるのだ。私は語りたいことをすべて語ることができない。私に残された時間はわずかだ。私は休むことも止《と》まることもできない。一か所に留《とど》まることができないのだ。私の心は一歩も事務所から出なかった。私のいうことを聞け！　私の心は生涯にわたって会計事務室の薄暗い穴蔵《あなぐら》から出ることはなかった。だから今、永遠にさまよっているのだ！」

「死んでから七年《しちねん》。その間ずっと旅を続けているのか。ゆっくりなんだろう？」

「風の翼《つばさ》に乗って飛ぶように速くだ」

「七《しち》年間で踏破した距離は相当なものなんだろうね」

「ああ！　無知蒙昧《もうまい》の輩《やから》よ、人類の長きにわたる永遠平和への絶え間ない営み——それが訪れる前に、人々はあの世へと旅立たねばならない——その営みに気づかないとは。愛にあふれた者が、どんなに小さな場所でも、自分の愛情をすべて使い尽くすには人生はあまりにも短いと感じている、そのことに気づかないとは。たった一度だけ与えられた、生きた愛の時間を逃《のが》してしまったことへの後悔の念《ねん》は無限で果《は》てがない、そのことに気づかないとは！　だが、私がそうだったのだ！　私こそがその輩《やから》だったのだ！」

「でも、ジェイコブ、あんたは仕事のできる優秀な実業家だったじゃないか」スクルージは口ごもりながら言いました。彼はマーレイのことを自分に当てはめて考えるようになっていたのです。

「仕事だと！　人間愛が私の仕事だったのだ。まわりにいる人たちの幸福が私の仕事だったのだ。思いやりが、寛大《かんだい》さが、善意が、すべて私の仕事だったのだ。商売上の取引などは、私の仕事という大海にくらべれば、わずか一滴のしずくにすぎなかったのだ！」

スクルージは、幽霊がこんな調子で喋《しゃべ》り続けるのを聞いてうろたえ、がたがたと震え始めました。

「私のいうことを聞け！　残された時間は少ないのだ」

「聞くとも。だが、わしにつらく当たらないでくれ。もう少し普通の言葉で言ってくれ、ジェイコブ！　お願いだ！」

「今夜私がここに来たのは、私がたどった運命をお前が避《さ》ける機会と望みをまだ持っているということを知らせるためだ。その機会と望みは私が得《え》たものなのだ、エベニーザー」

「さすがはわしの友達。ありがたい！」

「お前はこれから三人の精霊の訪問をうけることになる」

「それが、さっきあんたが言った機会と望みなのか、ジェイコブ。それなら、遠慮させてもらおうかな」

「彼らの訪問なしで、私が歩んだ道を避《さ》けることはできない。最初の訪問者は明日《あす》の夜、一時の鐘が鳴ったときに。二番目の訪問者はその次の夜、同じ時刻に。三番目の訪問者はそのまた次の夜、十二時の最後の鐘の音《ね》が鳴り終わったときに。私に会うことは二度とない。それから、お前のために言うが、私たちの間で交《か》わされた言葉を忘れるな！」

　幽霊は後《あと》ずさりをして、スクルージから離れていきました。幽霊が一歩下がるにつれ、後ろの窓は少しずつ開《ひら》き、幽霊が窓のところまで来ると、窓は完全に開《ひら》いていました。そして、幽霊は、ひとりでに開《ひら》いた窓から、寒々《さむざむ》とした夜の闇のなかに出ていったのです。

　スクルージは窓を閉めると、幽霊が入ってきた入り口のドアを調べました。ドアは、彼が自分の手でそうしたように、二重に錠《じょう》が下ろされていて、誰かが錠を動かした形跡は見あたりませんでした。スクルージは

「ばかばかしい！」と言おうとしましたが、最初のほうだけ言ってやめました。そして、スクルージは精神的な疲労からか、その日の疲れからか、普段《ふだん》は見えない世界を見たせいか、幽霊との陰鬱な会話のせいか、時間が遅かったからか、とにかく休みを必要としていました。彼はまっすぐにベッドに行くと、ガウンを着たまま、その場で眠り込んでしまいました。

第二節　第一のクリスマスの精霊

スクルージが目を覚ますと、あたりはとても暗く、ベッドから部屋のなかを見ると、透明な窓と透明ではない壁の区別がつかないほどでした。すると、突然、教会の時計が、低く、鈍《にぶ》く、虚《うつ》ろで、物憂《ものう》い一時の鐘を打ちました。

と同時に、まぶしい光が部屋のなかに現れ、ベッドのまわりのカーテンが開《あ》けられました。そのカーテンは、奇妙な人物によって開《あ》けられました。子どものようでもあり、また老人のようでもあります。不可思議《ふかしぎ》なもやのようなものを通して見ているせいで、その人物は視界から遠ざかって子どものような大きさにまで縮《ちぢ》まって見えているのです。首から背中へと伸びた髪は、老齢のためか、真っ白でした。しかし、顔にはしわが一本もなく、肌には若々しいばら色の輝きがありました。手には新緑《しんりょく》のヒイラギの枝を持っていましたが、その冬の象徴と不思議な対照をなすように衣服《いふく》は夏の花で飾られていました。しかし、最も奇妙だったのは、頭の頂《いただき》から明るく透明な光があふれ出ていたことで、その光によって体《からだ》全体が照《て》らし出されていたのです。その人物は、あまり活動していないときには、今は脇《わき》に抱えている大きなロウソク消しを帽子のようにして頭にかぶるに違いありません。

「あなたが、わしのところに来ると予告されていた精霊さまですか」

「そうだよ！」

「お名前はなんとおっしゃいますか」

「過去のクリスマスの精霊だよ」

「遠い昔の過去ですか」

「ちがうよ。君の過去だよ。これから僕と一緒に見るのは、過去に起こったことそのままの影だよ。彼らには僕たちが見えないからね」

スクルージは、失礼ながらどういったご用件でこちらに来られたのでしょうかと尋ねました。

「君の幸福のためさ！　さあ、立ち上がって！　一緒に行くよ！」

天候も悪いし、時間も遅いし、外を出歩くのに適しているとは思えません、ベッドのなかは暖かくていい気持ちですが、温度計は氷点下を大きく下回《したまわ》っています、それに、わしはスリッパとガウンとナイトキャップという出で立ちなんですからね、おまけに風邪をひいていて体調もよくありません――とスクルージが抗《こう》弁《べん》しても無駄だったでしょう。女性の手のように優しくつかまれているだけでしたが、抵抗することはできなかったのです。スクルージは立ち上がりました。しかし、精霊が窓のほうに行くのを見て、彼は精霊の衣服を握りしめ、やめてくださいと懇願《こんがん》しました。

「わしは人間だ、落ちちゃう！」

「僕の手がそこに触れていれば」精霊は自分の手をスクルージの胸のうえに置いて言いました。「落ちる心配はないよ！」

精霊がそう言うと同時に、二人は壁を通り抜け、次の瞬間にはロンドンのにぎやかな大通りの真ん中に立っていました。店のウィンドウの飾りから、ここでも、今がクリスマスの季節であるということはすぐにわかりました。

精霊は、ある商店のドアの前で立ち止まると、この場所を知っているか尋ねました。

「知るも知らないも、わしはここで徒弟《とてい》として働いてたんだ！」

彼らはなかに入りました。毛糸の帽子をかぶった老紳士――とても背の高い机を前にして座っていたので、もう五センチ高ければ、頭を天井にぶつけてしまうのではないかと思われるほどでしたが――この老紳士を見てスクルージは嬉しくなって叫《さけ》びました。「これはこれは、フェジウィッグ爺さんじゃないか。ありがたい。フェジウィッグが生き返ったぞ！」

フェジウィッグ爺さんは、ペンを置くと、時計を見ました。時計の針は七時《しち》を指していました。彼は嬉しそうに両手を擦《す》り合わせ、ずり上がった大きなチョッキを定位置に戻すと、足の先から額《ひたい》のてっぺんまで全身で笑いながら、心地よく、滑《なめ》らかで、曇りのない、太い、陽気な声で叫びました。「おーい、君たち！　エベニーザー！　ディック！」

生きて動いている昔の自分の姿――若いころのスクルージが、徒弟《とてい》仲間に伴《ともな》われて、やってきました。

「おや、あれはディック・ウィルキンズですよ！」スクルージは精霊に向かって言いました。「一緒に年季《ねんき》奉公《ぼうこう》をした仲間だ。なつかしいなあ。わしによくなついていてくれていたよなあ、ディックは！　今は亡《な》き、かわいそうなディック」

「さあさあ、息子たち！」フェジウィッグは言いました。「今夜はもう仕事はなしだ。クリスマス・イブだよ、ディック。クリスマスだよ、エベニーザー！　一、二、三でシャッターを閉めよう。片付けるんだよ、お前たち、そして広い空間を作り出すんだ！」

片付けろ、片付けろ！　フェジウィッグ爺さんの指図《さしず》があれば、何でも片付けようという気になるし、何でも片付けられてしまいます。あっという間《ま》でした。動かせる家具はすべて、永久にこの世から姿を消したとでもいうように見えなくなりました。床《ゆか》を掃《は》き、水を撒《ま》き、ランプの芯《しん》を切りそろえ、暖炉には石炭がくべられました。すると、どうでしょう。その店は、あなたが冬の夜に見てみたいと思うような、居心地がよくて、暖かくて、清潔で、明るい、見事な舞踏室《ぶとうしつ》になったのです。

フィドル弾《ひ》きが楽譜を持ってやってきました。先ほどの背の高い机の背後《はいご》に登《のぼ》ると、そこをオーケストラ席にして、五十人の腹痛《ふくつう》のうめき声よろしく調律を始めました。フェジウィッグ夫人がやってきました。体《からだ》全体が一つの大きな笑顔のようです。三人のフェジウィッグのお嬢さんがやってきました。美しく輝いています。そのあとから六人の求愛者たちがやってきました。身を焦《こ》がし、夜も眠れません。その店で働く、すべての若い男女がやってきました。女中《じょちゅう》が、いとこだと言ってパン屋をつれてきました。まかないの女性が、兄の親友だと言って牛乳屋をつれてきました。みんなが次々にやってきました。あるものは恥ずかしそうに、あるものは堂々と、あるものはしとやかに、あるものはぎこちなく、あるものは押したり、あるものは引っぱったり、みんながどうにかこうにかしてやってきました。さあ、踊りが始まりました。みんなで二十組のカップルになって踊ります。先頭のカップルが手に手を取って半分回ってから、斜めに進みます。それを繰り返して部屋の中央まで行って、また戻ってきます。その過程で、いろいろな人と素敵な組み合わせを作ってくるくると回ります。先頭のカップルはいつでも進む方向、踊る相手を間違えてばかり。次に先頭になったカップルは位置につくと、すぐさま踊り始めます。そうこうしているうちに、先頭のカップルの役回りが一巡《いちじゅん》して最初に戻ってきました。これを見ると、フェジウィッグ爺さんは手をたたいて踊りをやめるように言い、「お見事!」と叫《さけ》びました。すると、フィドル弾きは、彼のために特別に用意された黒ビールのジョッキのなかに、ほてった顔を突っ込みました。

それから、さらに踊りがあり、罰金遊びがあり、また踊りがあり、今度はケーキを食べ、ニーガス酒《しゅ》を飲み、ローストビーフを食べ、茹《ゆ》で豚を食べ、ミンスパイを頂いてから、ビールも飲みました。しかし、なんと言っても、その夜の最大の見ものは、ローストビーフと茹で豚を食べたあとで、フィドル弾きが「サー・ロジャー・ド・カヴァリー」を演奏し始めてからでした。フェジウィッグ爺さんは、フェジウィッグ夫人と踊るために前に進み出ました。リード役の先頭のカップルです。この踊りは彼らにはうってつけの難しい踊りです。二十三組か四組のカップルがあとに続きます。彼らも侮《あなど》れない人たちです。いつでも本気で踊る人たちです。歩くなんて考えたこともありません。

けれども、彼らが倍の数、いやいや四倍の数になっても、フェジウィッグ爺さんにはかないません。それからフェジウィッグ夫人にも。彼女は、あらゆる意味においてフェジウィッグ爺さんのパートナーにふさわしい人物でした。フェジウィッグの両ふくらはぎからは、実際に光が出ているように見えました。ダンスの間《あいだ》じゅう輝くのです。フェジウィッグの両足が次の瞬間にどうなるかなんて、わかりっこありません。フェジウィッグ爺さんとフェジウィッグ夫人が順番に前に進み出て、また戻ります。相手をくるりと回したり、お辞儀をしたりしたあとで、二人は列を縫《ぬ》って後ろのほうに進みます。両手でアーチを作ったり、そのアーチをくぐったりして、再び二列になって向き合います。こうした一連の踊りが終わったとき、フェジウィッグは空中で両足を見事に交差させました。あまりにも見事だったので、両足でウィンクをしたように見えたほどです。

　時計が十一時を打つと、この家庭的な舞踏会はお開《ひら》きになりました。フェジウィッグ夫妻《ふさい》は出口の両脇に立ち、一人ひとりと握手して見送りながら、クリスマスおめでとう、と言いました。最後に二人の徒弟《とてい》が残ると、彼らにも同じようにしました。こうして陽気な笑い声が次第に消えていくと、二人の若者は店の奥のカウンターの下にある自分たちの寝床《ねどこ》に入りました。

「単純な人たちを感謝で一杯にするのは簡単なことだね」精霊が言いました。「彼はこの世のお金を一、二ポンド使っただけだよ。三、四ポンドかな。それが、あれほどの賞賛に値《あたい》するかしら」

「そうじゃない」スクルージは熱くなって、知らないうちに若いころの自分に戻って言いました。「そうじゃないんですよ、精霊さま。彼はわしらを幸せにも不幸《ふしあわ》せにもする力を持っているんですよ。わしらの仕事を楽しみにも苦痛にも、喜びにも苦しみにも変えられる力を持っているんです。彼のそういう力が、言葉や表情といった、ほんの些細《ささい》なことのなかにあって、目に見える形で足したり合算《がっさん》したりすることができないとしても、それが何だって言うんです。彼がわしらに与えてくれる幸福には千金《せんきん》の価値があるんですから」

　彼は精霊の視線を感じて、話すのをやめました。

「どうしたの」

「いいえ、別に……」

「いいえ、ただ、ちょっと、その、うちの事務員にひとことふたこと言ってやりたくて。ただそれだけです」

「何かある、でしょ」

「僕の時間も少なくなってきたよ」精霊が言いました。「急げ！」

精霊はスクルージやほかの誰かに向かってそう言ったのではありませんでしたが、その言葉の効果はすぐに現れました。というのも、スクルージは再び過去の自分自身を目にしていたからです。彼は年齢を重ね、三十歳くらいになっていました。

彼は一人ではありませんでした。そばには喪服《もふく》を着た美しい若い女性が座っています。彼女の目には涙が溜《た》まっていました。

「たいした問題ではないのでしょう」彼女は穏《おだ》やかに、若いスクルージに向かって言いました。「あなたにとっては。別の偶像《ぐうぞう》が私に取って代わったんですもの。もしそれがこれから先、私の代わりになってあなたに慰《なぐさ》めを与えるのなら、私が悲しむべき理由はありません」

「何の偶像が君に取って代わったって？」

「黄金の偶像よ。あなたは世間を恐れすぎているわ。私は、あなたの高い志《こころざし》が少しずつ失われていって、あなたがお金儲《もう》けの虜《とりこ》になっていくのを、これまで見てきたのではなかったかしら」

「だから何なんだ。僕がそれだけ大人になったのだとしても、それが何だって言うんだ。君に対しては変わっちゃいないよ。僕が婚約を解消しようと言ったことが今までにあるかい」

「言葉では、ないわ。一度も」

「じゃあ、何だったらあるんだい」

「性格が変わってしまったこと、心が変化してしまったこと、違う人生を歩み始めてしまったこと、別の望みを求め始めてしまったことでよ。もしあなたが昨日《きのう》、今日、明日《あす》、自由になったとしたら、持参金《じさんきん》もない女性を選ぶなんて、私が信じられると思う？ そんな女性を選んだとすれば、そのあとであなたの後悔が続くことを、私が知らないとでも思うの？ 知っているわ。だから、あなたを自由にしてあげる。あなたのために。あなたを愛していたから」

「精霊さま！ ここから連れ出してください」

「僕は言ったはずだよ。僕と一緒に見るのは、過去に起こったことそのままの影だって。これは君がやったことで、僕のせいじゃないからね！」

「連れ出してくれ！」スクルージは叫《さけ》びました。「堪《た》えられない！ 一人にしてくれ！ 連れ戻してくれ。もう出てこないでくれ！」

精霊としばらく揉《も》みあったあと、スクルージは自分がひどく疲れていて、抵抗できない眠気《ねむけ》に襲われていることに気づきました。さらに自分が寝室にいるのに気づくと、よろめきながらベッドのほうに向かいました。そして、そこにたどり着くか着かないかのうちに、彼は深い眠りへと落ちていったのです。

第三節　第二のクリスマスの精霊

スクルージは自分の寝室で目を覚ましました。間違いありません。しかし、その寝室と隣《となり》の居間は――彼はスリッパを履き、すり足で歩きながら、明るい光に吸い寄せられるように、その居間に向かいましたが――驚くほど様子が変わっていました。壁と天井は常緑樹《じょうりょくじゅ》で覆《おお》われ、小さな森となっていました。ヒイラギとヤドリギとツタの葉は、まるであちこちに置かれた鏡のように光を照り返していました。スクルージのときにもマーレイのときにも、それ以前にもずっと石のように冷えきっていた暖炉がこれまでに経験したこともないような大きな火が、轟々《ごうごう》と煙突に向かって燃え上がっていました。まるで玉座《ぎょくざ》を形作るように床《ゆか》のうえに積み上げられていたのは、七面鳥《しちめんちょう》、ガチョウ、野ウサギの肉、塩漬けの豚肉、大きな牛肉の塊《かたまり》、子豚、長いソーセージの輪、ミンスパイ、クリスマス・プディング、樽《たる》入りの牡蠣《かき》、真っ赤に焼けた栗、サクランボ色の頰《ほお》をしたリンゴ、果汁たっぷりのオレンジ、甘い香りのナシ、巨大な十二夜《じゅうにや》ケーキ、大きなボウルに入ったポンチ酒でした。この玉座のうえに腰かけていたのは、見るも輝《かがや》かしい一人の巨人でした。彼は豊穣《ほうじょう》の角《つの》の形をした光り輝くたいまつを手に持っていました。彼がこのたいまつを高く掲《かか》げると、その光は、ドアのところで恐る恐る部屋のなかを覗《のぞ》き込んでいたスクルージのうえに降りそそぎました。

「入るんだ！　入っておいで！　私のことをもっとよく知るのだ。私は現在のクリスマスの精霊だ。よく見るがよい！　私のようなものに以前出会ったことはなかったかね！」

「ありません」

「私の若いほうの家族のものたちと出歩いたことは一度もなかったかね。つまり、ここ数年間か数十年間に生まれた私の兄たちと一緒にということだが。というのも、私が一番若いのだ」

「なかった、と思います。ご兄弟が多いのですか、精霊さま」

「千八百人は優《ゆう》に越える」

「そんな大家族ではさぞかし食費が大変でしょう！　精霊さま、わしをどこにでも連れて行ってください。昨夜はいやいや出かけましたが、大切な教えを学びました。その教えは今でも心のなかに生きています。今夜も、何か教えてくださることがあれば、学ばせていただきます」

「私の衣服《いふく》に触れなさい」

スクルージは言われたとおりにし、精霊の衣服をしっかりと握りしめました。

すると、部屋と、そのなかにあったものはすべて一瞬のうちに姿を消し、彼らは雪の降ったクリスマスの朝の街路《がいろ》のうえに立っていました。

スクルージと精霊は、誰からも姿を見られることなく、まっすぐにスクルージの事務員の家に向かいました。精霊は玄関の戸口《とぐち》のところでにこやかに笑うと、立ち止まり、手に持っていたたいまつの香《こう》の煙を振《ふ》りまいてボブ・クラチットの家を祝福しました。考えてもみてください！　ボブは一週間に十五シリングしかもらっていないんですよ。土曜日に彼が手にするのは、自分のクリスチャンネームと同じ名前の硬貨〔〈ボブ〉はシリングの俗称〕をたったの十五枚だけなんです。それでも、現在のクリスマスの精霊は、この四部屋《よんへや》しかない小さなボブの家を祝福しました！

まず、クラチット夫人、クラチットの奥さんの姿が見えました。二回も仕立て直したガウンを着ていましたが、リボンでおめかししていました。安物ですが、六ペンスにしてはいい見栄《みば》えです。テーブル・クロスをかけるのを手伝っているのが次女のベリンダ・クラチット。彼女もまたリボンでおめかしをしていました。鍋のなかのジャガイモにフォークを突き刺しているのが長男のピーター・クラチット。大きなシャツの襟《えり》に文字どおり閉口《へいこう》していましたが、自分の立派な装《よそお》いを大いに喜んでいます。このシャツは父親の数少ない私有財産の一つでしたが、クリスマスを記念して、長男であり相続人であるピーターに贈与されたのです。彼は、このリネンのシャツを着て、さっそく社交界の人々が集まる公園に出かけてみたいものだと考えていました。それから、男の子と女の子、二人のちっちゃなクラチットが、パン屋の外でガチョウが焼ける匂いがしたよ、あれは絶対うちのガチョウだよ、と叫びながら、ものすごい勢《いきお》いで入ってきました。ガチョウに入れるセージと玉ねぎの詰《つ》め物のことを考えるという贅沢を味わいながら、二人のちっちゃなクラチットはテーブルのまわりで踊り、お兄ちゃんのピーター・クラチットを褒《ほ》めたてました。ピーターは得意がることもなく、大きなシャツの襟《えり》で窒息しそうになりながら、火起こしに奮闘していましたが、ようやくなかなか煮えないジャガイモが浮き上がってきて、早くここから出して皮を剝《む》いてくれとでもいうように、鍋の蓋《ふた》をノックしているのが聞こえました。

「あなたたちの大好きなお父さんとティム坊やはどうしたのかしら」クラチット夫人が言いました。「それにマーサだって、去年《きょねん》のクリスマスには、三十分前にはもう帰り着いていたはずよ！」

「マーサは帰ってきましたよ、お母さん！」少女がこう言って、入ってきました。

「マーサが帰ってきたよ、お母さん！」二人のちっちゃなクラチットが叫《さけ》びました。「万歳《ばんざい》！　ガチョウのね、とってもね、いい匂いがしたよ、マーサ！」

「まあ、かわいそうに、どうしてこんなに遅かったの」クラチット夫人は、何度も娘にキスをして、ショールとボンネットを脱がせてやりながら言いました。

「昨日《きのう》の夜までに仕上げなくちゃいけない仕事がたくさんあったの」娘は答えました。「それに今朝は大掃除をしなければならなかったのよ、お母さん！」

「あらそう！　まあでも、帰ってきたんだからよしとしましょう」クラチット夫人は言いました。「暖炉の前に座って体《からだ》を温めて。まあ、こんなに冷えちゃって！」

「だめ、だめ！　お父さんが帰ってきたよ」いつでもどこにでも現れる二人のちっちゃなクラチットが言いました。「かくれんぼ、マーサ、かくれんぼ！」

マーサがかくれると、小柄《こがら》な父親のボブが入ってきました。房飾《ふさかざ》りをのぞいても一メートルはありそうなマフラーを首から下げています。擦《す》り切れた服は、クリスマスの季節にふさわしいように糸で繕《つくろ》い、きれいにブラシがかけてありました。ボブの肩に乗っかっているのがティム坊やです。かわいそうなティム坊や！　手には松葉杖を持ち、足は鉄の枠《わく》で支えられています。

「あれ、マーサはどうしたの」ボブ・クラチットがあたりを見まわしながら言いました。

「帰ってこないわよ」クラチット夫人が言いました。

「帰ってこないだって！」意気揚々《いきようよう》としていたボブが急にぺしゃんこになって言いました。彼は教会からの帰り道ずっとティムのサラブレッドになっていて、ヒヒーンと後《うし》ろ足で立ち上がって家に到着したところだったのです。「クリスマスの日に帰ってこないだって！」

マーサは、たとえ冗談にしても父親ががっかりしている顔を見たくなかったので、我慢しきれずにクローゼットのドアの後《うし》ろから姿を現し、父親の腕のなかに飛び込みました。いっぽう、二人のちっちゃなクラチットは、ティム坊やをせきたてて彼を洗濯場《ば》に連れて行きました。普段《ふだん》は洗濯に使う銅釜《どうがま》のなかでプディングが歌っているのを聞かせるためです。

「ティム坊やは教会でいい子にしていましたか」ボブの信じやすさをからかい、彼が心ゆくまで娘を抱きしめるのを見届けると、クラチット夫人が言いました。

「いい子にしてたよ」ボブが言いました。「いや、それ以上だった。一人でずっと座っていたせいかな、どういうわけか考え深くなっちゃって、奇妙なことを考えたんだね。家に帰る途中でこう言うんだ。僕は教会に来ている人たちが僕のことを見てくれたらいいなと思う。だって、イエスさまが歩けない物乞《ものご》いを歩けるようし、目の見えない人を見えるようにしたことをクリスマスの日に思い出すのはいいことだからね、だって」

みんなにこう言ったとき、ボブの声は震えていましたが、ティム坊やはどんどん元気になってきているから心配ないよ、と言ったときにはもっと震えていました。

コツコツと小さな松葉杖を動かす音が聞こえ、ティム坊やが戻ってきたので、もうそれ以上何も言いませんでした。ティムはちっちゃな兄と姉に支えられて、暖炉のそばの椅子に腰かけました。いっぽう、ボブは――かわいそうに、まだこれ以上みすぼらしくなれるとでもいうように――擦《す》り切れたシャツのそで口《ぐち》をたくし上げて、暖かい飲み物を作りました。水差しのなかでジンとレモンを調合し、それを何度もかき混ぜてから、暖炉内《ない》の横棚《よこだな》のうえに置いて沸騰《ふっとう》させます。ピーターと、どこにでも姿を現す二人のちっちゃなクラチットは、パン屋のかまどで焼いてもらったガチョウを取りに行きましたが、すぐにガチョウを先頭に行進しながら帰ってきました。

クラチット夫人は小さな鍋に前もって用意していたグレービー・ソースを煮立たせます。ピーターは勢《いきお》いよくジャガイモをつぶします。ベリンダ嬢《じょう》はアップル・ソースに甘味をつけます。マーサは温めたお皿を拭《ふ》きます。ボブは自分の隣《となり》の小さな隅《すみ》っこの席にティム坊やを座らせます。二人のちっちゃなクラチットは自分たちのも忘れずに、みんなの椅子を用意します。二人は見張りのように持ち場につくと、スプーンを口のなかに押し込みました。よそってもらう順番が来る前にガチョウを見てキャーと大きな声をあげてしまうとお行儀が悪いからです。ついに料理とお皿がテーブルのうえに並べられ、食前のお祈りが唱《とな》えられました。みんなが息を呑んで見守ると、クラチット夫人がゆっくりと切り盛り用のナイフの刃を眺めました。いよいよガチョウの胸にナイフが入る瞬間です。ナイフが入る――と同時に、待ちに待っていた詰め物がどっとあふれ出して、みんなは一斉《いっせい》にワァーと喜びの声をあげました。ティム坊やでさえ、二人のちっちゃなクラチットの真似をして、ナイフの柄《え》でテーブルをたたいてから、「万歳《ばんざい》！」とか細い声で叫んだほどです。

こんなに美味《おい》しいガチョウは食べたことがありません。いまだかつてこれ以上のガチョウが料理されたことはないと思う、とボブが言いました。この柔らかさといい、風味といい、大きさといい、値段といい、世界中の賞賛の的《まと》です。このガチョウにアップル・ソースとマッシュポテトを加えると、家族全員にとってじゅうぶんな食事となりました。確かに、クラチット夫人がお皿のうえに残ったひとかけらの骨を見て言ったように、結局全部は食べきれなかったのです！ それでもみんながじゅうぶん頂きました。とくに、ちっちゃなクラチットたちはセージと玉ねぎの詰め物に眉《まゆ》まで浸かって大満足でした！ さてここで、ベリンダ嬢《じょう》が新しくお皿を取り替えると、クラチット夫人は一人で部屋を出て行きました。銅釜《どうがま》からプディングを取り出して持って来るためです。不安だったので、誰にもついて来てほしくなかったのです。

生煮えだったらどうしよう！ 袋から出すときに壊れちゃったらどうしよう！ みんながガチョウに夢中になっていた間《あいだ》に、泥棒が裏庭《うらにわ》の塀《へい》を越えて入ってきて、プディングを盗んじゃってたらどうしよう！ この最後の事態を想定して、二人のちっちゃなクラチットは顔が真《ま》っ青《さお》になりました！ ありとあらゆる恐ろしい想像が頭のなかを駆《か》けめぐったのです。

わあい！ すごい湯気だ！ プディングが銅釜から取り出されたぞ。洗濯日のような匂いがする！ これは布の匂い。食べ物屋さんとお菓子屋さんが隣《となり》同士で、そのまた隣が洗濯屋さんみたいな匂い！ これがプディングなんだ！ 三十秒ほどしてクラチット夫人が戻ってきました。頰《ほお》を紅潮《こうちょう》させ、誇《ほこ》らしく微笑《ほほえ》んでいます。両手に持ったプディングは、干ぶどうの斑点《はんてん》のついた丸い砲弾のよう。硬くてしっかりしています。プディングにふりかけたブランデーに点火して青い炎がとてもきれい。てっぺんにはヒイラギの枝が飾ってあります。

ああ、なんて美味しいプディングなんだろう！　ボブ・クラチットは穏やかな口調で、このプディングはクラチット夫人が結婚以来作ってきた歴代のプディングのなかでも最高の出来だと思う、と言いました。クラチット夫人は、やっと心の重荷《おもに》がとれたので正直に言うけど、実は小麦粉の量がちょっと心配だったのよ、と言いました。誰もがそのプディングの素晴らしさについて賞賛しましたが、誰もそのプディングが大家族にとっては小さすぎるということは言いませんでした。家族の誰もが、そんなことをほんのちょっとでも口にするだけで、恥ずかしさで真っ赤になったことでしょう。

食事が終わると、テーブルのうえを片付け、暖炉のまわりを掃《は》き、石炭をくべて火の勢いを強くしました。水差しに入った飲みものを味見すると完璧な出来上がり。テーブルにはリンゴとオレンジのデザートが置かれ、栗《くり》の実をのせたシャベルが暖炉の火のうえにかけられました。

そして、クラッチットの家族全員が、ボブ・クラチットが言うところの輪になって暖炉のまわりに集まりました。ボブの手もとにはこの家のグラスがすべて並べられています。と言っても、タンブラーが二つと取っ手のないカスタードカップが一つだけでした。

それでも、これらのグラスは、黄金の杯《さかずき》とまったく同じように、水差しから注《そそ》いだ温かい飲み物をたたえました。ボブが笑顔でみんなに飲み物を配ると、火にかけた栗《くり》がパチパチと大きな音をたてました。それから、ボブが乾杯の音頭《おんど》をとって言いました。

「クリスマスおめでとう。神さまの祝福がありますように！」

みんながこの言葉を繰り返しました。

「僕たち一人ひとりに神さまの祝福がありますように！」みんなに少し遅れてティム坊やが言いました。

ティムは父親にぴったりくっつくようにして小さな椅子に座っていました。ボブは、この子を愛していて、いつまでもそばに置いておきたいが、そのうち自分から離れていってしまうのではないかと心配している様子で、ティムの小さな痩せた手を握りしめていました。

スクルージは自分の名前が呼ばれるのを聞いて、急いで顔を上げました。

「スクルージさん！」ボブが言いました。「みんな、スクルージさんのために乾杯しよう。今夜のごちそうの提供者だからね」

「提供者が聞いてあきれるわ！」クラチット夫人が真っ赤になって叫びました。「もし彼がここにいたら、お返しにたっぷりと不平不満をごちそうしてあげたいわ。うんとお腹《なか》を空《す》かせてくることね」

「まあまあ」ボブが言いました。「子どもたちの前だよ！　それにクリスマスじゃないか」

「確かにクリスマスでもないかぎり考えつかないわ。スクルージさんみたいに憎らしくて、けちで、冷酷で、思いやりのない人の健康のために乾杯するなんて。そうでしょう、ロバート！　かわいそうに、誰よりもあなたが一番よくご存じよ！」

「ねえ」ボブが穏《おだ》やかに答えました。「クリスマスだから、さ」

「それじゃあ、私は、あなたのため、今日という日のために乾杯するわ。スクルージさんのためではなく。どうぞ長生きしてください！　それからメリー・クリスマス、そして新年おめでとう！　さぞかし陽気でめでたいことでしょう！」

子どもたちも彼女に続いて乾杯しました。この日初めて気乗りがしない様子でした。最後にティム坊やが乾杯しましたが、やはり気が乗らない様子でした。なにしろスクルージはこの一家にとって、お話に出てくる人食い鬼なのです。彼の名前を聞いただけでみんなの心には暗い影がさし、それが消えるのに まる五分かかりました。

しかし、その影が消え去ると、彼らは前より十倍も陽気になりました。もうこれで不吉なスクルージの話はおしまいになったと安心できたからです。ボブ・クラチットは、実はピーターにぴったりの仕事があって、もしうまくいけば週に五シリング六ペンスもの収入を得られるかもしれないよ、と言いました。二人のちっちゃなクラチットはビジネスマンになったピーターを想像して大笑いし、ピーターは大きな襟《えり》の間《あいだ》から感慨深げに暖炉の火を見つめていました。まるで、そんな大金《たいきん》が手に入ったら、まずどの方面に投資しようかと思案しているみたいでした。次に、婦人帽子店で見習《みなら》いをしているマーサが、自分がどんな仕事をしているか、どれだけ休みなく働き続けなければならないかについて、みんなに話して聞かせ、明日《あす》の朝は遅くまでベッドにいて、たっぷり眠るつもりよ、だって明日《あした》は一日お休みを頂いてるんですもの、そうそう、それから、何日か前に伯爵《はくしゃく》夫人とそのご子息《しそく》がお店にいらっしゃったのだけれど、そのお坊ちゃんがちょうどピーターと同じくらいの背格好《せかっこう》だったのよ、と言いました。これを聞いたピーターは照《て》れ隠《かく》しに、大きなシャツの襟《えり》を二つとも持ち上げましたので、もしその場にあなたがいたとしても、ピーターの顔を見ることはできなかったでしょう。こうしたおしゃべりの間《あいだ》じゅう、栗《くり》の実と水差しに入った飲み物が何度もみんなに回されました。やがてティム坊やが、雪のなかで迷子になってしまった子どもの歌を歌いました。悲しそうな小さな声で、とてもうまく歌いました。

とくにこれと言って目立つようなものは何もありませんでした。裕福な家族ではありませんでしたし、着ている服もりっぱなものではありませんでした。靴には水が染《し》み込《こ》むし、服だって不足していたのです。ピーターも、もしかすると、いや非常に高い確率で、質屋《しちや》の内側を知っていたかもしれません。しかし、彼らは幸せでした。感謝し、お互いに愛し合い、今このときに満足していました。彼らの姿がだんだん消えていくときも――精霊のたいまつの光のなかでよりいっそう幸せそうに見えます――スクルージは彼らの姿を見つめていました。とくにティム坊やからは最後まで目を離しませんでした。

この場面が消え、突然元気な笑い声が聞こえてきたので、スクルージは驚きました。しかし、さらに驚いたことには、それはスクルージの甥《おい》の声であり、スクルージは、明るく、清潔で、きらきらと光る部屋のなかにいたのです。精霊はにこやかに笑って自分のそばに立ち、スクルージの甥の姿を眺めています。

病気や悲しみが人にうつってしまうように、笑いやユーモアにも抵抗できない伝染性《でんせんせい》があるということは、この世《よ》の公平で、偏《かたよ》りがない、りっぱな取り決めと言えるでしょう。スクルージの甥が心の底から楽しそうに笑うと、彼の妻であるスクルージの義理の姪《めい》も、つられて同じように笑い、その家に集まっていた友人たちも少しも遅れることなく、心の底から楽しそうに笑いました。

「おじはね、クリスマスがね、ばかばかしいって言ったんだよ！」スクルージの甥が大声で言いました。「しかも本気でそう思っちゃってるんだからね！」

「とても残念なことだわ、フレッド！」スクルージの姪が本気になって言いました。こういう女性たちに祝福あれ。彼女たちは物事《ものごと》を中途半端にしません。いつだって大真面目なのです。

スクルージの姪はとても美しい女性した。とびきり美しい女性でした。えくぼがあって、目のパッチリとした、かわいらしい顔。赤くふっくらとした小さな唇。まるでキスをするためにつくられたかのようです。いや、まったくそうに違いありません。あごのあたりにあるいくつかの小さなくぼみは、笑うと一つに溶《と》け合《あ》います。こんなに明るく輝く瞳は見たことがありません。全体として、彼女は癪《しゃく》に障《さわ》るほど美しい女性でした。完璧すぎるほど申し分のない女性でした！

「おじは滑稽な人だよ」スクルージの甥《おい》が言いました。「それが本当なんだ。そのわりには愛敬《あいきょう》がないけどね。だけど、おじの罪にはいつだって罰が伴《ともな》っているんだから、ことさら僕が悪く言う必要はないよ。だって、いつも機嫌が悪くて損《そん》してるのは誰だい。おじ自身じゃないか、いつだって。たとえば、どういうわけか僕たちのことが嫌いで、一緒に食事をするのがイヤだと言う。その結果はどうだい。たいしたごちそうを食べそこなったわけじゃない、なんてね」

「もちろん、ごちそうを食べそこなったわよ、絶対に」スクルージの姪《めい》が口をはさみました。みんなが同じことを言いました。今さっき食事を頂いたばかりですから、みなさん判定者として適任と言えるでしょう。今はテーブルのうえにデザートを置き、暖炉のまわりに集まって、ランプの明かりのそばで話をしていたのです。

「そうか！　それを聞いて安心したよ」スクルージの甥が言いました。「若い妻たちの家事については絶対の信頼、とはいかないからね。トッパー君、君はどう思った？」

トッパーはあきらかにスクルージの姪の妹の一人に目をつけていました。というのも、彼の答えは、僕のように家庭から追放されたあわれな独身男が家庭料理の味について意見を述べる資格なんてありません、だったからです。これを聞くとスクルージの姪の妹が――いいえ、バラをつけたほうじゃなくて、レースの襟飾《えり》りをつけたぽっちゃりとしたほうです――頬《ほお》を赤らめました。

紅茶のあとは、音楽を楽しみました。彼らは音楽一家で、男声合唱でも輪唱《りんしょう》でも、自分が歌っているパートを見失うなんていうことは絶対にありませんでした。とりわけトッパーは、額《ひたい》に青筋《あおすじ》を立てることも顔が真っ赤になることもなく、最後までバスのパートを盛《さか》んに唸《うな》っていました。

しかし、彼らはその晩をすべて音楽に費《つい》やしたというわけではありません。しばらくすると罰金遊びを始めました。ときどきは子どもに戻って遊ぶのもいいものです。とくに、イエスさま自身が幼《おさ》な子《ご》であったクリスマスほどそれにふさわしい日はありません。しかし、その前に目隠し遊びをしました。トッパーが本当に目隠しをしていると信じるくらいなら、彼の靴に目がついていると信じたほうがましです。彼がレースの襟《えり》飾りをつけたぽっちゃりとした妹のあとを追いかけるやり方というのは、人間の信じやすさを冒瀆《ぼうとく》する行為というものです。火かき棒を倒しても、椅子のうえに転んでも、ピアノにおもいきりぶつかっても、カーテンのなかで息ができなくなっても、彼女が行くところ、彼もまた行くのでした。彼はいつだってぽっちゃりとした妹の居場所をつきとめます。ほかの誰もつかまえようとはしませんでした。もしあなたが、何人かがそうしたように、彼にぶつかってそのまま立っていたとしても、彼はつかまえようというふりをするだけで――あなたの理解力に対する侮辱《ぶじょく》としか思えません――すぐにぽっちゃりとした妹のほうにそれていってしまうのです。

「別の遊びが始まった」スクルージが言いました。「もう三十分、精霊さま、あと三十分だけいさせてください！」

それは「イエスとノー」と呼ばれる遊びでした。スクルージの甥《おい》があるものの名前を考えて、みんながそれを当てるのです。彼はみんなの質問に対してイエスかノーで答えなければなりません。彼には質問の雨あられが降りそそぎましたが、彼から引き出した答えによれば、彼が頭のなかに思い浮かべているのは、動物であり、生きた動物であり、かなり愛敬《あいきょう》のない動物であり、獰猛《どうもう》な動物であり、ときには唸《うな》ったり吠《ほ》えたりする動物であり、ときどきしゃべる動物であり、ロンドンにいて、通りを歩く動物であり、見世物にはなっていない、人に連れられてはいない、動物園にはいない、市場《いちば》で売られてはいない動物であり、馬ではなく、ロバでもなく、雌《め》牛でもなく、雄《お》牛でもなく、虎でもなく、犬でもなく、豚でもなく、猫でもなく、熊でもありません。新しい質問が投げかけられるたびに、甥はお腹《なか》を抱えて笑いました。彼はあまりのおかしさにたまらなくなって、とうとうソファから立ち上がると、足を踏み鳴らして大笑いしました。ついに、あのぽっちゃりとした妹が叫びました。

「わかったわ！　答えがわかったわ、フレッド！　答えがわかったのよ！」

「何だい」フレッドが叫びました。

「あなたのおじさん！　スクルーージおじさん！」

まさにそのとおりでした。みんながよくわかったものだと言って感心しました。でも、なかには、「それは熊ですか」という質問には「イエス」と答えるべきだったと不平を言うものもいました。

　スクルージおじさんは、みんなに気づかれることなく、陽気で心も軽くなっていたので、時間さえ許せば、聞こえない声で、気づかないみんなのために乾杯したことでしょう。しかし、彼の甥が最後の言葉を口にした瞬間、その場面は消え、彼は再び精霊とともに旅に出ていました。

　たくさんのものを見て、遠くまで行きました。多くの家々を訪問しましたが、いつでもハッピー・エンドでした。精霊が病気で苦しんでいる人たちのそばに行くと、彼らは少し元気になりました。異国で働いている人たちのそばに行くと、彼らは故郷を身近に感じました。悪戦苦闘《あくせんくとう》している人たちのそばに行くと、彼らは我慢強くなり、希望が持てるようになりました。貧しい人たちのそばに行くと、彼らの心が豊かになりました。救貧院《きゅうひんいん》でも、病院でも、監獄《かんごく》でも、どんな不幸の行きつく先でも、虚栄心の強い、つかのまの管理者が固くドアを閉ざし、クリスマスを締め出してしまわない場所では、精霊は祝福を与え、スクルージに教訓を学ばせました。すると突然、彼らは開《ひら》けた場所に立っていて、十二時の鐘の音《ね》が聞こえてきました。

　スクルージは精霊を捜してあたりを見まわしましたが、その姿はもうどこにも見あたりませんでした。十二時の最後の鐘の音《ね》が鳴り終わったとき、彼はマーレイの予言を思い出して目を上げました。すると向こうから、全身が黒い布で覆《おお》われた厳《おごそ》かな様子の精霊が、地面のうえにたちこめる霧のように、ゆっくりと彼のほうに向かってやってくるのが見えました。

第四節　最後のクリスマスの精霊

精霊は、ゆっくりと、重々《おもおも》しく、無言で近づいてきました。精霊がそばまで来たとき、スクルージは両膝《りょうひざ》をついて頭《こうべ》を垂《た》れていました。その精霊は陰鬱さと不可解な影をあたりにまき散らしながら、スクルージのところまでやってきたからです。

精霊の全身は真っ黒な衣服で覆《おお》われており、その頭も、顔も、体《からだ》も見ることができませんでした。ただ一つ見えていたのは、まっすぐに伸ばした片手だけでした。精霊は話もしなければ、動きもしなかったので、スクルージは、これ以上精霊について知ることはできませんでした。

「わしがお目にかかっているのは、これから先のクリスマスの精霊さまですか。未来の精霊さまですね！今までお会いしたどの精霊さまよりも恐ろしく感じます。ですが、あなたさまの目的はわしのためになることだとわかっておりますし、今では新しい人間として生まれかわりたいと思っておりますので、感謝の心で、あなたさまのお供《とも》をいたします。口を利《き》いてはいただけないのでしょうか」

精霊は返事をしませんでした。精霊の手はまっすぐに彼らの前方《ぜんぽう》に向かって伸びていました。

「導いてください！　導いてください！　夜はすぐに終わってしまいます。わしにとってこの時間は貴重なものだとわかっております。導いてください、精霊さま！」

彼らが街のなかに入っていったとはとうてい思えませんでした。むしろ、街のほうが彼らのまわりに出現したと思えたほどです。どちらにしても、彼らは街の中心部にいました。ロンドンの王立《おうりつ》取引所の商人たちの間《あいだ》にいたのです。

精霊は何人かの商売人たちがかたまって話をしているそばで立ち止まりました。スクルージは精霊の手が彼らのほうを指差しているのを見ると、歩《あゆ》み寄り、彼らの話に耳を傾けました。

「いや」大きなあごをした、太った男が言いました。「よくわからないんだ。わかっているのは、やつが死んだということだけだよ」

「いつ死んだんだい」もう一人の男が尋ねました。

「昨夜《ゆうべ》だと思うがね」

「いったい全体どうしたって言うだい。そう簡単に死ぬようなやつじゃないと思ってたけどね」

「神のみぞ知るさ」最初の男が、あくびをしながら言いました。

「金はどうしたんだろう」赤ら顔の紳士が尋ねました。

「会社の者にでも遺《のこ》したんだろう、たぶん」大きなあごをした男が言いました。「俺にではない。それだけは確かだ。では、ごきげんよう」

スクルージは最初、精霊がこんなに些細《ささい》な、取るに足らない会話に重きを置くことに驚きましたが、何か別に隠《かく》れた意味があるに違いないと思い直して、それはいったい何なのか考えてみました。彼の共同経営者だったマーレイの死と関係があるとは思えませんでした。なぜなら、それは過去の出来事であり、この精霊が見せているのは未来だからです。

スクルージはあたりを見まわして、取引所のなかに自分自身の姿を見つけようとしました。しかし、彼がいつも立っている場所には別の人物が立っており、彼がいつもこの場所に姿を現す時刻になっても、入り口から流れ込んでくるたくさんの群集のなかに彼自身の姿を見つけることはできませんでした。しかし、スクルージはそのことであまり驚きませんでした。彼は心のなかで新しい生活に思いをめぐらせていて、これは新しく生まれた決心が遂行《すいこう》された結果なのだと考え、またそう望んでもいたからです。

彼らはこのにぎやかな場所を離れ、人通りの少ない地区にある怪《あや》しげな店へと向かいました。そこでは鉄くず、古着、ぼろきれ、瓶《びん》、骨、脂《あぶら》ぎった臓物《ぞうもつ》などが、白髪《しらが》頭のやくざな老人によって売買《ばいばい》されていました。彼は座ってパイプを吹かしていました。

スクルージと精霊がこの男の前にやってくると、重たい包みを背負った一人の女がこそこそと店のなかに入ってきました。しかし、すぐにそのあとから同じように荷物を背負った別の女が入ってきました。しかも、そのあとからまたすぐに色あせた喪服《もふく》を着た男が入ってきたのです。しばらく店主《てんしゅ》を含めた四人が顔を見合わせたあとで、三人は一斉《いっせい》に大声で笑い出しました。

「雑役婦《ざつえきふ》が一番目に決まってる！」最初に入ってきた女が言いました。「洗濯女《せんたくおんな》が二番目で、葬儀屋が三番目になるのが道理《どうり》ってもんさ。いいかい、ジョー、これは偶然なんだよ！　示し合わせたわけでもないのに、三人がここで顔を会わせちまったんだからね！」

「ここなら安心ってもんよ。お前さんとは古くからの馴染《なじ》みだし、ほかの二人も知らぬ顔じゃあるまい。今日はどんな物を持ってきたんだい、ちょいと見せてみな」

「まあ、ちょっと、待ちなさいよ、すぐに見せるから。何をそんなにビクビクしてるの。かまやしないよ、ディルバーの奥さん」さっきの女が言いました。「誰だって自分が一番大事なんだから。あの男もそうだったじゃないの！　こんなものを取られて誰が困るっていうの。死人が困るって言うのかい」

何か申し訳なさそうな様子のディルバーの奥さんが言いました。「確かに、困らないわねえ」

「あのけちな因業《いんごう》じじいが、死んだあとでもブツを手放したくなかったら、どうして生きてる間《あいだ》に人並みに振舞《ふるま》わなかったんだい。そうしていりゃ、死神に襲われたときにも独《ひと》りぼっちで息を引き取るんじゃなくて、誰か看取《みと》ってくれる人がいたはずだよ」

「いいこと言うじゃないの。天罰《てんばつ》が下ったんだね」

「もうちょっと重たい天罰だったらよかったのにね。ほかにぶん取ってくるものがありゃ、間違いなく、そうなってましたよ。さあ、包みを開《あ》けて値段を教えておくれ。単刀直入に頼むよ。あたしが一番最初で、二人に中身を見られてもへっちゃらだからね」

ジョーは包みを開《あ》けるためにひざまずくと、なかから大きくて重たくて黒っぽい物を取り出しました。

「何だこりゃ、ベッドのカーテンじゃないか！」

「そうだよ、ベッドのカーテンさ。ほら、気をつけて、毛布のうえにランプの油が落ちちゃうよ」

「野郎の毛布かい？」

「ほかに誰がいるって言うんだい。毛布がないからって風邪ひきゃしないよ。そう、それ！　そのシャツは穴の開《あ》くほどよく見ておくれよ。と言っても、シャツには穴一つ開《あ》いてないし、擦《す》り切れたところもないからね。それは野郎が持ってた一番上等なやつで、とってもいいものなんだからね。あたしがいなけりゃ、もったいない、死体に着せて土に埋めてしまうところだったよ」

スクルージは恐怖におののきながらこの会話を聞いていました。

「精霊さま、わかりました。よくわかりました。この不幸な男がたどった道をわしもたどるところだったとおっしゃりたいのですね。わしの人生がそちらのほうに向かっていたと言いたいのでしょう。あれ、いったいどうしたんだ！」

　突然場面が変わり、スクルージは、剝《む》き出しになった、カーテンのないベッドのそばに立っていました。窓の外からは、青白い月の光がまっすぐにこのベッドのうえを照《て》らしていました。そして、そのベッドのうえには、誰からも看取られず、悲しまれず、弔《とむら》われない、身ぐるみはがれた見知らぬ男が横たわっていたのです。

「精霊さま！　どうかわしに、死と愛情が結びついた関係も見せてください。そうでないと、精霊さま、この陰気な部屋が一生わしの脳裏から離れません」

　精霊は彼を貧しいボブ・クラチットの家に案内しました。彼が一度訪れたことがある、あの同じ家です。母親と子どもたちが暖炉のまわりに座っているのが見えました。

　静かでした。とても静かでした。あの騒々しいちっちゃなクラチットたちは、置物みたいにじっとして動かず、おとなしく座ってピーターの顔を見上げています。ピーターは聖書を前にして座っていました。母と娘たちは針仕事をしています。しかし、彼らは確かに、とても、とても静かでした！

「『イエスは一人の子どもを呼びよせ、彼らの真ん中に立たせて言われた』」

　スクルージはどこでこの言葉を聞いたのでしょう。夢の中ではありません。彼と精霊が玄関の敷居《しきい》をまたいだとき、ピーターがそれを声に出して読み上げたのです。少年はなぜ途中でやめてしまったのでしょうか。

母親は縫《ぬ》い物をテーブルのうえに置くと、目頭《めがしら》を押さえました。

「目が疲れちゃったわ」

あれは涙でしょうか。ああ、かわいそうなティム坊や！

「さあ、これでよくなった。ロウソクの明かりで縫《ぬ》い物をすると目が疲れるわね。でも、お父さんが帰ってきたときに、絶対に疲れた目を見せちゃいけない。そろそろお父さんが帰ってくるころね」

「いつもより遅いよ」ピーターが本を閉じながら言いました。「ここ何日か歩くスピードが遅くなってるんじゃないかな、お母さん」

「早駆《はやが》けをしてたときのお父さん――ティム坊やを肩に乗せて、早駆けをしてたときのお父さん覚えてるわ」

「僕も覚えてるよ」ピーターが叫びました。「よくやってたよね」

「私も覚えてるわ」もう一人が言いました。みんなが覚えています。

「だけどティムはとっても軽くてねぇ、お父さんはティムのことが大好きだったし、少しも大変じゃなかったのよ。あっ、お父さんが帰ってきたわ！」

彼女は急いで彼を玄関に出迎《でむか》えました。長いマフラーをした小さなボブが入ってきました。お茶は暖炉内《ない》の横棚《よこだな》のうえに用意されていて、家族みんなが先を争うようにして彼にお茶を勧《すす》めました。それから、二人のちっちゃなクラチットが彼の両膝《ひざ》のうえに座ると、それぞれがお父さんの別々の頬《ほお》に自分の頬を寄せました。まるで、「くよくよしちゃだめだよ、お父さん。悲しんでばかりいちゃだめだよ！」と言っているみたいでした。

ボブは家族に囲まれて元気になり、みんなに嬉しそうに話しかけました。彼はテーブルのうえに置かれた針仕事を見て、クラチット夫人と娘たちの勤勉ぶりと仕事の速さをほめました。そして、日曜日までには終わりそうだね、と言いました。

「日曜日ですって！　じゃあ、今日、教会に行ってきてくれたのね、ロバート」

「そうなんだ」ボブが答えました。「君も行けたらよかったんだけどね。緑がとてもきれいで君も安心したと思うよ。でも、まあ、いつでも行けるからね。日曜日には必ず来るからって約束したんだ。僕のちっちゃな、かわいい子！　僕の大切な子ども！」

ボブは突然泣き崩《くず》れました。どうしようもなかったのです。どうにかしようがあれば、ボブと子どもとの距離はおそらく今よりも遠いものだったはずです。

「精霊さま」スクルージが言いました。「お別れの時間が近づいているような気がします。ですが、どうやって結末をつけられるのかわかりません。あの死んで横たわっていた、顔の見えない男が誰なのか教えてください」

未来のクリスマスの精霊は、彼を、陰気で、人気《ひとけ》のない、荒廃した墓地へと連れてきました。

精霊は墓の間《あいだ》に立ち、一つの墓石《はかいし》を指差しました。

「あなたさまが指差すその墓石に近づく前に、一つだけ答えてください。これまでに見てきた幻影は、絶対にそうなるという未来の姿なのでしょうか、それとも、そうなるかもしれないという、たんなる警告にすぎないのでしょうか」

精霊はじっとして動かず、一つの墓石のそばに立って、その石を指差しています。

「人の行《ゆ》く末《すえ》は現在のなかに読み取れるもので、生き方を変えなければ、そのとおりに進んでいくものでしょう。しかし、生き方を変えれば、その行《ゆ》く末《すえ》も変わるのではないでしょうか。あなたさまがわしにお見せになった幻《まぼろし》もそうだとおっしゃってください！」

精霊は不動のまま墓石を指差しています。

スクルージは、わなわなと震えながら、這《は》うようにしてその石に近づきました。そして、その誰からも見捨てられた石のうえを指でたどると、その石に刻《きざ》まれていたのは、『エ・ベ・ニー・ザ・ス・ク・ルー・ジ』

――彼自身の名前でした。

「あのベッドで横たわっていたのはわしだったのですか。待ってください、精霊さま！　困ります！　わしの言うことを聞いてください！　わしは生まれかわりました。わしはもう以前のわしとは違うんです。精霊さまのおかげなんです。もし望みがまったくないなら、どうしてわしにこんな光景をお見せになるのですか。

生まれかわることによって、あなたさまがお見せになった幻《まぼろし》を変えることができると、どうかおっしゃってください」

初めて、精霊の親切な手が震えました。

「心のなかでクリスマスを大切にします。一年中その気持ちを持ち続けます。わしは過去と、現在と、未来のなかに生きます。三人のクリスマスの精霊さまはわしのなかで生き続けます。その教えは決《けっ》して忘れませんか。ですから、精霊さま、この石のうえに刻《きざ》まれた文字を消すことができるとおっしゃってください！」

彼は両手を上げて、どうか自分の運命を変えてくださいと、最後の祈りを捧げました。すると、彼は精霊に何か異変が起こったことに気づきました。精霊の姿は、見る見るうちに縮《ちぢ》まり、崩《くず》れ落ち、小さくなって、ベッドの柱になったのです。

そうです！　自分のベッドの柱です。ベッドも自分のベッドなら、部屋も自分の部屋でした。そして、一番よくて、何よりも幸せなことには、彼の前には時間が——自分自身の人生の時間があって、今までの償《つぐな》いができるのです！

喜びで我《われ》を忘れていた彼は、今までに聞いたこともないような楽しげな教会の鐘の音《ね》を聞いて我に返りました。

走って窓のところに行くと、窓を開《あ》け、頭を突き出しました。霧も出ていません。もやもかかっていません。夜でもありません。澄《す》んだ、明るい、爽《さわ》やかな、素晴らしい朝でした。

「今日は何日《なんにち》だい」スクルージは、日曜日の礼服を着た少年に向かって叫《さけ》びました。おそらく彼は道草を食ってこの敷地に迷い込んだのでしょう。

「なに？」

「今日は何日だい、少年」

「今日だって？　クリスマスにきまってるじゃん」

「クリスマスか！　ありがたい。一晩のことだったんだ。おーい、少年！」

「なーに！」

「隣《となり》の隣《となり》の通りにある鳥肉屋を知ってるかい。角《かど》のところにある」

「うん。知ってるよ」

「賢《かしこ》い子だなあ！　素晴らしい子だ！　確か一等賞を取った七面鳥《しちめんちょう》が飾ってあって、売りに出されてたと思うんだけど、知ってるかい。小さいやつじゃなくて、大きいやつ」

「ああ、僕ぐらい大きいやつ」

「愉快な子だなあ！　話をするのがとても楽しい。そうだよ、若いの」

「さっきもぶら下《さ》がってたよ」

「そう？　じゃあ、買ってきてくれないかな」

「冗談言ってらあ！」少年はびっくりして言いました。

「いや、ほんと、大真面目なんだよ。行ってね、ここまで持ってくるように言ってくれないかな。そしたら、配達先を教えるから。お店の人を連れてきてくれたら、お礼に一シリングあげるよ。五分以内に戻ってきたら、ご褒美《ほうび》に半クラウンあげよう」

　少年は弾丸《だんがん》みたいに走っていきました。

「ボブ・クラチットの一家に贈ってやろう！　贈り主は内緒にして。ティム坊やの倍くらいある七面鳥。どんなに面白いコメディアンだって、こんなに楽しいジョークは思いつかないだろう！」

　紙のうえにボブ・クラチットの住所を書く手は興奮して震えていましたが、なんとか書き上げました。そして、鳥肉屋の店の者を出迎えるために階段を下《お》り、一階の玄関のドアを開《あ》けました。

　それは見事な七面鳥でした！　この鳥が自分の足だけで、こんなに大きな体を支えていたとはとうてい思えません。両足が封蠟《ふうろう》みたいにポキッと折れてしまったとしても、不思議ではなかったでしょう。

　彼は一番の晴れ着に着がえ、ついに街へと出かけました。現在のクリスマスの精霊と一緒に見たように、この時刻になると人々が街に繰《く》り出していました。後《うし》ろ手《で》に歩きながら、スクルージは、うれしそうな顔をして、道ゆく人々の顔を眺めました。彼の笑顔がたまらなく魅力的だったので、三、四人の気さくな人たちが、つられて、「おはようございます！　クリスマスおめでとう！」と挨拶《あいさつ》しました。のちにスクルージがよく人に語ったように、この時聞いた挨拶の声ほど彼の心を浮き立たせてくれた音の響きはほかになかったのです。

午後になると、彼は甥《おい》の家に足を向けました。

勇気を出して玄関のドアをノックするまでに、彼は十数回もドアの前を行ったり来たりしました。しかし、ついに意《い》を決すると、それをやり遂げました。

「ご主人はご在宅かな、お嬢さん」スクルージは若い女中《じょちゅう》に言いました。感じのいい子だ！　とっても。

「はい、いらっしゃいます」

「どちらにおられるのかな、お嬢さん」

「食堂にいらっしゃいます。奥様とご一緒です」

「わしらは親戚なのでね」もうすでに食堂のドアの取っ手に手をかけながら、スクルージが言いました。「入らせてもらいますよ、お嬢さん。フレッド！」

「ああ、ビックリした！」フレッドが叫《さけ》びました。「どなたです」

「わしだよ。スクルーージおじさんだ。食事をしにきたんだ。入ってもいいかな、フレッド」

どうぞ、どうぞ入ってください！　甥があんまり強く何度も握手を求めるので、スクルージの腕が抜けてしまわないのが不思議なくらいでした。五分もすれば、スクルージはくつろぐことができました。これほど心のこもったもてなしは、そうあるものではありません。スクルージの姪《めい》も、あのときとまったく同じでした。トッパーがやってくると、彼もまったく同じでした。ぽっちゃりとした妹がやってくると、彼女もまったく同じでした。皆《みな》が皆《みな》あのときとまったく同じだったのです。素晴らしいパーティー、素晴らしい遊び、素晴らしい友愛《ゆうあい》、ス・バ・ラ・シ・イ、幸せ！

それでも、スクルージは翌朝早く事務所に出かけました。早くからそこにいて待っていました。ボブ・クラチットよりも先にいて、彼が遅れてくるところをつかまえたかったのです！　そうしようと心に決めていました。

そしてそのとおりになりました！　時計が九時を告げても、ボブは来ません。十五分過ぎても、ボブは来ません。ボブは、いつもの決められた時間よりも十八分三十秒も遅れてやってきました。スクルージは、彼が小部屋に入ってくるのがよく見えるように、自分の部屋のドアを開《あ》けっ放《ぱな》しにして座っていました。

ボブは事務所に入ってくる前から帽子を脱ぎ、マフラーも取り、すぐさま椅子に座ると、九時に追いつこうとでもするように必死にペンを動かしました。

「おやおや！」スクルージは、できるだけいつもの声に似せて、うなるように言いました。「こんなに遅れてくるなんていったいどういうことなんだ」

「たいへん申し訳ありません。遅れました」

「そうか、遅れたか。非《ひ》を認めるんだな。じゃあ、こっちに来なさい」

「一年に一度のことです。もう二度とありませんので。昨日《きのう》はちょっとハメをはずしてしまいまして」

「いいか、わしが今から言うことをよく聞くんだ。わしは、もうこういったことには我慢がならない。であるからして――」スクルージはそう言うと椅子から跳《と》び上がり、ボブの胸を指でぐいとつきました。おかげでボブは後ろによろめいて、もといた小部屋に舞い戻りました。「であるからして、お前さんの給料を上げることにする！」

ボブは恐ろしくなって震えました。相手が跳《と》びかかってきたときの用心に、ちょっと簿記棒《ぼきぼう》のほうに近寄りました。

「クリスマスおめでとう、ボブ！」スクルージはボブの背中をたたきながら、真面目な口調でこう言いましたので、もはや誤解の余地はありませんでした。「クリスマスおめでとう、ボブ、今までの分をまとめて言わせてもらうよ！　君の給料を上げよう。そして、生活苦と闘《たたか》っている君の家族を援助させてほしい。さっそく今日の午後、クリスマスのポンチ酒でも飲みながら、そういった事柄《ことがら》について協議しようじゃないか、ボブ！　暖炉に石炭をくべよう。そして、仕事にとりかかる前に、自分用の石炭入れを買ってくるんだ、ボブ・クラチット！」

スクルージは約束をぜんぶ守りました。言ったことをすべて実行したばかりでなく、それ以上のことをしました。命が助かったティム坊やに対しては、彼は第二の父親になりました。彼は、この古《ふる》き善《よ》きロンドンが、いいえ、この古き善き世界のすべての都市や町や区が知っているような、善き友人、善き主人、善き人となりました。なかには、彼がすっかり変わってしまったのを見て、笑う人もいましたが、彼自身の心がすでに笑っていたのですから、彼にとってはそれでよかったのです。

それからのち、スクルージが精霊たちのお世話になることはありませんでした。彼はいつも人からこう言われていました。もしこの世の中にクリスマスの本当の祝い方を知っている者がいるとすれば、それはスクルージさんである、と。私たちも、私たちみんなが人からそう言われるようになりましょう！　そして、あのクリスマスの晩、ティム坊やが言ったように、僕たち一人ひとりに神さまの祝福がありますように！

「クリスマス・キャロル」解題

ディケンズの公開朗読はまず、慈善目的の朗読会として始まった。一八五三年十二月二十七日、ディケンズ（四十一歳）は、バーミンガムのタウン・ホールにおいて「クリスマス・キャロル」を朗読した。ちょうど十年前に出版して評判をとった名作である。二十九日には「炉辺のこおろぎ」、三十日には「クリスマス・キャロル」を再読した。この朗読会の成功が大きな反響を呼び、ディケンズは以後、慈善目的の朗読会をほぼ毎年引き受けるようになった。

有料公開朗読をおこなう以前の慈善朗読会（全十八回）において、「炉辺のこおろぎ」を読んだのは一度だけであり、残りの演目はすべて「クリスマス・キャロル」だった。「クリスマス・キャロル」が最初の朗読作品として選ばれた理由は、その内容が慈善目的の朗読会と季節にふさわしかったこと、もともと朗読向きの作品だったこと（後述）に加えて、その中編小説としての長さが二時間から三時間の朗読会にふさわしかったことが挙げられる。「クリスマス・キャロル」は最初三時間かけて読まれたが、一八五八年五月までには標準的な二時間の長さに縮約され、同年十二月には「バーデル対ピクウィック」と組み合わせて二時間のプログラムにするために九十分または八十分の長さに縮約された。原作の約四割の長さである。

ディケンズは『クリスマス・キャロル』の単行本を文字通り切り貼りして、「クリスマス・キャロル」の朗読台本を作り上げた。注目すべき点は、ディケンズはカット&ペーストこそおこなったものの、『クリスマス・キャロル』

の本文をほとんど書き直していないという事実である。つまり、『クリスマス・キャロル』は、ほぼそのままのかたちで朗読台本として使用可能なのだ。それもそのはず。『クリスマス・キャロル』は、クリスマスの夜長に炉端で語られる幽霊話（副題は『クリスマスの幽霊話』）という「枠物語」の枠組みを持っているからである。だから普通の小説とは違って、語り手（ナレーター）のプレゼンス（存在感）が前面に押し出されている。それは聴衆を前に語りかけるような冒頭の数段落（前口上）からも明らかだろう。また、この作品の大きな魅力は、映画のモンタージュ（編集）のように様々なシーンが次々に現れることにある。おそらく、この発想のもとにあるのは、前映画的装置のマジック・ランタン（幻灯機）であろう。この意味で、台本制作のプロセスは映画制作における編集のプロセスに近いのである。

「クリスマス・キャロル」の朗読回数は一二七回で、全朗読台本中二位である。ディケンズは、アメリカ公演の各地での初日など重要な機会には必ずこの作品を取り上げ、一八七〇年のロンドンのお別れ公演の最終日（三月十五日）、すなわち生涯最後の公開朗読会においても、この演目を朗読した。

バーデル対ピクウィック

バーデル対ピクウィックの婚約不履行の一大訴訟の裁判がおこなわれる朝、被告であるピクウィック氏は、法廷に導き入れられると、落ち着かない気持ちで立ったまま、あたりを見まわした。傍聴席にはすでに多くの見物人が詰めかけていて、弁護士席には、かつらをつけた紳士の一団が座っていた。彼らは、イギリスの法曹界を誉《ほま》れ高きものにしている、あの人目をひく多種多様なかたちの鼻と頰《ほお》ひげをずらりと並べていた。訴訟事件摘要書《てきよう》をお持ちの先生方は、なるべくそれを目立つようにして持ち、ときどきそれで鼻を搔《か》いては、その事実を傍聴人に強く印象づけた。摘要書をお持ちでない先生方は、背に赤いラベルのついた分厚い八折判の本を小脇に抱えていた。「法典用カーフ」と呼ばれる、生焼けのパイ皮のような色の子牛革で装丁《そうてい》された法律書である。摘要書も法律書もお持ちでない先生方は、両手をポケットに突っ込んで、なるべく賢そうなふりをしていた。ピクウィック氏が驚いたことには、彼らは二、三人で固まって、最近の出来事について談笑していた。これから裁判が始まることなど少しも気にかけていない様子だった。

「静粛に！」という声がして、裁判官の入場が告げられた。彼はひどく背が低く、とても太った男で、全身これ顔とチョッキというような風貌だった。体を大きく揺すりながら短いガニ股足で入廷し、壇上に登ると、弁護士団に向かって軽く一礼した。弁護士団もお辞儀を返した。彼は短い足をテーブルの下に入れ、小さな三角帽をテーブルのうえに置いた。

法廷全体がざわめいて、原告であるバーデル夫人が、第一の親友のクラピンズ夫人に伴われ、悲しみにうちしおれて入場した。原告の事務弁護士であるドッドソン氏とフォッグ氏が、特大の雨傘、ぬかるみ用の木靴をバーデル夫人に手渡した。その場にふさわしいように、顔には、いかにも陰鬱で気の毒そうな表情を浮かべていた。その次に、第二の親友のサンダース夫人が、バーデル坊やの手を引いて現れた。彼女はその子を、泣き暮れる母親の目の前に立たせた。その平場《ひらば》は裁判官と陪審員の同情を必ずや引き起こすことができるであろう格好の場所だった。しかし、これには、当の幼い紳士からの強い抵抗がないわけではなかった。裁判官の真正面に立たされるなんて、これから起こる恐ろしい出来事の前触れにしか思えなかったからである。彼は自分が直ちに死刑判決を受け、すぐさま刑場に連れ去られてしまうのではないかと内心ビクビクしていた。

バズファズ「私が原告の弁護人です、閣下」上級法廷弁護士のバズファズ氏が言った。

裁判官「君の補佐は誰かね、バズファズ君？」

スキンピン氏はお辞儀をして、自分がそうであることを知らせた。
スナビン「私が被告の弁護人です、閣下」上級法廷弁護士のスナビン氏が言った。
裁判官「君の補佐はいるかね、スナビン君？」
スナビン「ファンキー氏です、閣下」
裁判官「続けたまえ」
原告の弁護人であるスキンピン氏は立ち上がると、冒頭陳述をおこなった。この訴訟の事件《ケース》は、フタを開けてみると、なかにはわずかなものしか入っていないようだった。彼は自分が知る事件の詳細をことごとく秘密にしてしまったからである。
続いて、上級法廷弁護士のバズファズ氏が、厳粛な訴訟手続きにおいて必要とされる堂々とした威厳ある態度で立ち上がった。彼はドッドソンに耳打ちし、フォッグと短く言葉を交わしたあと、ずり落ちたガウンを肩まで引き上げ、かつらの位置を調整すると、陪審員たちに向かって語り始めた。
バズファズ「私のこれまでの弁護士としての経験のなかで――法律の勉強および業務に身を捧げたまさにその日から――これほど重たい責任感を持って取り組まなければならない事件にお目にかかったことは一度としてなかったのであります。その責任感の重さたるや大変なもので、もし強い確信によって鼓舞され、支えられることがなければ、私はその重みに耐えることができなかったでしょう。その強い確信は今や紛れもない事実になったと言っても過言ではありません。その事実とは、今私の眼の前に座っていらっしゃる、高潔で、聡明な十二名の陪審員のみなさんが、真理と公平の大義を——言い換えれば、傷つけられ、虐げられた私の依頼人の正当な申し立てを——必ずや理解してくださるに違いないということです」

法廷弁護士はいつもこのように始めるものである。陪審員を自分たちの味方につけ、彼らに自分たちの頭の良さを印象づけるためである。すぐに目に見える効果が現れた。何人かの陪審員は、せっせとメモを取り始めた。

バズファズ「わが同僚からすでにお聞き及びのこととは存じますが——」バズファズ氏は、陪審員たちが、今述べた彼の同僚から何一つお聞き及びでないことは百も承知のうえで、こう続けた。「これは婚約不履行訴訟の裁判で、損害賠償額は千五百ポンドであります。しかし、この事件の事実と詳細については、わが同僚からいまだお聞き及びではありますまい。それはわが同僚の領分ではないからであります。この事件の事実と詳細については、私から詳しく申し上げ、また信頼できる女性に、みなさんの目の前の証言台に立って証言してもらうつもりであります」

バズファズ「原告は未亡人であります。よろしいですか、みなさん、未亡人です。故バーデル氏は、長年にわたり、税関吏《ぜいかんり》として国家の収税部門の一翼《いちよく》を担い、国王陛下の敬意と信頼を享受したのち、税関が決して与えることができない種類の心の平安を求めて、ひっそりとあの世へと旅立たれました」

これは、バーデル氏の逝去《せいきょ》についての、すこぶる感動的な説明だった。というのも、バーデル氏は、酒場ですこぶる酩酊《めいてい》したのちビールジョッキで頭をぶん殴られて、ご逝去あそばされたからである。

バズファズ「バーデル氏が亡くなられる前に、彼は自分の忘れ形見をこの世に遺《のこ》しました。今は亡き収税吏《しゅうぜいり》のただ一人のご子息です。この幼な子とともに、バーデル夫人は世間から退き、閑静なゴズウェル通りでひっそりと暮らすことを選択されたのです。そして、彼女は、通りに面した居間の窓に一枚の貼り紙を出しました。その貼り紙にはこう書かれていました──『独身の紳士向け家具付き貸間《かしま》あり。ご用の方はなかへ』」ここでバズファズ氏はいったん話をやめ、陪審員たちにその証拠書類についてのメモを取る時間を与えた。

陪審員「その貼り紙に日付はありましたか」陪審員の一人が尋ねた。

バズファズ「日付はありませんでした。しかしながら、その貼り紙は、原告の居間の窓にちょうど三年前に貼り出されたと聞いております。さて、陪審員のみなさん、どうかみなさんのご注意をこの書類の言葉遣いに向けていただきたい──『独身の紳士向け家具付き貸間あり』！　『夫のバーデルは──』未亡人はこう言いました。『夫のバーデルは名誉を重んじる人でした。夫のバーデルは約束を守る人でした。夫のバーデルは嘘をつかない人でした。夫のバーデルもかつては独身の紳士でした。独身の紳士はいつでも私に、かつての夫の姿──うら若き私の愛情を勝ち取った当時の夫の姿──を思い起こさせます。部屋を貸すならば、独身の紳士に貸そう！』このように美しい感動的な衝動に駆り立てられて（我々不完全な人間が持つ衝動のなかでも最良のものに突き動かされて）孤独な未亡人は涙を拭《ぬぐ》うと、二階に家具を備えつけ、無垢《むく》な少年をその母なる胸に抱きかかえながら、居間の窓のうえに貼り紙を出したのです。その貼り紙はそこに長く貼り出されていたでしょうか？　いいえ。その貼り紙が貼り出されてからわずか三日で――わずか三日でですよ、みなさん――見た目は怪物には見えず、人間そっくりな生き物が、二本足でバーデル夫人のドアの前に立ち、そのドアをノックしたのです。彼はなかで詳細を尋ね、部屋を借りる約束をし、そして翌日にはまんまとその部屋を占有してしまいました。この人物こそがピクウィック――被告のピクウィックだったのです」

バズファズ氏はここでひと呼吸おいた。あたりが急に静かになったので、裁判官のステアリー氏ははっと、して目を覚ました。彼は慌ててインクがまったく付いていないペンでメモを取り、さも深く考え込んでいる風《ふう》を装った。自分は深く考え込むときにはいつでも目を閉じるのだということを陪審員たちに信じ込ませるためだった。

バズファズ「ピクウィック本人について詳しく申し上げることは差し控えましょう。彼から魅力的な話題を引き出すことができるとは思えませんし、私も、みなさんも、この男の冷酷無比な態度、そして計画的な悪事を眺めて喜ぶような人間ではないでしょうから」

ピクウィック氏は黙って耐えていたが、ついに我慢しきれずに立ち上がった。畏《おそ》れ多くも、法と正義を司《つかさど》る裁判官の面前で、バズファズ氏に襲いかかってやりたいという漠《ばく》とした考えが、彼の心に浮かんだかのようだった。

バズファズ「みなさん、私は計画的な悪事と申し上げました」バズファズ氏は、ピクウィック氏に視線を注ぎ、彼に向かって話しながら続けた。「そして計画的な悪事と言えば、もし被告のピクウィック氏がこの場にいるならば——いると聞いておりますが——一言申し上げたい。裁判を受けて立たれぬほうが、あなたの評判をこれ以上落とさない、賢明なご判断だったと」

バズファズ「陪審員のみなさん、ピクウィックは二年間というもの、一度も転居することなく、バーデル夫人の下宿に住み続けたという事実を申し上げましょう。その間に、ピクウィックはたびたびバーデル坊やに半ペニー銅貨の小遣いを、ときには六ペンス銀貨の小遣いをも与えていたことを申し上げましょう。さらに私は、被告の弁護人の反対尋問によって弱めることも覆《くつがえ》すこともできない証言をしてくれる確かな証人を立てることによって、次の事実を証明いたしましょう。被告は、少年の頭をなで、上玉や普通玉を（これはロンドンの少年たちの間で大切にされているおはじきの名称だと理解しております）近ごろ勝ち取ったかどうか尋ねたあとで、こう言ったことさえあるのです——『新しいお父さんができることについてどう思うかね』と。加えて、私は被告自身の三人の友人の証言によって——非常に反抗的で、非協力的な証人ではあるものの——次の事実を証明いたしましょう。問題の朝、被告は、原告を両腕に抱きしめ、抱擁と優しい言葉で原告の興奮を静めようとしていたところを彼らによって目撃されているのであります」

バズファズ「陪審員のみなさん、さらに次の点を指摘させていただきたい。被告と原告との間で二通の手紙がやりとりされていました。その筆跡から被告が書いたものであると確認されております。まず最初の手紙であります――『ギャラウェイ珈琲店にて、十二時。親愛なるB夫人――肋肉《あばら》とトマトソース。あなたのピクウィックより』みなさん、これはいったいどういう意味でしょうか。肋肉！　なんたることでしょう。そしてトマトソースですと⁉　みなさん、繊細で信じやすい女性の幸福が、このように浅はかな手練手管《てれんてくだ》によって弄《もてあそ》ばれてよいものでしょうか？　もう一通の手紙には日付がありません。それだけですでに疑わしい――『親愛なるB夫人。下宿に戻るのは明日になります。乗合馬車に遅れあり』そして次の注目すべき表現が続きます――『湯たんぽについてはご心配なく』みなさん、いったい誰が湯たんぽのことで心配すると言うのでしょうか。バーデル夫人に湯たんぽについて心を乱さぬよう懇願《こんがん》する理由として、考えられるのはただ一つ。私はそう確信しておりますが、夫人への燃える思いを隠すための隠れ蓑《みの》であります。これは、ピクウィックによって考案された秘密の文通において、何かの口説《くど》き文句または約束を表《あらわ》す暗号に違いありません。それが何なのかを説明することはかないませんが、彼は計画的に、最初から夫人を見捨てるつもりで、この暗号を考え出したのであります」

バズファズ「もう、じゅうぶんでありましょう。私の依頼人の希望、将来への望みは打ち砕かれました。

しかし、みなさん、ゴズウェル通りの砂漠のなかにあった家庭的なオアシスを無慈悲にも破壊してしまったピクウィック――その井戸を塞《ふさ》ぎ、緑の芝生に灰を撒《ま》き散らしたピクウィック――本日みなさんの前に薄情なトマトソースと湯たんぽを持って現れたピクウィックは、恥知らずにも、ため息一つつくこともなく、自らが作り出した廃墟を平然と見下ろしているのです。みなさん、賠償金であります。高い賠償金だけが、みなさんが彼に与えうる唯一の罰であり、それのみが私の依頼人に与えうる唯一の補償であります。その賠償金を求めて、彼女は今、我らが文明国の賢明で、高潔で、正義感に満ち、良心的で、私心がなく、同情心にあふれた、思慮深き陪審員のみなさんに訴えているのです」

この美しい結びの言葉とともに、バズファズ氏は腰を下ろした。裁判官のステアリー氏は再びはっ、、、として、目を覚ました。

バズファズ「証人エリザベス・クラピンズをここへ」バズファズ氏は少し休んだあと、再び元気よく立ち上がり、そう言った。

バズファズ「クラピンズさん、覚えておられますかな？　昨年の七月のある朝、バーデル夫人がピクウィックの部屋を掃除していたとき、二階の裏の部屋にいたのを――覚えておられますかな？」

クラピンズ「ええ、閣下と陪審員のみなさま、覚えていますとも」

バズファズ「ピクウィック氏の居間は、通りに面した二階の部屋でしたね？」

クラピンズ「ええ、そうです」
裁判官「あなたは二階の裏の部屋で何をしていたのですかな？」
クラピンズ「閣下と陪審員のみなさま、あたしは嘘は申しません」
裁判官「そのほうがよろしいですぞ、奥さん」
クラピンズ「あたしはバーデルさんが知らない間《あいだ》にそこにいました。あたしは小さなバスケットを持って、三ポンド分の赤玉ジャガイモを買いに出かけたんです。値段は二ペンスと半ペニーでした。その帰り道に、バーデルさんの家の玄関のドアが、ちょ、ちょ、ちょろっと開いているのが見えたんです」
裁判官「玄関のドアが何だって？」
バズファズ「彼女は『少し開いていた』と申しました、閣下」
裁判官「あの女は『ちょろっと』と言っておったぞ」
バズファズ「同じことでございます、閣下」
ちびの裁判官は疑わしいという顔をした。そして、これは記録に残しておくと言った。
クラピンズ「あたしはただ朝の挨拶をするつもりで、入ったんです。そして、一階に誰もいないので二階に上《あが》って、裏の部屋に行ったんです。表の部屋から人の声がしたので――」
バズファズ「そして、会話を聞いたのですな、クラピンズさん」

クラピンズ「失礼ですけど、あたし立聞きなんかしていません。声が大きかったので、向こうからこっちの耳に入ってきたんです」

バズファズ「なるほど、クラピンズさん、あなたは耳をそばだててはいなかったが、勝手に声が聞こえてきたと。その声の持ち主の一人はピクウィックでしたか？」

クラピンズ「ええ、そうです」

クラピンズ夫人は、ピクウィック氏がバーデル夫人に言い寄っていたとはっきり述べたあとで、バズファズ氏からの多くの質問の助けを借りて、少しずつ自分が聞いた会話の内容を繰り返した。こういった状況で繰り返された会話というものは――否《いな》、こういった状況でなくとも、繰り返された会話というものは得てして――大した内容ではなくても大した話に聞こえるものなのである。

クラピンズ夫人は、緊張が解けてきたので、またとないこの機会に自分の家庭の事情についてちょっとご披露したい気持ちに駆られた。そこで、彼女は、聞かれてもいないのに、法廷にいる人たちに向かって、自分は現在八人の子どもの母親であるが、あと六か月もすれば夫のクラピンズが九人目の子どもと斯《か》く斯《か》く然《しか》然《じか》であると述べた。話がこの興味深い点にさしかかると、ちびの裁判官は苛立《いらだ》って直ちに話をやめるように言い、このご婦人は法廷から連れ出された。

スキンピン「証人ナサニエル・ウィンクル！」スキンピン氏が言った。

ウィンクル「はい、ここにおります」ウィンクル氏は証言台に立ち、正しく宣誓したあとで、裁判官にお辞儀をした。裁判官はこう言って挨拶を返した。

裁判官「私を見るのではない。陪審員を見るのだ」

ウィンクル氏は命令に従い、混乱した頭で陪審員たちがいると思われる方向を見た。

ウィンクル氏は、スキンピン氏の尋問を受けた。

スキンピン「さて、閣下と陪審員のみなさんの前で、あなたの名前をおっしゃってください」スキンピン氏は、いっぽうに頭を傾けると、注意深く答えを待った。まるでウィンクル氏は偽証の常習犯で、今も自分のものではない名前を言いたくてうずうずしていると疑ってかかっているかのようだった。

ウィンクル「ウィンクルです」

裁判官「クリスチャンネームは何かね？」

ウィンクル「ナサニエルです、閣下」

裁判官「ダニエル、と——ほかに名前は？」

ウィンクル「ナサニエルです、閣下」

裁判官「ナサニエル・ダニエルかね、それともダニエル・ナサニエルかね？」

ウィンクル「いいえ、閣下、ただのナサニエルです。ダニエルではございません」

裁判官「それなら、なぜダニエルと言ったのかね」
ウィンクル「申してはおりません、閣下」
裁判官「言ったではないか。言ってないのなら、どうして私のメモにダニエルと書かれているのかね」
スキンピン「ウィンクル氏は、忘れっぽいようです、閣下。尋問が終わるまでには、証人の記憶を新たにするよい手段が見つかるかもしれません。さあ、ウィンクルさん、いいですか、私の言うことをよく聞いてください。それがご自身のためだと申し上げておきますよ。あなたは被告であるピクウィックの親《した》しい友人ですね？」
ウィンクル「思い起こせば、ピクウィック氏と知り合ってから、今年で――」
スキンピン「いいですか、ウィンクルさん、話をそらさないでいただきたい。あなたは被告の親しい友人なんですか、そうじゃないんですか？」
ウィンクル「私は、ただ、こう言おうとしたんです――」
スキンピン「私の質問に答える気はあるんですか、ないんですか？」
裁判官「質問に答えないと、監獄送りになりますぞ」
ウィンクル「は、はい、そうです！」
スキンピン「そうなんですね。どうしてすぐにそうおっしゃらないのですか。おそらく原告のこともご存じなんでしょうね、ウィンクルさん」

ウィンクル「よく存じ上げませんが、お会いしたことはあります」

スキンピン「何ですって？　よく存じ上げないが、会ったことはある？　それがどういう意味か、陪審員のみなさんに説明していただけますかな、ウィンクルさん」

ウィンクル「彼女とは懇意《こんい》な間柄ではありませんが、ゴズウェル通りにピクウィック氏を訪ねた際に何度かお会いしたことがある、という意味です」

スキンピン「何回くらい会ったことがありますか？」

ウィンクル「何回、ですって？」

スキンピン「そうですよ、ウィンクルさん、何回くらい見かけたことがありますか？　必要とあれば、この質問を何度でも繰り返しますよ」

この質問に関して、こういった場合にはお決まりの、威圧的な誘導尋問が始まった。まず初めに、ウィンクル氏は、バーデル夫人に何回会ったか正確には答えられないと言った。それに対して、今度は、彼女に会ったのは二十回だったかどうか尋ねられ、彼は、「確か——それ以上だったと思います」と答えた。次に、彼は、彼女に百回会ったかどうか尋ねられ、それでは五十回以上会ったと証言できるかどうか、ならば少なくとも七十五回は会ったと言えるかどうか、と矢継ぎ早に質問を浴びせられた。

スキンピン「さて、ウィンクルさん、昨年の七月のある朝、ゴズウェル通りにある、原告が貸し出している下宿の部屋に被告のピクウィックを訪ねたことを覚えておられますか?」

ウィンクル「はい、覚えております」

スキンピン「あなたは、そのとき、タップマンという名前の友人と、スノッドグラスという名前のもう一人の友人と一緒でしたね」

ウィンクル「はい、そうでした」

スキンピン「彼らはここにいますか?」

ウィンクル「はい、おります」彼は友人たちが座っている場所をしっかり見ながら答えた。

スキンピン「ウィンクルさん、私のほうを見てください。友人たちには構わないように」スキンピン氏は、陪審員に向かって意味深長な表情を浮かべながら言った。「あなたの友人たちには、あなたと事前に打ち合わせすることなく、証言をしてもらいます。まだ何の打ち合わせもしていなければの話ですがね」ここで再び陪審員に向かって意味深長な表情を浮かべた。「さあ、その問題の朝、被告の部屋に入ったとき、あなたが目撃したことを陪審員のみなさんに話してください。いいですか、正直におっしゃってください。遅かれ早かれ、我々はそれを知ることになるのですからね」

ウィンクル「被告のピクウィック氏は、両腕で原告を抱きかかえておりました。両手は腰のあたりにありました。原告は気を失っているようでした」

スキンピン「被告が何か言っているのが聞こえましたか?」

ウィンクル「バーデル夫人に『いい子だから』と呼びかけ、彼女に心を落ち着かせるよう頼んでいるのが聞こえました。とても困った状況で、もし誰かが来たら、といった趣旨のことを言っていました」

スキンピン「ウィンクルさん、最後にもう一つだけお聞きしたい。あなたは、被告であるピクウィックが、今問題になっているそのときに、こういった趣旨のことを言わなかったとはっきり証言することができますか。『親愛なるバーデル夫人、いい子だから、心を落ち着かせてください、この状況を、もしあなたが受け入れてくれたら』と」

ウィンクル「私は——私はそうは理解しませんでした。私は階段のところにいて、はっきりと聞こえませんでしたから。私が受けた印象では——」

スキンピン「ウィンクルさん、陪審員のみなさんは、あなたが受けた印象のことなど聞きたくないのですよ。そんなものは誠実で公平な人たちの役には立たないのですから。あなたは階段のところにいて、はっきり聞こえなかった。そして、あなたは、私が今述べた言葉をピクウィックが確かに言わなかったと証言することができない。そういう理解でよろしいですね?」

ウィンクル「ええ、まあ、そうです」

スキンピン「証人尋問は以上です」

トレイシー・タップマンもオーガスタス・スノッドグラスも、それぞれ証言台に呼び出された。二人とも、先ほどの哀れな友人の証言を裏づけた。そして、二人とも意地悪な質問にしつこく責められて、絶望の淵に追いやられたのち、証言台から退席した。

次にスザンナ・サンダースが証人として呼ばれ、原告側のバズファズ氏と被告側のスナビン氏によって交互に尋問された。それによれば、彼女は、ピクウィックがバーデル夫人と結婚するといつも言っていたし、信じてもいた。バーデル夫人がピクウィックと婚約したことは、七月に失神事件があって以降、近所ではもっぱらの噂である。ピクウィックが少年に、新しいお父さんができることについてどう思うか尋ねているのを聞いたことがある。バーデル夫人が当時パン屋と付き合っていたことは知らないが、パン屋がそのときは独身で、今は結婚しているのは知っている。七月の問題の朝、バーデル夫人が気絶したのは、ピクウィックが彼女に結婚の日取りを決めるよう迫ったからだと思う。夫のサンダース氏が結婚の承諾を迫ったとき、彼女（すなわち証人）も気絶した。レディーと呼ばれる女性であれば、似たような状況下では必ずそうするはずだ。彼女がサンダース氏と付き合っていたとき、彼女も世の女性の例にもれず、何通もラブ・レターを受け取った。その文通の過程で、サンダース氏は彼女のことを「かわいいアヒルちゃん」と呼んだことはあっても、「肋肉《あばら》」とか「トマトソース」とかといった愛称で呼んだことは一度もなかった。

バズファズ氏は——もしそんなことが可能であればの話だが——これまで以上に尊大な態度で立ち上がり、「証人サミュエル・ウェラーをここへ」と言った。

サミュエル・ウェラーを呼び出す必要はまったくなかった。バズファズ氏が彼の名前を言うか言わないかのうちに証言台に登っていたからである。彼は帽子を床のうえに置き、両腕を手すりに乗せると、明るく快活な様子で弁護士連中を一通り見渡し、今度は裁判官をじっと眺めて観察した。

裁判官「君の名前は何かね?」

ウェラー「サム・ウェラーです、閣下」

裁判官「ウェラーの綴《つづ》りは、V《ヴィー》かね、それともW《ダブリュー》かね?」

ウェラー「そりゃ、綴《つづ》り手の好みにもよりますね、閣下。あっし自身、自分の名前を綴ったことは、これまでに一度か二度しかございませんが、あっしならV《ヴィー》と綴ります」

ここで、傍聴席から叫《さけ》び声が聞こえた。「そのとおりだ、サミュエル。そのとおりだ。V《ウィー》と綴ってくださいませ、旦那、V《ウィー》と綴ってくださいませ」

裁判官「誰だ、あろうことかこの私に話しかけたのは誰なんだ? 廷吏《ていり》!」

廷吏「はい、閣下」

裁判官「あの者をすぐここに連れてくるのだ」

廷吏「はい、閣下」

しかし、廷吏《ていり》はその人物を見つけられなかったので、連れてくることはできなかった。その容疑者を探して立ち上がった人たちは一しきりざわめいたあとで、再び腰を下ろした。ちびの裁判官は、怒りが多少収まって口がきけるようになると、証人に向かってこう言った。

裁判官「あれが誰だったか、わかるかね？」

ウェラー「あっしの親父じゃなかったかと思います、閣下」

裁判官「今どこにいるか、わかるかね？」

サムは法廷の天窓を眺めながら言った。「いいえ、閣下、ただ今現在は姿が見えません」

裁判官「どこにいるかわかれば、すぐにでも監獄送りにしてやるんだが」

サムは会釈して了解した旨を伝えた。

バズファズ「さて、ウェラーさん」バズファズ氏が言った。

ウェラー「さて、さて」

バズファズ「あなたはこの訴訟事件の被告であるピクウィック氏の使用人ということでよろしいですかな。ウェラーさん、遠慮せずに話していただきたい」

ウェラー「もちろん、遠慮なく申し上げますとも。あっしは件《くだん》の紳士の使用人で、とってもいい勤め先です」

バズファズ「仕事は少なく、たっぷり頂けるということですかな？」
ウェラー「へえ、もうじゅうぶんというくらい頂けますよ。三百五十回の鞭打《むち》ち刑をくらった兵士が泣きながら言ったようにね」
裁判官「兵士が言ったことなど金輪際《こんりんざい》話してはならんぞ。その兵士が法廷にいて、証言できない限りはな。証拠とは認められん」
ウェラー「へい、わかりました、閣下」
バズファズ「ウェラーさん、あなたが被告によって最初に雇われた日の朝に起こったことで、何か特別なことを覚えておられますかな？」
ウェラー「へえ、覚えておりますとも」
バズファズ「陪審員のみなさんの前で話していただけますかな？」
ウェラー「陪審員のみなみなさま、その朝、あっしは、とっても上等な新品のお仕着せを頂きました。それは当時のあっしにとってはほんとに珍しい、特別なことでして」
裁判官は厳しい目でサムを睨《にら》んだが、サムは完全に落ち着いた顔をしていたので、何も言わずにいた。
バズファズ「ウェラーさん、これまで複数の目撃者によって証言されてきた事実――原告が被告の腕のなかで気を失ったことについては、何も見ていないとおっしゃるんですね？」

ウェラー「へえ、見ておりません。あっしは上に呼ばれるまで、廊下にいたものでね。それで、呼ばれたときには、旦那が原告って呼んでるおばさんは、もういなかったもんですからね」
バズファズ「あなたは廊下にいたのに何も見ていないとおっしゃるんですか？　ウェラーさん、あなたには目がついているんですか？」
ウェラー「へえ、あっしにはただの普通の目が二つばかし付いておりまして。それが新案特許の二百万倍酸水素ガス顕微鏡の強力な目でしたら、階段と樅製《もみ》ドアを突き抜けて、わずかな隙間から見ることもできたかもしれませんが、いかんせん何の変哲《へんてつ》もないただの普通の目なもんですからね。残念ながら、視力は限られておりまして」
バズファズ「ウェラーさん、別の質問をいたしましょう。よろしいですかな？」
ウェラー「旦那さえよろしければ」
バズファズ「十一月のある晩、バーデル夫人の家に行ったのを覚えておられますかな？」
ウェラー「へえ、もちろん覚えております」
バズファズ「覚えておられるのですね、ウェラーさん。我々も最後には何かにたどり着けると思っていましたよ」
ウェラー「あっしもそう思ってました」

バズファズ「さて、あなたは裁判のことについて少し話し合う目的でそこに行かれた――そうですね、ウェラーさん」

ウェラー「あっしは部屋代を払いに行ったんですがね、裁判のこともちょこっと話しましたよ」

バズファズ「ああ、裁判のことについて話されたんですね。どんなことを話し合われたんですか。教えていただけますかな、ウェラーさん」

ウェラー「へえ、喜んで。今日ここで証言した二人のご婦人が、ちょっとした世間話をしたあとで、ドッドソンさんとフォッグさん――今、旦那の近くにお座りの二人の紳士の立派なおこないについて、とっても褒めておりました」

バズファズ「原告の事務弁護士ですね。彼女たちは、ドッドソン氏とフォッグ氏の立派なおこないについてたいへん褒めておられた、と」

ウェラー「へえ、ご婦人方はこう言っておりました。訴訟事件をヤマ勘で取り上げて、ピクウィックさんからぶんどれなかった場合には費用を一切請求しないなんて、なんて寛大な申し出なんだろうってね」

バズファズ「かっ、閣下――この非常識な証人から有益な証言を引き出そうとしてもまったくの時間の無駄であります。これ以上質問をして、閣下のお耳を煩《わずら》わせることはいたしません。証人は証言台から降りてよろしい。これで尋問を終わります」

続いて、スナビン氏が陪審員に向かって被告の弁護をおこない、ピクウィック氏のために最善を尽くした。最善であるからして、当然のことながら、それ以上は望むべくもなかった。

裁判官のステアリー氏は、いつものお決まりのやり方で総括《そうかつ》した。彼は、とても短い自分のメモを見ながら、読み取れるところだけを陪審員に向かって読み上げた。多くの箇所は判読できなかったので、読み上げなかった。そして、証言についてごく大雑把な意見を述べた。もしバーデル夫人が正しければ、ピクウィック氏が間違っていることは明らかである。もしクラピンズ夫人の証言が信じるに値すると思われるなら、信じればよし。もしそうでなければ、信じなければよし。

その後《ご》、陪審員たちは、協議するために控え室に下がった。裁判官も自分の控え室に退《しりぞ》き、羊の肋肉《あばら》とグラス一杯のシェリー酒で気分を新たにした。

待ちの長い十五分が過ぎた。陪審員たちが戻ってきた。裁判官も再び呼び戻された。ピクウィック氏はメガネをかけると、陪審長をじっと見つめた。

廷吏「陪審員のみなさん、全員一致で評決に達しましたか？」

陪審長「はい、達しました」

廷吏「原告の勝訴ですか、それとも被告の勝訴ですか？」

陪審長「原告の勝訴です」

廷吏「損害賠償額はいくらですか？」

陪審長「七百五十ポンドです」

ピクウィック氏は陪審長をじっとにらみながら、落ち着いて手袋をはめ、外に出ると、いつも気の利く僕《しもべ》サム・ウェラーが用意した貸し馬車に乗り込んだ。

サムは踏み台を収《おさ》め、御者席《ぎょしゃせき》に飛び乗ろうとしたが、そのとき、誰かが優しく彼の肩にふれた。彼の目の前には父親が立っていた。

サムの父親「サミュエル！　どうして旦那はアリバイを用意しなかったんだ。トム・ワイルドスパークが馬車で人をひき殺した罪で捕まったとき、かつらをつけた弁護士先生たち全員がさじを投げちまったというのに、やつを救ったのもアリバイだったじゃないか。こんなやり方では結果は見えていたよ。ああ、サミー、サミー、どうしてアリバイをこしらえておかなかったんだ！」

「バーデル対ピクウィック」解題

『ピクウィック・クラブ』は、一八三六年四月から三七年十一月まで月刊分冊形式で出版された。若きディケンズ（二十四－二十五歳）が書いた最初の長編小説である。当初は売れ行きもはかばかしくなかったが、第四分冊でサム・ウェラーが登場すると爆発的な人気を博し、ディケンズは一躍流行作家となった。

ピクウィック・クラブの会員のうち、会長サミュエル・ピクウィックを始めとする四人の会員（会長のほかトレイシー・タップマン、オーガスタス・スノッドグラス、ナサニエル・ウィンクル）がイギリス各地への見聞を広めるための旅に出て、そこで体験した出来事をロンドンの本部に報告するという体裁で書かれた小説（いわゆるピカレスク小説）である。

旅が始まってまだ間もない頃、ピクウィックはロンドンのある宿屋で、客の靴磨きをしているサム・ウェラーと出会う（第十章）。サムは生粋のロンドンの下町っ子で、人はいいが騙されやすいピクウィックとは対照的に世間知とユーモアのセンスに長けた青年だった。一目で気に入ったピクウィックは、サムを召し使いに雇い入れようと考える。

ピクウィックがサムを下宿に招き入れようとしたその日に、下宿の家主であり、未亡人のバーデル夫人に向かって「ひとりの人間を食べさすのより、ふたりの人間を食べさすほうがずっと金がかかると思いますかね？」などと意味深な発言をするものだから、バーデル夫人はすっかり勘違いしてしまい、ピクウィックの首に抱きついたまま気を失ってしまう。そこにタップマン、スノッドグラス、ウィンクル（後からサム）が現れて、「バーデル対ピクウィック」の裁判でも話題となる問題の場面となる（第十二章）。ピクウィックに結婚の意思がないことを知ったバーデル夫人は、悪徳弁護士ドッドソンとフォッグに唆《そそのか》されて婚約不履行の訴訟を起こす。……

「バーデル対ピクウィック」は、『ピクウィック・クラブ』の第三十四章を半分程度の長さに縮約した朗読台本である。小説家としてデビューする前に法律事務所に勤め、法廷速記者としての経験も持つディケンズならではの観察眼が光る喜劇風裁判スケッチである。ディケンズは八人以上の登場人物の声を巧みに演じ分けたという。初演は一八五八年十月十九日。「クリスマス・キャロル」との相性が良く、両者を組み合わせたプログラムは、一八五八年ロンドンのクリスマス公演以降、定番になった。朗読回数は一六四回で、全朗読台本中一位である。

《バーデル夫人、ピクウィック氏の腕のなかで気が遠くなる》（ハブロット・K・ブラウン画）。『ピクウィック・クラブ』の挿絵より

デイヴィッド・コパフィールド

第一章

ペゴティおじさんのボートの家のことなら、小さいときからよく知っている。アラジンの魔法の宮殿でも、巨大なロック鳥《ちょう》の卵でも、どんな空想上の産物でも、これ以上魅力的なものはないと僕には思えるのだった。それはヤーマス海岸に打ち上げられた年季の入った黒いボートで、屋根からは煙突の代わりに鉄製の通風筒《つうふうとう》が突き出ていた。ボートの側面には魅力的なドアが設《しつら》えられていた。なかに入ると屋根がつけられ、小さな窓もあった。内部は掃除が行き届いていて美しく、これ以上ないほどに整頓されていた。いくつかの収納棚や箱があり、テーブル、オランダ壁掛け時計、タンスが置かれていた。タンスのうえには絵が描《か》かれた茶盆《ちゃぼん》が立てかけてあり、茶盆は倒れないように聖書で支えられていた。もしその茶盆が倒れるようなことがあれば、本の周りに置かれたたくさんのカップや受け皿、そしてティーポットは落ちて粉々になってしまったことだろう。壁には色つきの絵が飾られていて、赤のアブラハムが青のイサクを生贄《いけにえ》に捧《ささ》げようとしている様子や、黄色のダニエルが緑のライオンの巣窟《そうくつ》に投げ込まれる様子などが描《えが》かれていた。小さな炉棚《ろだな》のうえには、サンダーランドで建造された小帆船《しょうはんせん》「サラ・ジェーン号」の絵が飾られていた。船尾の部分は、実際の小さな木材でできていた。すなわち、絵画と木工細工を組み合わせた芸術品で、僕は子どものとき、この絵を、この世に存在する最も羨《うらや》むべき所有物の一つと見なしていた。ペゴティおじさんは、正直を絵に描《か》いたような海の男で、ロブスターやカニやザリガニなどを採《と》って生計を立てていた。僕は、鍋や薬缶《やかん》がしまってある小さな木造の納屋《なや》のなかで、この生き物たちが渾然一体《こんぜんいったい》となって、しかもそれらがハサミでつかんだものも一緒くたに、山と積み上げられているのを何度も目撃した。

僕がまだ子どもだったころと同じように、僕が若者へと成長した当時もまだ、ペゴティおじさんの家には、おじさんのほかに三人が住んでいた。みなしごの甥《おい》で船大工《ふなだいく》のハム・ペゴティ、養子として引き取った姪《めい》のエミリー。かつて僕が恋をした小さなエミリーは、今では美しい女性に成長していた。それから、ガミッジおばさん。

ペゴティおじさんは、この三人の生活を何年にもわたって一人で支えてきたのだった。ペゴティおじさんには、昔同じ船に乗っていた貧しい漁師仲間がいたが、ガミッジおばさんは、その人が残した未亡人だった。彼女はペゴティおじさんにとても感謝していたが、もし毎日不平を言う代わりに、感謝の言葉を口にしていたら（小さな家においてはなおのこと）もっと好感が持てる同居人になっていたのにと思う。暖炉のそばの一番居心地のよい隅《すみ》の席に座り、自分は「独《ひと》りぼっちの寂《さび》しい女で、何もかも思いどおりにいかない」と言うのがおばさんの口癖だった。

ある忘れ難《がた》い夜、僕は、学校時代の友人で、そのときも大の親友だったスティアフォースとともに、この懐かしいボートの家に向かって歩いていた。スティアフォースは、僕より六才年上で、頭が良く、ハンサムで、気の置けない、とても魅力的な青年だった。僕は心の底から彼を尊敬していた。僕は彼に対してロマンチックと言えるほどの忠誠心と友愛の感情を抱いていた。僕と彼はロンドンから一緒に旅をしていた。かつての懐かしい場所とそこに暮らす素朴な人たちを訪ねるという僕の計画に彼は興味を持ち、賛同してくれたのだった。

月は出ていなかった。僕と彼は、冬の暗い砂浜を、懐かしいボートの家に向かって歩いた。風がそよそよと悲しげに吹いていた。

「荒野といった感じがしませんか、スティアフォースさん」

「こう暗いと気も滅入《めい》るな。海もなんだかおれたちを飲み込みたいと叫《さけ》んでるようじゃないか。あの明かりがあるところが、ボートの家かい？」

「そうです」

僕たちは、それ以上何も言わずに明かりに近づいていった。そして、入り口のドアの手前まで来ると歩みをゆるめ、そっと近づいた。僕はドアの掛《か》け金《がね》に手をかけ、スティアフォースについてきてくださいと囁《ささや》いて、なかに入った。たちまち、僕は、驚く家族の真ん中にいた。子どものとき以来の再会だった。僕がペゴティおじさんの正面に立ち、握手をしようと手を伸ばしたとき、ハムが叫んだ。「デイヴィ坊ちゃん！　デイヴィ坊ちゃんが帰ってきた！」

次の瞬間、僕たちは全員と握手をし、元気にしていたか尋ね、再び会えて嬉しいと言い合った。みんなが同時に話をした。ペゴティおじさんは、僕と僕の友達に会えてよほど嬉しかったらしく、何を言ったらよいやら、何をしてよいやらわからず、最初は僕と何度も握手し、次にスティアフォースと握手し、そして再び僕と握手をした。さらには、ぼうぼうに伸びた髪を自分の手でくしゃくしゃにして、喜びに溢《あふ》れて大笑いした。それは、なかなかの見物だった。

「二人の紳士が――見違えるほど成長なさった紳士が――よりにもよって今夜、このあばら家《や》を訪ねてくださるなんて、目まぐるしくいろんな事が起こって、まさに回転木馬ですよ！　エミリーや、さあこっちにおいで。こっちに来るんだ。デイヴィ坊ちゃんのお友達も来てくれたよ。お前も聞いたことがあるだろう、エミリー。デイヴィ坊ちゃんと一緒に、お前に会いに来てくれた。お前の叔父さんの人生の最も輝かしい日に来てくれたんだ。万歳！」ペゴティおじさんがエミリーから手を離すと、エミリーは逃げるように自分の小さな部屋に駆け込んだ。ペゴティおじさんは、興奮して息を切らしながら、とても満足そうに僕たちの顔を見まわした。

「二人の紳士には――こんなに成長して、立派におなりになった紳士方には――事情をお話しすれば、わかっていただけるとは思いますが、あっしがこんな状態なのを先に謝っておきます。エミリーのやつ！　あっしがおしゃべりするのを見越して、逃げ出したんでしょうね。このエミリーってやつは――」今度はスティアフォースに向かって「今さっきここで恥ずかしそうにしていた、あっしらのエミリーは、まさにこのうちでは、きらきらした目をした家庭の天使っていうような存在なんです（あっしは無知な男ですが、そう信じています）。あの子はあっしの娘ではありません。あっしには子どもがおりません。けれども、あの子があっしの娘だったとしても、今以上にあの子を愛することはできないでしょう。おわかりでしょう！　無理ってもんですよ」

「わかりますとも」

「そう言っていただけると思っていました。ありがとうございます。あの子の父親が溺れ死んでしまってからずっと、あの子のことをよく知るやつがいます。そいつは、エミリーが赤ん坊のときも、幼い娘だったときにも、一人前の娘に成長したときにも、ずっとそばにいました。見た目は大した男ではありません。どちらかと言えば、あっしに似て体つきのがっちりした、無骨《ぶこつ》で、海風をたくさん浴びた、塩っ辛《から》い男です。けれども、全体としては、曲がったところがない正直な男です」

ハムは僕たちを見てニヤニヤ笑っていたが、僕は、ハムがこれほどニヤついている姿を見たことがなかった。

「この海の男が、何をしようが、どこに行こうが、とにかくエミリーにぞっこんになりまして、あの子の後をついていったり、あの子の召し使いのように言うことを聞いたり、ついには食欲もなくなって、あっしに本心を打ち明けました。

あっしはそいつに、正直な気持ちをエミリーに伝えるように言いました。そいつは図体だけはでかいんですが、子どもよりも恥ずかしがり屋で、それはできないと言いました。それであっしがエミリーにそいつの思いを伝えました。『何ですって？　あの人が！』あの子は言いました。『あの人とは何年も一緒に過ごして、兄のように慕ってきました。ああ、叔父さん！　あの人とは結婚できません。とってもいい人なんですもの！』あっしはあの子にキスをして、『本当のことを言ってくれてありがとよ。自分の思うようにすればいいさ。お前さんは小鳥みたいに自由なんだからな』とだけ言いました。それから、あっしはそいつのところに行って、こう言いました。『うまくいけばよかったんだが、だめだったよ。だけど前みたいに仲良くやってくれよ。あっしが言いたいのは、男らしく、今までとまったく同じようにあの子と付き合えってことだ』そいつは、あっしと握手しながら、『そうします！』と言いました。それから二年間というもの、そいつは、立派で、誠実に、男らしく振る舞いました。

突然、ある晩――まあ今晩のことなんですが――エミリーがなんとそいつと一緒に仕事から帰ってきました。そのこと自体は大したことではないかもしれません。というのも、そいつは――日が落ちると、いや実際は日が落ちる前でも――いつでも兄貴みたいにエミリーのことを心配して、付き添って歩いていたからです。けれども、この海の男は、エミリーの手を握りしめて、あっしにこう言ったんです。『ほうら！　おいらのかわいいお嫁さんになる人だよ』そして、あの子は、恥ずかしそうに、半分笑って半分泣きながら、思い切ってあっしにこう言いました。『そうなの、叔父さん！　いいかしら！』いいかしらだって！　当たり前じゃないか！　『いいかしら』あの子は言いました。『わたしも少し大人になって、物事が深く考えられるようになったの。できるだけ彼のいいお嫁さんになるわ。彼とってもいい人なんですもの』そして、ガミッジさんが、まるでお芝居でも見たみたいに、大きな拍手をしていたときに、お二人が入ってきたというわけです。秘密は必ず暴かれる、とはよく言ったもんだ。お二人にはすぐにばれてしまった。今まさにそういったことがここで起こったんですよ。エミリーの裁縫《さいほう》仕事の年季《ねんき》があけたら、あの子と結婚するのは、この男です」

ペゴティおじさんが、信頼と友情の気持ちからハムの背中をどんとたたいたので、ハムは当然のことながら少しよろめいた。僕たちに何か言わなければいけないと感じた彼は、言葉を詰まらせながらこう言った。

「デイヴィ坊ちゃん、坊ちゃんが最初にここに来たとき、あの子は坊ちゃんほどの背丈もなかったでしょう。おいらは、あの子の成長が楽しみでした。まるで美しい花の成長を見ているみたいに、あの子は大きくなりました。デイヴィ坊ちゃん、おいらは、あの子のためなら命だって惜《お》しくありません。喜んでこの身を捧げるつもりです。おいらがあの子を愛しているのと同じくらい、自分の奥さんを愛している人は、陸の上だろうと海の上だろうと、そういないでしょう。まあ、おいらよりも口が達者な人は山ほどいるでしょうけど」

僕はこれほどの屈強な男が、自分が愛する女性への熱い思いに打ち震えているのを見て、心にジーンとくるものがあった。ペゴティおじさんやハムから寄せられている僕たちへの信頼の情も感動的なものだった。僕は今聞いた話に心を打たれ、僕の心は静かな喜びで満たされた。しかし、それは、最初はなんだかほろ苦く、ちょっとしたことで苦痛へと変わってしまいかねないような喜びだった。

したがって、一座の人々の心の琴線《きんせん》に触れるような場回《ばまわ》しが、もし僕に求められていたならば、僕の未熟さが露呈してしまったに違いない。しかし、その役回りはスティアフォースが引き受けてくれた。彼はとても手際よくそれをやってのけたので、数分もすれば、僕らは全員がすっかり和《なご》やかな雰囲気に包まれた。

「ペゴティさん」スティアフォースは言った。「あなたは本当にいい人だ。だから、今夜のような幸せは、あなたにふさわしいものです。その点は保証しますよ。ハム、おめでとう。この喜びも君にふさわしいものだ。デイヴィ、暖炉の火を威勢よくかき立ててくれ。ペゴティさん、あなたの優しい姪御《めいご》さんを連れ戻してくれないと、おれは帰りますよ。こんなに素敵な夜の炉端《ろばた》の空席――とりわけあなたの姪御さんの空席――は、インド諸島すべての財宝と交換すると言われてもごめんですからね」

そこで、ペゴティおじさんは、エミリーを連れ戻しにいった。エミリーは来るのを嫌がったので、今度はハムが迎えに行った。間もなく、二人がエミリーを炉端に連れてきた。彼女は最初、どうしたらよいかわからず、とても恥ずかしそうにしていたが、スティアフォースが彼女に話しかけると、彼の話ぶりを理解して落ち着きを取り戻した。スティアフォースは、エミリーが恥ずかしい思いをするような話題を巧みに避けた。彼はもっぱらペゴティおじさんに話しかけ、ボートや船や、潮の満ち引きや、魚の種類などについての話を引き出した。スティアフォースは、ボートにまつわる話を聞いてとても嬉しがった。彼は陽気で、楽しげに話を続けた。次第に一座の全員が彼の話術に魅了され、幸福な一体感に包まれた。

しかし、スティアフォースは、会話のすべてを独占したわけではなかった。エミリーが暖炉の反対側に座っている僕に向かって、砂浜を歩き回って貝殻や小石を拾ったことなど、僕たちが子どもだったころの懐かしい思い出を話している間、彼は黙って熱心に耳を傾けていた。僕は、エミリーに、僕が彼女のことを好きだったこと、何時間も何時間もあのどんよりとした干潟《ひがた》を仲良く歩き回ったこと――まるで時間そのものが、僕たちと同じ子どもで、いつでも遊んでいるみたいに日々を過ごしていたこと――を覚えているかと尋ねた。その間もずっと、スティアフォースは黙って熱心に僕の話に耳を傾けていた。エミリーは、夜が更《ふ》けるまでずっと暖炉のそばのいつもの隅っこの席に座っていた。その隣《となり》にはハムがいた。エミリーが壁にぴったりくっつくように座り、ハムから少し距離を置いていたのは、ハムをちょっぴり焦《じ》らすのが目的なのか、それとも僕たちの前だから恥ずかしくてそうしていたのかはわからなかったが、とにかくその晩はずっとそんなふうにして座っていた。

僕たちが、暇《いとま》を告げたのは、確か真夜中に近い時刻だった。僕たちは、夜食にビスケットと魚の干物《ひもの》を食べ、スティアフォースは、オランダ製のジンの酒瓶《さかびん》をポケットから取り出した。僕たちは陽気に別れた。ペゴティおじさんたちは、僕たちの道を照らすようにドアを開け放ち、その周りに集まって僕らを見送ってくれた。そのとき、僕は、エミリーの美しい青い目が、ハムの背後からこちらをそっと見ているのに気づいた。彼女は僕たちに、道中お気をつけてと優しく声をかけてくれた。

「とびっきりの美人だね」スティアフォースは、僕の腕を取り、先に進みながら言った。「風変わりで面白い場所にいる、風変わりで面白い人たちだった。彼らと交《まじ》わるのは、とても新鮮だったよ」

「幸せな婚約発表の瞬間に出くわすなんて、僕たちも運がよかったですね、スティアフォースさん。あんなに幸せそうな人たちにお目にかかったことはない。とても愉快な時間でした」

「うん。だけど彼女みたいな子に、あいつはちょっと薄のろすぎやしないか？」

僕はこの冷たい返事にどきっとした。しかし、彼のほうを見ると、彼の目が笑っていたので、僕はこう答えた。

「ああ、スティアフォースさん！　あなたのような家柄の人が、貧しい人たちのことをからかうのは当然かもしれません。でも、僕は知っていますよ。彼らのどんな喜びでも悲しみでも、あらゆる感情に対してあなたが無関心ではいられないということをね。なにしろ、あなたが彼らの気持ちを完璧に理解し、素朴な漁師の幸せにもすんなり入っていったのを目撃したばかりですからね。だから前より二十倍もあなたのことが好きになったし、尊敬もしています」

驚いたことに、彼は突然何の前置きもなく、こう言った。

「デイジー坊や、この二十年間、おれに賢明《けんめい》な父親がいてくれたらどんなによかったかと思うよ。君も知ってのとおり、母親はいつでもおれを溺愛して、甘やかしてきたからね。もっとよい導き手がいれば――自分自身をもっとよく導くことができていれば――どんなによかったかと心から思うんだ！」

すっかり気落ちした彼の様子に、僕は驚いてしまった。彼は、僕が考えるいつもの彼とはまったく違っていた。

「貧しいペゴティ氏や、彼の田舎者の甥《おい》でいるほうが、何十倍も金があって頭のいい、このおれでいるよりもどんなにましかと思うよ。あのボートの家にいた最後の三十分間、おれという存在はおれにとって苦痛でしかなかった」

僕は、彼の変貌ぶりにとても困惑してしまったので、最初のうち、僕の横を歩く彼を黙って見つめることしかできなかった。ようやく僕は、そんなに落胆するなんて、いったい何があったのか僕に話してくださいと彼に語りかけた。

「何でもないんだよ、デイヴィ坊や。きっと悪い夢でも見ていたんだろう。女の人たちが言うゾワゾワが、おれの全身を走ったのさ。おれはときどき自分で自分が怖くなることがあるんだ」

「あなたにはほかに怖いものは何もないでしょう？」

「そうかもしれない。だけど、それだけでもじゅうぶんだろう。さあ、もうこの話はやめだ。デイジー坊や──君の名づけ親がつけた名前ではないが、君はとても爽《さわ》やかな若者なので、そう呼ばせてくれ──お願いだから、その名前をおれにくれないか」

「そんなことお安い御用ですよ」

「デイジー坊や……万一おれたちが決別してしまうようなことが起こったとしても、一番いいときのおれを思い出してくれないか。頼む。約束してくれ。もしある状況が二人を引き裂いたとしても、一番いいときのおれを思い出してくれ」

「スティアフォースさん、あなたは僕にとって、一番いいとか悪いとかそんな存在ではありませんよ。あなたは、いつだって僕の尊敬する大事な人なんですから」

僕は、翌朝、一人で旅立つため、夜明けとともに起きた。僕は、できるだけ静かに着替えると、スティアフォースの部屋を覗き込んだ。彼は、ぐっすりと眠っていた。楽な姿勢で、腕を枕にして横になっていた。

それは、学校時代に僕が何度も見ていた寝姿そのままだった。

来るべきときは、確かにやってきた。しかもそれはすぐにだった。そうなってみると、彼がこんなふうに安らかに眠っていたのが、奇跡のようにさえ思えるのだった。しかし、彼は眠っていた――もう一度繰り返させてほしい――学校時代に、僕が何度も見ていた寝姿そのままに。こうして、静かな早朝、僕は彼のもとを立ち去った。

ああ、神よ、スティアフォースを許したまえ。君のその眠る手に愛と友情を持って触れることはもう決してないのだ。

第二章

数か月が過ぎた。僕は再びヤーマスにいて、夜暗いなかをボートの家に向かって歩いていた。ペゴティおじさんの家を視界にとらえたとき、辺《あた》りは真っ暗で、雨が降り始めていた。窓越しに明かりが漏《も》れているのが見えた。しばらくの間、砂に足を取られながら砂浜を進むと、ドアのところまで来た。僕はなかに入った。

僕はささやかな夕食に招待されていた。エミリーは、二週間後にハムと結婚することになっていた。独身の彼女に会うのは、これが最後になる予定だった。

室内はとても居心地がよさそうに見えた。ペゴティおじさんは、くつろいで夜のパイプをふかし、テーブルには夕食の準備が整えられていた。古い灰は掻《か》き出され、暖炉の火は赤々と燃えていた。いつものエミリーの席も——それは大きな収納箱だったが——彼女のために用意されていた。ガミッジおばさんも、いつもの隅の席で不平を漏《も》らしていた。結果として、すべてがいつもどおりに見えた。

「デイヴィ坊ちゃん、あなたが一番乗りでした。さあ、座ってください。いつでも大歓迎の坊ちゃんにようこそと言う必要はないかもしれませんが、よくいらっしゃいました。心から歓迎します」

　このタイミングで、ガミッジおばさんは、ぶつぶつと不平を言った。

「元気を出すんだよ、ガミッジさん」ペゴティおじさんは言った。

「いやいや、ダニエル。あたしに元気出せって言っても無駄さ。なにしろ、何もかも思いどおりにいかないんだからね。どうせ、独《ひと》りぼっちの寂《さび》しい女でいることがこのあたしにはお似合いなのさ」

　ペゴティおじさんは、ガミッジおばさんのことをしばらく心配そうに見つめてから、オランダ壁掛け時計に目をやり、立ち上がった。彼は、ロウソクの芯《しん》を切り、そのロウソクを窓辺《まどべ》に置いた。

「さあ、準備万端だよ、ガミッジさん」ここで、ガミッジおばさんは再び小声で不平を漏らした。「さあ、いつもどおりにロウソクを窓辺に置いたよ、ガミッジさん！　いったい何のためにと不思議に思われるでしょう、デイヴィ坊ちゃん。これはエミリーのためなんですよ。ご存知のように、日が沈んでからは、道は暗いし、陽気でもない。エミリーが裁縫《さいほう》仕事を終えて、町から帰ってくるこの時刻に、あっしがいるときには、こうして窓辺に明かりを置くんですよ。これには二つの役割があります。『あそこが家だわ！』ってエミリーのやつがつぶやくでしょう。それから、『おじさんがいるわ！』って、同じようにつぶやくっていう寸法です。あっしがいないときには、明かりは出しませんからね。まるで子どもみたいだなって思われるかもしれません。あっしにとって確かなのは、ことエミリーに関しては、あっしは子どものようになっちまうということです。もちろん、見た目がそうだと言うんじゃありませんよ。態度がね。だけど、あっしは気にしちゃいません。いいですか、このあっしは、エミリーが結婚したら住めるように準備した、かわいい新居を覗《のぞ》いてみるんです。すると、そこに置かれた細々《こまごま》としたものがエミリーみたいに愛《いと》おしく思えてくるんですよ。あっしは、エミリーを愛おしむようにそっと、それらの細々としたものを取り上げてみたり、置いてみたり、なでてみたりしています。エミリーの小さなボンネットやなんかもね。そういったものが乱暴に扱われるのは我慢できません。ぜったいに無理ってもんです。

あっしがこういう考えなのも、エミリーがまだ幼いころから、ずっと一緒に遊んでいたせいなんでしょうね。トルコ人や、フランス人や、サメや、いろんな異国のものになりきって――それから、ライオンになったり、クジラになったり、そのほか思い出せない何やかやになったりして――遊んでいたせいですよ。エミリーの背丈《せたけ》がまだあっしの膝《ひざ》の高さもなかったころからね。そういった習慣が身についちまったんですね。それで、今では、窓辺《まどべ》にロウソクを置くってわけです。エミリーが結婚して、この家から出て行ったあとも、あっしは、こんなふうに窓辺にロウソクを置いて、エミリーを待っている風《ふう》を装って、暖炉の前に座っているんでしょうね。今あっしがしているようにね。そして、ロウソクが赤々と燃えているのを見て、あっしはこうつぶやくんですよ。『エミリーがこの明かりを見てるぞ。エミリーが帰ってくる』ってね。おや、嘘じゃありませんでした。エミリーのやつが帰ってきましたよ」

予想に反して、現れたのはハム一人だった。僕がここにやってきてから、さらに雨が強まったに違いない。というのも、ハムは、大きな防水帽《ぼうすいぼう》を目深《まぶか》にかぶっていたからだ。

「エミリーはどうした？」

ハムは、彼女は外だというような仕草をした。ペゴティおじさんは、窓辺からロウソクを取ると、芯《しん》の先を切り、それをテーブルのうえに置いた。ペゴティおじさんが暖炉の火をかきたてていたとき、ハムは、微動だにせずにこう言った。「デイヴィ坊ちゃん、ちょっと来てくれませんか。エミリーとおいらとで見せたいものがあるので」

ハムとすれ違ったとき、ふと見ると、驚いたことに、ハムの顔は死人のように真っ青だった。彼はドアを閉めた。僕たちは二人きりで外にいた。

「ハム！　何があったの？」

「デイヴィ坊ちゃん。おいらの愛する人が――おいらの心の誇りであり、希望でもある――おいらの命を賭けても守りたい、大切なあの子が、いなくなってしまった」

「いなくなっただって！」

「エミリーはどっかにいっちまったんです。坊ちゃんは頭がいいから、こんなときにどうすればいいか教えてくれませんか。奥の二人には何て言えばいいでしょうか。ペゴティおじさんにはどう打ち明ければいいでしょうか、デイヴィ坊ちゃん」

ドアが動いたので、僕は掛け金《がね》を押さえて、時を稼《かせ》ごうとした。しかし、遅すぎた。ペゴティおじさんはドアから顔を突き出すと、僕たちを見た。そのときの彼の表情の変わりようは、たとえ何百年生きたとしても忘れられるものではない。

泣き声や叫《さけ》び声が聞こえ、ガミッジおばさんはハムにすがりつき、みんなが部屋のなかで呆然《ぼうぜん》と立っていたのを覚えている。僕は、ハムが渡してくれた開封された手紙を手に持っていた。チョッキの前をはだけ、頭をくしゃくしゃにしたペゴティおじさんの顔と唇は真っ青で、血が胸のところに滴《したた》り落ちていた（血は唇《くちびる》を強く噛《か》んだために出たものだろう）。

「読んでください。ゆっくりとお願いします。あっしに理解できるかどうかわからないので」

死のような静寂のなかで、僕は、ハムから受け取った、インクが滲《にじ》んだ手紙を読みあげた。筆跡はエミリーのもので、ハムに宛《あ》てて書かれていた。

「『あなたが――まだ心が無垢《むく》だったころから、わたしにはもったいないほどの深い愛情を注いでくださったあなたが――この手紙を読むとき、わたしはすでに遠くに行っていることでしょう。明日《あす》の朝、この家《いえ》――わたしの大切な、かけがえのない家！――を出て行けば』」（手紙の日付は前の日の晩になっていた）「『わたしが彼のレディーとして戻ってくるのでないかぎり、わたしはもう二度とこの家を目にすることはないでしょう。この手紙は、何時間もたったあとで、夜、わたしの代わりに発見されるはずです。お願いですから、おじさんに、今ほど愛《いと》おしくおじさんのことを思ったことはないと伝えてください。あなたとわたしが結婚の約束をしていたことなど、どうか忘れて。わたしは幼いときに死んでしまって、どこかの墓地に埋められていると思ってください。わたしのことは構わず、おじさんのことを大事にしてください。おじさんの心の支えになってあげてください。もっと良《い》い人を好きになって、おじさんにとって、かつてのわたしの代わりになる人、あなたに対してより誠実でふさわしい人、わたしとは違って恥ずかしくない人を見つけてください。みなさんに神さまの祝福がありますように。もしわたしが彼のレディーとして戻ってこられないとしても、自分自身のために祈ることをやめてしまったとしても、わたしはみなさんのために祈ります。おじさん、愛を込めてさようなら。わたしの最後の涙と、最後の感謝の気持ちは、おじさんに捧げます！』」これが、手紙の全文だった。

僕が手紙を読み終えたあとも、しばらくの間、ペゴティおじさんは、じっと立って、僕の顔を見つめていた。ようやく、おじさんは、僕の顔からゆっくりと視線を移し、部屋のなかを見まわした。

「いったいその男は誰なんだ？　そいつの名前が知りたい」ハムは、ちらりと僕を見た。突然、僕は言いようのないショックを受けた。「デイヴィ坊ちゃん、ちょっと席を外《はず》してくれませんか。おいらはおじさんに言うべきことをはっきり言わなければなりません。坊ちゃんは聞かなくてもいいです」

僕は崩れ落ちるように椅子に座り込んだ。返事を返そうとしたが、舌は重たく、目の前がぼーっと霞《かす》んで見えなくなった。僕は直感的に、その男とは、学校時代の友人――僕が不幸にもこの一家に紹介してしまった――親友のスティアフォースだと理解したからだ。

「そいつの名前が知りたい」

「デイヴィ坊ちゃんの友達だよ。やつがその男さ。デイヴィ坊ちゃん、坊ちゃんのせいじゃありませんよ。おいらは坊ちゃんを責めるつもりはありません。けど、その男は坊ちゃんの友達のスティアフォースです。忌々《いまいま》しい悪党め！」

ペゴティおじさんは、しばらくじっとしていた。しかし、突然目が覚めたように動き出すと、部屋の隅《すみ》の掛《か》けくぎから粗末なコートを引っ張り下ろした。

「どうか手伝ってくれ。驚いちまって、思うように手が動かない。コートを着るのを手伝ってくれ。さあ、これでよし。今度は、あそこにある帽子を取ってくれないか」

ハムは、おじさんにどこに行こうとしているのか尋ねた。

「姪《めい》っ子を探しに行くんだ。エミリーを探しに行くんだよ。だが、その前に、あいつがあっしにくれた、あの真新しいボートの横っ腹《ぱら》に穴を開けて、海に沈めてやるのが先だ。あいつの考えがちょっとでもわかっていたら、あいつにも同じようにしてやったのに！　あのボートのなかで、顔と顔を突き合わせて座っていたときみたいに、もう一度、あいつと顔を合わせることがあれば、たとえ殴り殺されても、やつを溺れ死にさせて、ざまあ見ろと言ってやる。さあ、あっしは姪《めい》っ子を探しに行く」

「どこに行くつもりですか？」〔とハムは尋ねた〕

「どこにだって行くさ！　世界の果てまでも。かわいそうな姪《めい》っ子を探し出して、そっと優しく連れ戻すんだ。誰もあっしを止めることはできない。あっしは姪《めい》っ子を探しに行く。あの子を連れ戻すためにどこまでも行く！」

ガミッジおばさんは泣きながら、ハムとペゴティおじさんの間《あいだ》に割って入った。「だめだよ、ダニエル。今のあんたじゃ、行かせられない。しばらく時間を置いてから、探しに行けばいい。それは正しい選択だよ。だけど、今のあんたじゃ、だめだ。とにかく座っておくれ。そして、あたしのことを許しておくれ。あんたには心配ばかりかけてきたねえ、ダニエル。それにくらべれば、あたしの不平不満なんて何でもありゃしない。どうか昔のことを思い出しておくれ。エミリーが最初、孤児だったとき。ハムが孤児だったとき。そして、あたしがやもめになって困っていたとき。あんたが身寄りのないあたしを引き取ってくれたんだよ。そういったことを思い出せば、あんたの気持ちも和《やわ》らぎ、もっとよく悲しみに耐えることができるはずだよ。あんたも御《み》言葉を覚えているだろう。『アーメン、わたしは言う。わたしのいと小さいこの兄弟たちの一人にしたのは、わたしにしてくれたのと同じである』そうした教えは、何年も何年もあたしたちを庇護《ひご》してくれた、この屋根の下ではいつでも守られてきたんだよ」

ペゴティおじさんは、うなだれた。僕は、ひざまずいてスティアフォースを罵《ののし》ってやりたい衝動に駆《か》られたが、おじさんが泣くのを聞いて、ふっと気持ちが和らいだ。僕の張り裂けそうな胸は、おじさんと同様、出口を求めていた。そして、僕は泣いた。

第三章

そのころ、僕は、ロンドンのアパート暮らしで、ストランド街のバッキンガム・ストリートに面した建物の最上階の部屋に住んでいた。そして、ドーラに首ったけだった。僕は、おもにドーラへの思いとコーヒーだけで生きていた。僕の食欲はかなり減退していたが、むしろそれは僕にとって嬉しいことだった。食事に対して自然な食欲が湧《わ》くなんて、ドーラへの背信《はいしん》行為に思えたからである。僕は四《よん》着の高価なチョッキを、僕のためではなく――着ている服を自慢したいとは思わない――ドーラのために、買い込んだ。街を歩くとき、僕は、わら色の、子ヤギの皮でできた手袋をはめるようになった。僕の足にできることになる、すべてのマメの基礎を築いたのもこの時期だった。もし、このときに僕が履いていたブーツが今目の前に取り出されれ、僕の足の自然なサイズとくらべられたなら、僕のその当時の心の状態がどんなだったかを、痛ましいほど雄弁に語ってくれることだろう（つまり心も足も相当締めつけられていたのだった）。

家政婦のクラップ夫人は、何でも見抜いてしまう眼力《がんりき》の持ち主だったに違いない。というのも、僕のこの恋が生まれてから数週間しかたたないというのに、彼女はもうそれを見破ってしまったからである。ある晩、僕がとても落ち込んでいるとき、彼女は僕のそばに来て、こう尋ねた。発作《ほっさ》止めの薬として、クローブのエッセンスを七滴《てき》ほど垂《た》らして香りづけしたルバーブ入りカルダモン酒少々——もしそれが手近にない場合には、少しのブランデー——をいただけませんか。最初の特効薬は聞いたこともなかったが、二番目のものなら戸棚のなかにあったので、僕はグラスにブランデーを注《そそ》いでクラップ夫人に渡した。彼女は（そのお酒の不適切な使用について僕に疑念を抱かせないための配慮からか）それをその場で飲み始めた。

「元気を出してください」クラップ夫人が言った。「失礼ですが、あたしにはちゃーんとわかっていますよ。女性問題ですね」

「クラップさん⁉」

「おやまあ、かわいそうに。勇気を持つんですよ。弱音を吐《は》いてはいけません。その子が旦那に微笑《ほほえ》みかけなくても、そうしてくれる女はたくさんいますよ。コパーフルさん、あなたは、そうされるに値する、いい男なんだから。自分の価値を知らないといけませんよ」

クラップ夫人はいつでも僕のことをコパーフルさんと呼んだ。その理由は、第一に、それが僕の本当の名前ではなかったから、第二に、クラップ夫人のなかでは、僕と、洗濯に使う銅釜《どうがま》のコパーがどこかで結びついていたからだろう。

「クラップさん、どうして女性問題だと思われるんですか」

「コパーフルさん、あたしはこれでも母親ですよ。旦那のブーツもウエストもきつきつだし、あんまり食べないし、飲まないし。あたしは、旦那以外にも、多くの若い殿方《とのがた》の洗濯物のめんどうを見てきました。旦那の前にここに住んでいた殿方は死んじまいましたが、バーのホステスに惚《ほ》れちまって、お酒でぶくぶく太った体に、きつきつのチョッキを着ていましたよ」

「クラップさん、お願いですから、僕の場合のお嬢さんと、バーのホステスとかそういった類《たぐい》の女の人を一緒にしないでください」

「コパーフルさん、あたしはこれでも母親です。そんなことしませんよ。もし立ち入りすぎたのなら謝ります。立ち入れないところに、立ち入ろうとは思っていませんからね。とにかく、旦那は若いんだから、あたしに言えることは、元気を出して、勇気を持って、自分の価値を知りなさいということですよ。なにか夢中になれる趣味をお持ちなさい。たとえば、ナインピンボウリングとか。健康にもいいし、気も紛《まぎ》れて、気分も上がるかもしれませんよ」

　僕は、この忠告をうまくはぐらかし、話題を変えて、翌日の夕食に大事な友人——トラドルズとミコーバー夫妻《ふさい》——を招待したいと申し出た。僕は、大胆にも、夕食のメニューは、舌平目《したびらめ》二枚と、羊の小さな足肉と、鳩のパイ包み焼きはどうだろうかと提案してみた。クラップ夫人は、僕の恐る恐るの提案——つまり魚と骨つき肉を彼女に料理してほしいと言ったこと――に対して猛然《もうぜん》と反発した。しかし、最終的には、妥協案がもたらされた。僕が、その後二週間は外食することを条件に、クラップ夫人は、これらの偉業《いぎょう》を成し遂げることを承諾してくれたのだった。

ボウル一杯のポンチ酒《しゅ》を、ミコーバーさんに調合してもらうために、僕はさまざまな材料を揃《そろ》えた。また、ミコーバー夫人が化粧直しできるように、ラベンダー化粧水一瓶《ひとびん》と、蜜蠟《みつろう》ロウソク二本と、さまざまな種類のヘアピン一包《ひとつつみ》と、ピン・クッション一個を用意した。僕の寝室がミコーバー夫人の化粧室代わりだったので、夫人のために暖炉に火を起こしておいた。テーブル・クロスは自分の手でテーブルにかけた。僕は準備を終えると、落ち着いて成り行きを見守った。

三人の訪問客は、約束した時間に一緒に到着した。ミコーバーさんは、いつもより高いシャツの襟《えり》を身につけ、単眼鏡《たんがんきょう》には新しい飾り紐《ひも》をつけていた。ミコーバー夫人は、室内帽を包みのなかに入れて持ってきた。トラドルズは、その包みを運び、ミコーバー夫人に腕を貸していた。三人とも僕の住まいを見て喜んでくれた。僕が、ミコーバー夫人を寝室の鏡台《きょうだい》の前に連れて行くと、夫人は自分のために用意された品々に大喜びし、ミコーバーさんを呼んで、ここに来て見てごらんなさいと言った。

「コパフィールドさん」ミコーバーさんは言った。「なんとも贅沢でよいですな。私自身が独身生活を送っていたときを髣髴《ほうふつ》させますよ。私は、現在のところ、慎ましく、控えめといってよい生活規模に落ち着いておりますけどね。お気づきのとおり、私はこれまで、人生の途上において数々の困難を乗り越え、多くの障害を克服してきました。あなたもご存じのように、私の人生において、ある予期する出来事が起こるまでの間、少し立ち止まって考えなければならない時期が幾度かありました。つまり、あれですよ。もしこう言ってよければ――遠くに跳ぶためには、後ろに下がらなければならないというわけです。一人の男の長い人生において、今はそういう極めて重大な段階にあるということですな。まさに今、跳ぶために後退しているところでして。その結果、まもなく著しい跳躍《ちょうやく》があとに続くものと私は考えておる次第です」

僕は、ミコーバーさんに、ボウル一杯のポンチ酒の準備をお願いして、彼にレモンがある場所を教えた。僕はこれまで、こんなに嬉しそうにポンチ酒を作る人――材料をかき混ぜ、調合し、味見をする人――を見たことがなかった。彼はまるで、ただのポンチ酒を作っているのではなく、子々孫々《ししそんそん》にまで受け継がれるひと財産をこしらえているかのようだった。ミコーバー夫人はと言えば、室内帽か、ラベンダー化粧水か、ヘアピンか、寝室の暖炉の火か、蜜蠟《みつろう》ロウソクか、何の効果かはわからなかったが、化粧室に入る前とくらべて、より美しくなって出てきた。

僕が思うに――あえて尋ねようとはしなかったが――クラップ夫人は、舌平目《したびらめ》をフライパンで炒めたあと、いつもの発作に襲われたに違いない。なぜなら、僕たちは、その時点で躓《つまず》いてしまったからである。羊の足肉は出てくるには出てきたが、なかは真っ赤で、外は青白かった。まるで炉《ろ》の灰のなかに落としてしまったかのように、肉の表面には何かざらざらしたものが付着していた。しかし、僕たちは、その真相をグレービー・ソースの状態から判断することはできなかった。なぜなら、給仕係は階段の踊り場でグレービー・ソースをすっかりこぼしてしまったからだ。鳩のパイ包み焼きは悪くはなかったが、それは人を欺《あざむ》くパイだった。パイの皮は、まるでなかがスカスカの残念な骨相学《こっそうがく》の頭のようで、こぶや出っ張りが多い割には中身がないといった感じなのだ。つまりは、晩餐会は大失敗だった。同席の人たちの明るい振る舞いがなければ、僕は不幸で、かなり落ち込んでいたことだろう——もちろん、今回の失敗に関してということだ。というのも、ドーラに関してはいつも落ち込んでいたから。

「親愛なるコパフィールドさん」ミコーバーさんは言った。「アクシデントは、どんな家庭にも起こるものですよ。とりわけ、それを神聖にし、なおかつその価値を高める、全体に行《ゆ》き渡る影響力を及ぼす高尚な存在——まあ、つまり、簡単に言えば、妻という女性の存在がなければなおさらですな。失礼を省みず申し上げれば、辛味《からみ》をたくさんつけた焼肉にまさる料理はそうそうありませんし、もし給仕係の若い娘さんが焼き網を持ってきてくだされば、我々が少しずつ手分けして作業することで、素晴らしい成果を出すことができ、こうしたちょっとした不運はすぐに挽回《ばんかい》できると思うのですが、いかがでしょうかな」

朝のベーコンを焼くための焼き網が、食器室にあった。僕たちは、ただちにそれを取り出させた。トラドルズは羊肉を薄く切り分け、ミコーバーさんは、それに胡椒《こしょう》、マスタード、塩、唐辛子《とうがらし》をまぶし、僕は、それを焼き網のうえに乗せて焼き、ミコーバーさんの合図に従って、フォークでひっくり返し、いいタイミングで取り出した。ミコーバー夫人は、小さな鍋でマッシュルーム・ケチャップを温めた。そうこうしているうちに、僕の食欲は奇跡的に回復した。恥ずかしいことに、ドーラのことを少しの間、忘れてしまうほどだった。

「ポンチ酒というものはですね、コパフィールドさん」ミコーバーさんは、食事が終わると、すぐにその飲み物の味見をしながら言った。「歳月人《さいげつ》を待たず、ですよ。今のタイミングがまさに味わいどきというものです。ねえ、お前、どう思う？」

ミコーバー夫人は、素晴らしいと答えた。

「わたしたちは、親《した》しい間柄ですから、コパフィールドさん」ミコーバー夫人はポンチ酒をすすりながら言った。「(トラドルズさんも家族みたいなものですし) 主人の将来の見通しについて、あなたの忌憚《きたん》のないご意見を伺《うかが》いたいわ。わたし、主人の取るべき最もふさわしい進路について親戚の者に相談したんですの。そうしましたら、その答えは、今すぐ石炭に目を向けるべき、というものでしたわ」

「何にですって？」

「石炭です。石炭業ですよ。調べてみましたら、どうやらメドウェイ石炭商会に、主人の才能にふさわしい職があるらしいということがわかったんですの。主人が正しくも言ったように、まず取るべき最初の一手は、とにもかくにもメドウェイ商会に行ってみよう、ということでしたわ。そして、わたしたちは行ってみたんです。コパフィールドさん、わたしは確かに『わたしたち』と言いました。ええ、そうですとも。わたしは、決して主人を見捨てません。妻であり、母でもあるわたしは、決して主人を見捨てませんとも！」トラドルズと僕は賞賛の言葉をつぶやいた。「コパフィールドさん、トラドルズさん、それが、まさにわたしの信念ですの。わたしには、あの日、結婚式で取り消し不可能な言葉――『わたくしエマは、汝《なんじ》ウィルキンズを夫とします』という誓いの言葉――を復唱《ふくしょう》したとき、わたし自身の身に背負った義務というものがありますもの。昨夜も、寝室のロウソクの明かりで結婚式の誓いの言葉を読みかえしたとき、わたしがそこから引き出した結論は、わたしは主人を見捨てることは絶対にできないし、そうするつもりもないということでしたわ」

「なあ、お前」ミコーバーさんは、少し落ち着かない様子で言った。「私は、お前がそんなことをする人間だとはこれっぽっちも思っとらんよ」

「わたしたちは」ミコーバー夫人は繰り返した。「メドウェイ商会に行ってみたんです。わたしの意見は、あの川べりの石炭商会の仕事には才能も必要かもしれないけれど、もっと確実に資本が必要だということですの。才能――主人にはそれがある。資本――主人にはそれがない。これが、メドウェイ商会に実際に足を運んでみて、わたしが得た個人的な結論です。次に、親戚の者たちは、主人はトウモロコシの委託販売に目を向けるべきという考えに至りました。けれども、トウモロコシは――主人にも何度も言いましたけど――

確かにジェントルマンにふさわしい商売かもしれないけれど、割の合わない商売です。わたしたちの商売の規模がどれだけ小さいからといって、委託料《いたくりょう》が二週間でたったの二シリング九ペンスだなんて、割に合う仕事ではありませんわ」

僕たちは皆その点に同意した。

「それで当然――」ミコーバー夫人は言った。彼女は、物事をはっきりと見定め、自分の夫が道を外れそうになったとき、女の知恵によってそれを防ぎ、正しい道に戻すことを誇りにしていた。「わたしは、世の中を見まわしてこう言いましたわ。『主人のような才能の持ち主が成功できる仕事は何なのかしら？』と。わたし、主人の物腰にふさわしい職業は、銀行業ではないかしらという気がしておりますの。もしわたしが銀行にお金を預ける顧客だとしたら、主人の物腰は、銀行を代表する人物として、顧客に信頼感を与え、取引先を増やすこと間違いなしと感じますもの。だけど、いくつもの銀行が、主人の才能を利用する機会を断り、主人の申し出を傲慢《ごうまん》無礼な態度で受け取るとしたら、そんなこと考えても何にもなりませんわよね。いっその事、自分たちで銀行を興《おこ》すことも考えましたわ。主人の手にお金を預けようという気になりさえすれば、銀行のオーナーになれる親戚の者もいるはずですの。だけど、もし親戚の者たちが主人の手にお金を預けようという気にならなければ――実際にそうなんですけど――そんなこと考えても何にもなりませんわよね。というわけで、わたしたちは、以前とくらべて一歩も前に進んでいないということになりますわね」

僕は首を横に振って「まったく、一歩も」と言い、トラドルズも首を横に振って「まったく、一歩も」と言った。

「この事実からいったい何が導き出せるでしょうか」ミコーバー夫人は、依然《いぜん》として弁論《べんろん》しているような口調で話を続けた。「コパフィールドさん、わたしがやむなく至った結論とは何でしょうか。間違いなく言えることは、わたしたちは生きていかなければならないのです」

僕は「異議なし！」と答え、トラドルズも「異議なし！」と答えた。そして、僕は「人は生きるか死ぬか、どちらかだ」と思慮深く付け加えたが、トラドルズは黙っていた。

「そうなんですの」ミコーバー夫人は答えた。「まさにそのとおりですの。そういった状況下で、ふさわしい地位も勤め先もない主人がいます。その責任はどこにあるのでしょうか。それは明らかに社会にあります。だから、わたしは、この不名誉な事実を白日のもとにさらし、それを正すよう社会に対して異議申し立てをおこなうつもりです。コパフィールドさん、わたしが思うに、主人がしなければならないことは、社会に対して挑戦状をたたきつけることです。そして、こう言ってやるのです。『この私の挑戦を受けるのは誰だ。その者は直《ただ》ちに前に進み出よ』ってね」

僕は、ミコーバー夫人に、具体的にどうするのか思い切って尋ねてみた。

「わたしが思うに――主人の正義のために、家族の正義のために、そして、これは敢《あ》えて言わせていただきますけど、主人をこれまで不当に軽視してきた社会の正義のために——主人がしなければならないことは、すべての新聞に広告を出すことです。自分は斯《か》く斯《か》く然然《しかじか》の能力を有する者であると、ありのままに述べ、こう書くのです。『好条件にて雇用されたし。ご連絡は、郵便料元払《もとばら》いにて、カムデン・タウン郵便局留、W・Mまで』」

「しかし広告にはお金がかかるでしょう」僕は意見を述べた。

「そうなんですの！」ミコーバー夫人は、依然《いぜん》として理路整然とした口調で続けた。「そのとおりですの、コパフィールドさん。私も主人にそのように申しましたの。ですから、それを実現するためにも、主人はお金を調達する必要があります。手形を使って」

ミコーバーさんは、椅子に深々《ふかぶか》と腰かけ、単眼鏡をいじりながら、視線は天井のほうに向けていた。しかし、暖炉の火を見つめているトラドルズの様子を時折《ときおり》うかがっていることに僕は気づいた。

「もし親戚の者が誰も手形を買い取ってやろうというごく自然な感情を抱かないのなら——」ミコーバー夫人は言った。「確か、もっと適切な商売の言葉があったはずなんですの」

ミコーバーさんは、視線を天井に向けたまま、控えめにこう提案した。「割り引く」

「そう、手形を割り引く。そのために、主人はシティに出かけていって、金融市場に手形を持ち込み、しかるべき額の現金と交換してもらうべきだというのがわたしの考えなんですの」

僕は、どういうわけか、ミコーバー夫人の自己犠牲の精神と献身的な愛情にいたく感じ入ったので、そういった趣旨の言葉をつぶやいた。トラドルズも、僕に同調した。僕は、彼女のことを古代ローマの貴婦人のような人——公《おおやけ》のためになる、困難な英雄的行為をおこなう高貴な女性——だと本気で思ったのだった。

そうした印象を強く受けたので、僕は、ミコーバーさんが素晴らしい奥さんをお持ちであることに対して祝意を表《あらわ》した。トラドルズも同じようにした。ミコーバーさんは、僕とトラドルズと握手をするために順番に手を差し出した。そして、感極まったのか、ポケットからハンカチを取り出して顔を覆《おお》った——ハンカチには、ミコーバーさんが気づいていたよりも多くの嗅ぎタバコがついていた。それから、ミコーバーさんは、最高に上機嫌になって、再びポンチ酒を味わい始めた。

ミコーバー夫人は、とても感じのよい作法で、僕たちに紅茶を入れてくれた。紅茶を飲んだあと、僕たちは暖炉の前に座り、いろいろな話題について話をした。ミコーバー夫人は、僕たちにお気に入りのバラード——「粋な白服軍曹」と「かわいいタフリンちゃん」——を歌ってくれた。小さく、か細《ぼそ》く、平板《へいばん》な声だった（最初に彼女の歌声を聞いたとき、まるでライトビールのような声だなと思ったのを覚えている）。ミコーバー夫人がまだ独身で両親と実家にいたとき、この二曲の歌い手として有名だったそうだ。ミコーバーさんの話では、実家で彼女に初めて会い、彼女が最初の曲を歌うのを聞いたとき、彼はかなりの程度、心を奪われたが、彼女が「かわいいタフリンちゃん」を歌い始めると、彼は、彼女の愛情を勝ち取るか、さもなくば愛の殉教者となろう、と心に決めたそうである。

ミコーバー夫人が身支度のために立ち上がったのは、十時から十一時の間だった。彼女は、室内帽を元の包みにおさめ、ボンネットをかぶった。ミコーバーさんは、この機会をうまく利用して、「お手すきの際にお読みください」とささやき、僕の手にそっと手紙を握らせた。僕は、ロウソクを手に持ち、階段の手すりのうえから、ミコーバーさんがミコーバー夫人を先導して下りていくのを照らしていたが、僕もこの機会をうまく利用して、階段の一番上でトラドルズに声をかけた。

「トラドルズ、ミコーバーさんには悪気はないかもしれないけど、もし僕だったら、彼には何も貸さないと思うな」

「コパフィールド、僕には何も貸すものなんてないよ」

「名前とかさ」

「えっ！　それも貸せるもののうちに入るのかい？」

「もちろんさ」

「ああ、そうだね。ご忠告、恩に着るよ。でも、それならもう貸しちゃったんだ」

「金融市場に持ち込むというあの手形のことかい？」

「いや、それじゃない。その話は今日初めて聞いた。これから家に帰る途中で、その話を持ちかけられるかもしれないと思っていたところなんだ。僕が名前を貸したのは別件さ」

「何か不都合なことが起こらなければいいんだけど」

「僕もそう願っているよ。でも、おそらく大丈夫だと思う。つい先日、ミコーバーさんから万一に備えているると聞いたからね。『万一に備えている』というのがまさにミコーバーさんが使った言葉だよ」

このとき、ミコーバーさんが振り返って見上げたので、僕は「とにかく気をつけて」と繰り返すことしかできなかった。トラドルズは、僕に礼を言い、階段を下りていった。彼がミコーバー夫人の室内帽を持って下りていく様子を見て、僕は心配になってしまった。あまりにも人が良さそうで、このまま体ごと金融市場に飲み込まれてしまうのではないかと思えたからだ。

僕は再び暖炉の前に座り、ミコーバーさんの手紙を読んだ。手紙が書かれた時刻は、夕食が始まる一時間半前だった。以前話したかどうか覚えてないが、ミコーバーさんは、とても深刻な危機に陥《おちい》ったとき、法律用語のような難しい言葉を使いたがる傾向があった。おそらく、それを使うことで、身辺整理をしているような気になるからだろう。

手紙の中身は、こうだった。


「拝啓——親愛なるコパフィールド様とはあえて申しません、

貴殿《きでん》にお伝えするよい機会と存じますが、末尾に署名したる者は破産いたしました。自らの苦境を知られないよう、この者がおこなった儚《はかな》い努力は、本日貴殿が目にされたとおりです。しかしながら、希望の光は地平線の下へと沈み、末尾に署名したる者は破産いたしました。

現在、この手紙は、差し押さえ物件の評価売却人によって雇用された、ほとんど酩酊状態にある一個人の監視のもとで（庇護《ひご》のもとでとは申しません）書かれております。この人物は、家賃未払いの差し押さえとして、家財道具一式の法的な所有権を有しております。その財産目録には、この住居の年間の賃貸《ちんたい》契約者である、末尾に署名したる者に帰属する、あらゆる家財および物品が含まれるだけではなく、下宿人であり、インナー・テンプル法曹《ほうそう》学院の会員であるトマス・トラドルズ氏に帰属する家財および物品も含まれております。

溢《あふ》れんばかりの盃《さかずき》に、まだ何滴かの憂《うれ》いが足らないというのであれば――その盃は（かの偉大なる劇作家の言葉を借りれば）それを用意した者、すなわち末尾に署名したる者の唇《くちびる》に押しつけられておりますが――それは、以下の事実のなかに見い出すことができましょう。前記のトマス・トラドルズ氏は、末尾に署名したる者のために、二十三ポンド四シリング九ペンス半の借入金《かりいれきん》の保証人となることを友人として承諾してくれましたが、その支払期限はすでに過ぎ、万一の備えは何もないのであります。また、それは以下の事実のなかにも見い出すことができましょう。末尾に署名したる者が負うべき生活上の責任が、自然の成り行きによって、さらに増加する見込みだということです。その惨《みじ》めな寄《よ》る辺《べ》なき者の誕生は、本日から数えるところ、概数で申し上げれば、陰暦《いんれき》の六か月少し手前くらいの時期になると予想されております。

このように長々と申し述べたからには、ただの蛇足になりましょうが、

灰と塵《ちり》は永遠に

末尾に署名したる者の

頭《こうべ》のうえに

ウィルキンズ・ミコーバー」

第四章

夜目が覚めたとき、月や星を見上げたとき、雨が降るのを眺めたり、風が吹く音を聞いたりしたとき、一人の善良な漁師——ただひたすらに歩き続ける貧しき巡礼者！——の孤独な姿を思い起こさないことはめったになかった。そして、僕は彼の言葉を思い出す。「あっしは姪《めい》っ子を探しに行く。あの子を連れ戻すためにどこまででも行く！」

数か月が過ぎたが、その間、彼はずっと不在だった。誰もどこにいるか知らなかった。その日、ロンドンはとても寒く、身を切るような冷たさの北東の風が吹いていた。風は日の入りとともに静まって、雪が降り始めた。家に帰るための一番の近道は——そういう寒い晩には自然と近道を選んだが——セント・マーティンズ・レーンを抜けることだった。教会の石段のうえに一人の男の人影が見えた。そして、次の瞬間、僕はペゴティおじさんと間近で向き合っていた。

「デイヴィ坊ちゃん！　お会いできてよかったです。いいところで会いました！」

「こんなところで会うとは奇遇《きぐう》ですね、ペゴティおじさん」

「今夜お宅に伺《うかが》いたいと思っておりましたが、遅くなってしまったもので。明日《あす》旅立つ前に、朝早く伺うつもりでした」

「また行くんですか？」

「ええ、明日出発します」

当時は、ゴールデン・クロス亭の中庭に通じる脇《わき》の入り口があった。二、三の談話室は中庭から入ることができた。そのうちの一つを覗《のぞ》いてみると、なかには誰もおらず、暖炉の火があかあかと燃えていたので、僕はペゴティおじさんを連れてなかに入った。

「デイヴィ坊ちゃん、あっしがどこに行って、何を聞いてきたか、すべてお話ししましょう。あっしは、遠くまで行きました。得たものはわずかでしたが、とにかくお話しします」

ペゴティおじさんが物思いに沈みながら座っているとき、その顔の表情には厳粛《げんしゅく》な重々しさがあった。僕は声をかけることなく黙っていた。

「あの子がまだ幼い子どもだったとき、あの子は、あっしによく海の話や、紺碧《こんぺき》の海で太陽の光を浴びてキラキラと輝く外国の海岸の話をしてくれました。あの子が――いなくなってしまったとき、あっしは、あいつがあの子を外国に連れて行ったのだとピンときました。あいつが、外国の驚くような話をあの子に聞かせ、そこではあの子が立派なレディーになれると吹き込んだに違いありません。そういった話を餌《えさ》にあの子の気持ちを自分のほうに向けさせたのだと思います。あっしは、海峡を渡ってフランスに行きました。まるで空から落ちてきたような格好で、その国に上陸したのです。あっしは、当局に勤めている一人のイギリス人と出会いました。あっしは、その男に、姪《めい》っ子を探しに行くつもりだと告げました。彼は――正式名称は忘れてしまいましたが――あっしが通行するのに必要な書類を用意してくれました。彼は、あっしにお金をくれようとしましたが、ありがたいことに、その必要はありませんでした。あっしは彼に、してもらったことすべてに対して礼を言い、（できる限りで）あっしの感謝の気持ちを伝えました。そして、あっしは、姪っ子を探すためにフランスを縦断《じゅうだん》する旅に出たのです」

「たった一人で、しかも徒歩でですか？」

「ほとんどは歩きでした。ときどきは、市場《いちば》に向かう人たちの荷馬車や、誰も乗っていない乗合馬車に乗せてもらうこともありました。一日何マイルも歩き、友達に会いに行くとかいう貧しい兵士なんかと一緒に歩きました。あっしは、その男に話しかけることができませんでしたし、彼もそうでしたが、あっしらは、長い時間、ほこりっぽい道を連れ立《だ》って歩きました。町に着くと、あっしは宿を見つけて、庭のあたりで、誰か英語がわかる人が通りかかるのを（そういう人は大抵《たいてい》いたので）待っていました。あっしが、姪っ子を探しているこことを話すと、その人は、宿にどんな人物が泊まっているか教えてくれました。あの子に年格好《としかっこう》が近い客がいると、あっしは、その客が出入りするのを待っていました。それがエミリーでないとわかると、また旅に出ました。新しい村を訪れると、少しずつですが、村人たちがあっしのことを知ってくれるようになっていました。彼らは、あっしを自分たちの家の玄関先で休ませてくれました。そして、飲み物や食べ物を分け与えてくれ、また、寝場所を教えてくれました。それから、エミリーくらいの年頃の娘を持つ女の人たちが、村はずれの十字架像があるところで、あっしを待っていてくれて、同じような親切をしてくれました。なかには娘さんを亡くした母親もいました。あの母親たちがどれだけあっしに親切にしてくれたことか、神さまだけがご存知です！」

ペゴティおじさんは、手で顔を覆《おお》った。僕は、震える手をそっとそのうえに重ねた。

「ありがとうございます。でも、心配はご無用です。……

フランスを南下して、ついに海まで来ました。おわかりでしょうが、あっしみたいな船乗りが、船でイタリアまで行くのはそんなに難しいことではありませんでした。イタリアに着くと、以前と同じように旅をしました。スイスの山のなかで二人を見たという情報を手に入れ、あっしは、昼も夜もその山に向かって歩きました。山に近づけば近づくほど、山はあっしから遠ざかっていくように見えました。しかし、ようやくその山に到達し、それを越えることができました。あっしは、あの子のことをまったく疑っていません。あっしの顔さえ見れば――声さえ聞けば――あっしが、あの子の前に立ち、出て行った懐かしい家のことや、幼いころの自分をあの子が思い出してくれさえすれば――たとえあの子が王族のレディーになっていたとしても――あっしの足元にひざまずいて許しを請うはずです！　あっしは、あの子のために田舎風のドレスを買いました。高価な服は脱ぎ捨てさせ、その服を着せて、あっしは、あの子を再びこの腕に抱いて郷里に連れ帰るつもりでした。じゅうぶんな休息を取り、あの子の傷ついた足と、もっと傷ついた心を癒《いや》してやりながら。それがあっしが考えていたことです。けれども、デイヴィ坊ちゃん、その夢はかないませんでした。間に合わなかったんです。二人はすでに立ち去ったあとでした。どこへ行ったかは、わかりませんでした。ある人はあっち、別の人はこっちと言いました。あっしは、あちらこちら旅をしました。しかし、エミリーを見つけることはできませんでした。それで、故郷に戻ってきたのです」

「いつ戻ってきたのですか？」

「四日《よっか》前です。あっしは、暗くなってからボートの家を目にしました。ボートの家があんなに見慣れないものになるなんて思ってもみませんでしたよ」

ペゴティおじさんは、胸のポケットから、とても慎重な手つきで、小さな紙の包みを取りだした。そこには、二、三の手紙と小さな紙の束《たば》が入っていた。彼はそれをテーブルのうえに置いた。

「信義《しんぎ》に厚いガミッジさんが、あっしにこれを渡してくれました。最初の手紙は、あっしが出発してから一週間もたたないうちに来たそうです。紙のなかに一枚の五十ポンド札が入っていました。あっし宛《あて》で、夜の間《あいだ》にドアの下から差し込まれていたそうです。あの子は自分の筆跡を隠そうとしていますが、あっしの目をごまかすことはできません。二つ目の手紙は、ガミッジさん宛で、二、三か月前に届いたそうです。五ポンド入っていました」

二番目の現金も一番目と同じようにまったく手をつけていなかった。彼は両者を再び折りたたんだ。

「今手に持っているのは、別の手紙ですか？」

「これも金です。十ポンド紙幣ですよ。封筒の内側には『誠実な友より』と書かれていました。最初の二つは、ドアの下に置かれていましたが、これは一昨日《おととい》郵便で来ました。あっしは、消印《けしいん》が押された町まで姪《めい》っ子を探しに行くつもりです」

彼は消印を僕に見せた。それは上《じょう》ラインと呼ばれるライン川沿いの地域にある町だった。彼は、ヤーマスで、その地域のことをよく知っている外国人の仲買人《なかがい》を見つけ、簡単な地図を紙に描いてもらっていた。それで彼はちゃんと理解したのだった。

僕は、ハムはどうしているかと尋ねた。

「一生懸命働いていますよ。文句も言わずにね。だけど、あっしは（ここだけの話）あのことがハムを深く傷つけたと思っています。さて、今夜デイヴィ坊ちゃんにお会いすることができたので（お会いできて何よりでした！）、明日の朝は早く出発するつもりです。ここにあるものをご覧になったでしょう」ペゴティおじさんは、小さな紙の束がある胸のあたりに手を置いて言った。「この金を返す前に、あっしに何か悪いことが起こるんじゃないかと思うと、心配でなりません。もしあっしが死んで、金がなくなるなり、盗まれるなり、使われるなりして、あの男が、あっしが金を受け取ったと勘違いするようなことがあれば、あっしは絶対に成仏できません！　化《ば》けてでも、必ず金を返しに来ますよ！」

ペゴティおじさんが立ち上がったので、僕も立ち上がった。僕たちは固《かた》い握手を交わした。寒さの厳しい夜の街に出ると、まるでおじさんに敬意を払っているかのように、あたりはしんと静まり返っていた。雪の降りしきるなか、おじさんは再び孤独な旅に出た。

第五章

この間《あいだ》じゅうずっと、僕はドーラのことを愛していた。思いは募《つの》るばかりだった。もしこう言ってよければ、僕はドーラにどっぷり浸かっていた。彼女のことを熱烈に愛していただけではなく、身も心も完全に彼女に奪われていたのだった。僕は彼女が住んでいるノーウッドまで夜の散歩をして、彼女の屋敷の周《まわ》りを何時間もぐるぐると回って過ごした。柵《さく》の間《あいだ》の隙間から覗《のぞ》き見ようとしたり、柵のうえの錆びた釘《くぎ》にあごを乗せようとして奮闘したり、窓の明かりに向かって投げキスをしたり、ロマンチックに夜の闇に向かってドーラを守ってくれるようお願いしたりした。いったい何から守ってほしかったのだろうか。火事からか、それとも彼女が大嫌いなネズミからだろうか。

ドーラには、思慮深い友達がいた。名前はミス・ミルズといった。ドーラよりも年上で、二十歳《はたち》というすでに良い年齢の女性だった。ドーラは、彼女のことをジュリアと呼び、彼女はドーラの腹心《ふくしん》の友だった。ああ、ミス・ミルズが羨《うらや》ましい！

ある日、ミス・ミルズが、「ドーラが家《うち》に泊まりに来るの。あさって来ることになっているのよ。もしあなたが訪ねてくださるなら、パパは喜ぶと思いますけど、いかがかしら」と言った。

僕は、それからの三日間を惨《みじ》めな気持ちを味わって過ごした。そして、ついにその日がやって来た。僕は大金をはたいて正装し、愛の告白を胸に秘め、ミス・ミルズのお宅を訪問した。

ミルズ氏は不在だった。僕としては、彼が家にいることなどまったく期待していなかった。ミルズ氏に用はない。ミス・ミルズは在宅していた。ミス・ミルズがいれば、じゅうぶんだ。

僕は二階の部屋に案内された。そこには、ミス・ミルズとドーラがいた。ドーラがかわいがっている子犬のジップもいた。ミス・ミルズは楽譜を書き写し、ドーラは花を描《か》いていた。その花はなんと、僕が彼女にあげた花だった。そのときの僕の気持ちと言ったら！

ミス・ミルズは、僕に会えたことをとても喜んでくれて、パパが不在であることを詫《わ》びた。僕たち三人は、そうした不幸にも耐えることができた。ミス・ミルズは、二、三分の間、一緒にお喋りをしていたが、おもむろにペンを置いて立ち上がり、部屋を出て行った。

あれを言うのは明日まで延期しようと考えた。

「あなたのかわいそうなお馬さんは、ピクニックからの帰りが夜になって、疲れたんじゃない？　そうでなければいいけれど」ドーラは、彼女の美しい目をこちらに向けて言った。「ずいぶん長い道のりだったもの」

僕は、今日あれを言ってしまおうと思った。

「あの馬にとっては、長い道のりだったでしょうね。旅の途上で鼓舞《こぶ》してくれるものが何もなかったわけですから」

「かわいそうに、餌《えさ》をあげてなかったの？」

あれを言うのは明日まで延期しようと考えた。

「いいえ、ちゃんと世話をしてやりました。あの馬にはなかったという意味です。僕にはあった、あなたのそばにいるという幸せが――」

僕は、あれを言うのは今しかないと思った。今この場で言ってしまわなければ。

「なぜわたしのそばにいることがそれほど重要なのかしら？」ドーラは言った。「なぜそれを幸せとおっしゃるの？　もちろん、あなたはお世辞でおっしゃっているだけね。さあ、ジップ、いたずらっ子ちゃん、こっちにおいで！」

どうやってそれをやってのけたのか、まったく覚えていない。しかし、次の瞬間、僕はそれをやってのけた。僕はジップとドーラの間《あいだ》に割って入り、ドーラをぎゅっと両腕に抱き締めた。僕はとても雄弁でとても饒舌《じょうぜつ》だった。愛の言葉を、一言《ひとこと》の間《ま》もなく、夢中で喋り続けた。僕がどんなにあなたのことを愛しているかということ――あなたがいなければ、僕は死んでしまうということ――僕はあなたのことを賛美し、崇拝していること――。この間《あいだ》ずっと、ジップは狂ったように吠《ほ》え続けていた。

僕の饒舌さはさらにエスカレートし、僕は彼女にこう告げた。もし自分のために死ねとおっしゃるなら、僕は喜んでそうしましょう。あなたはただ僕にそう命じさえすればよいのです。僕はあなたに出会った瞬間から、昼も夜も、四六時中《しろくじちゅう》、あなたに夢中です。今この瞬間もそうですし、これからもずっとあなたを愛し続けます。これまでにも、これからも、多くの恋人たちが愛を告白することでしょう。しかし、僕があなたを愛しているくらい、熱烈に愛する人は、これまでもいなかったし、これからもおそらく――いや絶対に――いないはずです。僕が夢中になってしゃべればしゃべるほど、ジップは激しく吠えたてた。僕も、ジップも、時間を追うごとに、それぞれが別々のやり方で激昂《げっこう》していった。

しばらくして、僕とドーラは静かに並んでソファに座っていた。ジップは、彼女の膝《ひざ》のうえに寝そべって、穏やかな表情でまばたきしながら僕を見ていた。不安は僕の心から去った。僕は幸せの絶頂にいた。僕とドーラは婚約した。

その後《ご》、思いがけない事情から僕の経済状況は悪化してしまったので、次にドーラに会ったとき、その不都合な点について彼女に説明しなければならないと感じた。僕は、すぐさま、僕たちの喜びに溢《あふ》れた心のなかに暗い影を持ち込んでしまった。そのことで頭がいっぱいだったので、つい僕は何の準備もなく、君は乞《こ》食《じき》を愛することができるかい、と彼女に聞いてしまったのだった。

「どうしてそんなばかなことをおっしゃるの？　乞食を愛せるか、ですって！」

「ドーラ、僕は今や乞食同然なんだよ」

「どうしてあなたはそこに座ってそんな作り話ができるのかしら」ドーラは、僕の手を軽くたたきながら言った。「そんなにばかなことをおっしゃるなら、ジップに噛んでもらうから」

しかし、僕があまりにもまじめな顔つきだったので、ドーラはついに泣き出してしまった。まあ、どうしましょう！　どうしましょう！　とても怖いわ。ジュリア・ミルズはどこ？　わたしをジュリア・ミルズのところに連れて行って。そしてあなたはあっちに行ってちょうだい！　彼女はただこう叫ぶばかりだった。僕はすっかり気が動転してしまった。

僕は彼女を殺してしまったのではないかと思った。彼女は気を失ってしまったのだ。僕は彼女の顔に水滴《すいてき》をかけた。僕はひざまずいて介抱《かいほう》した。僕は自分の髪を掻《か》きむしった。僕は彼女に許しを請《こ》い、彼女にこちらを見てくれと頼んだ。僕は、かぎ薬の瓶《びん》を探してミス・ミルズの道具箱のなかを引っ掻《か》き回した。僕は悲痛な思いで、かぎ薬の瓶の代わりに象牙《ぞうげ》の針入れをドーラにあてがってしまい、彼女のうえに針をぶちまけてしまった。

やっとのことで、ドーラがこっちを見てくれた。最初は怯《おび》えていたが、僕がなだめることで、少しずついつもの愛《あい》らしい表情に戻っていった。彼女は、柔らかく、かわいい頬《ほお》を僕の頬に寄せてくれた。

「僕のことをまだ愛してくれているかい？　ドーラ」

「もちろんよ。愛してるわ。だけど怖がらせないで！」

「だけどね、ドーラ、自分で稼いだパン代は、たとえそれがパンの耳であっても――」

「パンの耳のことなんか聞きたくないわ。結婚してからも、毎日十二時にジップは羊の肋肉《あばら》を食べるのよ。でなきゃ、ジップ死んじゃうもの」

僕は彼女の子どもっぽい、愛嬌のある言い方にすっかり魅了されてしまった。そこで、僕は、ジップには、これまでどおり、羊の肋肉《あばら》を食べさせてやろうねと彼女に約束した。

僕たちが婚約して半年《はんとし》が過ぎたころ、嬉しいことに、ドーラは、僕が以前話していた料理の本がほしい、そして、いつか僕が彼女に約束していたように、家計簿のつけ方を教えてほしいと言ってきた。そこで僕は、次に彼女のもとを訪ねたとき、料理の本を持っていった（無味乾燥さを和らげ、読みたくなるように、僕はその本を綺麗に装丁してもらった）。それから、叔母が使っていた古い家計簿を見せ、家計簿のつけ方が練習できるように、書字板《しょじばん》のノートと、かわいい小さな鉛筆入れと、鉛筆の芯《しん》一箱をプレゼントした。

しかし、料理本はドーラに頭痛を引き起こし、数字は彼女を泣かせた。計算がどうしても合わないの、と彼女は言った。それで、彼女は数字を消してしまい、書字板《しょじばん》のあちこちに、小さな花束の絵や、僕やジップの似顔絵を描くのだった。

時は過ぎた。そして、僕はようやくこの手に結婚許可書をつかむことができた。デイヴィッド・コパフィールドとドーラ・スペンロウという二つの名前が、甘美な古い手書きの書体で並んで記《しる》されていた。上部《じょうぶ》の隅には、庇護者《ひごしゃ》たるイギリス印紙局の印紙が貼られ、僕たちの婚姻を上から見守っていた。そして、印刷された活字でカンタベリー大主教の名前があり、できるだけ安価な方法で、僕たちを祝福してくれていた。

家事を切り盛りすることにおいて、僕とドーラはまったくの無知と言ってよかった。二匹の若鳥のほうが僕たちよりもまだ知識豊富だったに違いない。もちろん、僕たちには家政婦がいた。彼女が僕たちのために家事をおこなった。名前はメアリー・アンと言ったが、彼女のおかげで僕たちは散々《さんざん》な目にあった。

彼女の姓《せい》は、パラゴンだった。「非常に優秀な人」という意味だが、雇い入れるときには、そんな印象は受けなかった。彼女は、何かの公布書《こうふしょ》かと思われるほど大判《おおばん》な推薦状を持っていた。この書類によれば、彼女は、僕が聞いたことがある、あらゆる種類の家事をこなすことができ、そのほか、僕がまったく聞いたこともないような、多くのことをおこなうことができるのだそうだ。彼女は、働き盛りで、表情は厳《いかめ》しく、いつも（特に腕のあたりが）赤い発疹《ほっしん》に悩まされていた。彼女には、近衛《このえ》連隊に入隊している従弟《いとこ》がいた。足がとても長い奴で、そいつが歩くと、誰かの午後の長い影が歩いているように見えた。彼女に飲酒癖がないこと、嘘をつかないことは保証つきだった。だから、僕は、彼女が湯わかしの近くで倒れているのを発見したときも、発作だと思ったたし、ティースプーンがときどきなくなるのは、ごみ収集人のせいだという彼女の説明も鵜呑《うの》みにした。彼女は、僕とドーラの最初の夫婦喧嘩の原因にもなった。

「ねえ君」僕は、ある日、ドーラに言った。「メアリー・アンには時間の観念というものがあるんだろうか」

「なぜそんなことを言うの、ドーディ」

「だってもう五時だよ。夕食は四時という約束じゃないか」

僕のかわいい奥さんはそばに来て、僕の膝《ひざ》のうえに座った。そして優しく僕に黙るように言い、手に持っていた鉛筆で僕の鼻筋に一本の線を引いた。それはそれで心地よかったけれども、それを夕食の代わりにするわけにはいかなかった。

「メアリー・アンにちゃんと抗議したほうがいいと思わないかい？」

「ダメよ。それはできないわ、ドーディ」

「なぜできないんだい？」

「わたしは小さなアヒルで、あの人もそれをお見通しなんだもの」

こんなことではメアリー・アンを監督することなど到底できないと思ったので、僕は少し顔をしかめた。

「いいかい、僕たちはときには真面目にならないといけないよ。さあ、この椅子に座って、鉛筆はこっちに貸して。大人としての話をしようじゃないか」(なんて小さくてかわいい手なんだろう！　結婚指輪もなんて小さいんだろう！)「君もわかるだろう？　夕食なしで出かけなきゃならないなんて、気分よくないってことが」

「そう――そうよね」ドーラは弱々しく答えた。

「どうして震えているの？」

「あなたわたしのこと叱《しか》るつもりでしょう」

「僕は道理を説こうとしているだけだよ」

「叱るよりもっと悪いわ。わたしは道理を説かれるために、結婚したわけじゃないのよ。わたしみたいなお馬鹿さんに道理を説くつもりなら、どうして先にそう言ってくれなかったの、いじわる！」

「ねえ、僕の愛《いと》しい人――」

「いいえ、わたしはあなたの愛しい人ではないわ。だって、あなたわたしと結婚したことを後悔しているもの。でなければ、道理なんか説くはずがないわ！」

ドーラの僕に対する非難は的外《まとはず》れなものだったので、僕はとても傷ついたが、そのことで、僕は、もっと真剣にドーラを諭《さと》す気持ちになった。

「ドーラ、子どもみたいに、馬鹿なこと言わないでくれよ。思い出してくれないか。昨日《きのう》は夕食の途中で出かけなければならなかったし、一昨日《おととい》は生焼けの仔牛肉を急いで食べたおかげで、調子がわるくなった。そして今日は、夕食なしだ。今朝の朝食だって、どれだけ待たされたことか。お湯だって沸いていなかったし……。君を責めてるんじゃないんだよ。だけど、こんな生活、気分よくないだろう」

「ああ、なんて、残酷な人なの。わたしのこと不愉快な奥さんだと言いたいのね」

「ねえ、ドーラ、そんなことは一言も言ってないだろう」

「気分の悪くなる奥さんだと言ったじゃない」

「僕は、こんな家事では、気分よく生活できないと言ったんだよ」

「結局そう言ってるのと同じじゃない！　どうしてそんなにひどいことが言えるの。この前も、あなたが、お魚が食べたいと言ったから、わたし何マイルも出かけていって、注文してあげたでしょう。あなたを驚かせようと思って」

「ありがたいと思ったよ。だから、僕はあえてふれなかったんだ。君が買ってきたのが鮭《さけ》丸ごと一匹で、二人には多すぎるなんてことはね。それが一ポンド六シリングもしたことも黙っていたよ。完全な予算オーバーだけどね」

「おいしいって食べたくせに」ドーラはしくしく泣き出した。「わたしのこと、いい子だって言ってたくせに」

「それならいつでも何度でも言えるよ。千回だって！」

僕は、そういった甘い言葉をそれ以降も何度も——千回以上——口にしたと思う。そうこうしているうちに、メアリー・アンの従弟《いとこ》が近衛《このえ》連隊を脱走して、僕たちの家の石炭置き場に逃げ込むという事件が起こった。驚いたことに、彼は、武装した仲間の哨兵《しょうへい》たちによって発見され、手錠をかけて連行された。彼らは庭の前を列をなして行進したものだから、ご近所に対して恥ずかしいといったらなかった。

僕たちに関わるすべての人が僕たちを騙《だま》そうと待ち構えているように見えた。僕たちが店に現れると、それは傷ものの商品を直《ただ》ちに取り出してくるための合図だった。ロブスターを買えば、いつでも水っぽかった。肉はいつでも硬かったし、パンは元のかたちを留《とど》めず、皮もついていなかった。

洗濯婦《せんたくふ》は、預かった服を質に入れ、その金で酒を飲み、酔っ払った状態で謝りに来る始末だった。これは、誰でも数回は経験していることではないだろうか。また、家の煙突が火事だというので、教区《きょうく》の消防用ポンプが出動し、そうした事実を教区吏員《りいん》が偽証する、ということもたびたびあった。しかし、僕たち特有の不幸は、少年の召し使いの存在だった。彼がやる主《おも》なことといったら、料理人と喧嘩することで、しょっちゅう鍋の蓋《ふた》を投げつけられていた。僕たちは、彼をやめさせたかったが、彼のほうではこちらをすっかり気に入ってしまい、出て行こうとはしなかった。ある日、彼は、ドーラの懐中時計を盗み、それをお金に変えると（彼は少し頭の弱い少年だった）――乗合馬車の屋上席に座ってロンドンとアクスブリッジ間の往復旅行を楽しんだ。

彼は往路と復路の旅を十五回成功させたところで、警察署に連行された。所持品として押収されたのは、四シリング六ペンスの現金と、吹けもしない中古の横笛だった。

彼は裁判にかけられ、流刑《るけい》の判決が言い渡された。この期《ご》に及んでも、彼は黙ることなく、しょっちゅう僕たちに手紙を書いてきた。母国を去る前に、ドーラにどうしても会いたいと言うものだから、ドーラは、彼のもとを訪ねていった。彼女は、鉄格子のなかに入った瞬間、気絶した。彼が国外に追放されるまで、安心して生活できなかった。（あとで聞いたところによると）彼は流刑地のどこかの「奥地で」――地理的にどこかはまったくわからないのだが――羊飼いになったそうである。

「こんなことになってごめんなさいね、ドーディ」ドーラは言った。「わたしのことを、わたしが呼んでほしい別の名前で呼んでくれる？」

「何だい？」

「おかしな名前なんだけど――赤ちゃん妻よ。わたしに腹を立てたくなったら、自分にこう言い聞かせてね。『赤ちゃん妻がやることだからしょうがないか』わたしにがっかりしたときは、こう言ってね。『彼女が赤ちゃん妻にしかなれないことは、ずっと前からわかっていたことじゃないか』わたしがあなたの理想の姿から――わたしがそうなりたいけど、そうなれない姿から――かけ離れてしまったときには、こう言ってね。『それでも僕の赤ちゃん妻は、僕を愛してくれているじゃないか』……だって、本当にそのとおりなんだもの」

僕は、かつてこれほどまでに愛した彼女の無垢《むく》な姿を、過去の遠い記憶の底から呼び起こす。その記憶のなかで、彼女の優しい顔は再び僕のほうを見る。そして、僕の返事によって、彼女が幸せそうに微笑《ほほえ》むのを僕は目にするのだ。

第六章

　ある日、僕は階段を上《のぼ》ってくる足音を聞いた。それがペゴティおじさんの足音だということはすぐにわかった。その足音はどんどん近づいてきて、おじさんが姿を現した。

「デイヴィ坊ちゃん、あの子を見つけました！　神さま、あの子のところまであっしを導いてくださって、感謝します！」

「これからどうするか、もう決めてるんですか？」

「ええ、デイヴィ坊ちゃん。遠くには、広大な国がいくつもあります。あっしらのこれからの生活は海の向こうです」

　おじさんは僕に両方の手を差し出した。彼は、急いで、人生の大切な預《あず》かりもの――エミリー――のもとへ戻らなければならなかった。僕はハムのことを考え、誰がハムにエミリー発見の知らせを伝えるのだろうと思った。ペゴティおじさんは、すべてのことをちゃんと考えていた。おじさんは、すでにハム宛に手紙を書き、手紙はいつでも投函《とうかん》できるようにコートのポケットのなかに用意されていた。僕はその手紙を預《あず》からせてほしいと頼んだ。僕は、ヤーマスに行って、直《じか》にハムと話をして、心の準備をさせてからその手紙を渡すつもりだと説明した。おじさんは、僕に心からの礼を言ってくれた。そして、その夜、僕が郵便馬車で出発することを確認して、二人は別れた。夕方になって、僕は出かけた。

「怪《あや》しい空模様だと思いませんか?」ロンドンを出て最初の駅で、僕は御者《ぎょしゃ》に言った。「こんなのは初めてです」

「俺も初めてですよ。風のせいですね。この調子だと、まもなく海で災難《さいなん》が起きますよ」

流れゆく雲が幾重にも積み重なり、とてつもない高さの暗い大きな塊となっていた。雲間から荒涼とした月が見えていた。月は、道を見失い、自然の法則を無視して、今にも真っ逆さまに落ちてしまいそうに見えた。一日中強い風が吹いていた。風の音は、凄《すさ》まじい音だった。一時間もすると、風は勢いを増した。空は一面雲に覆《おお》われ、風は轟々《ごうごう》と吹き荒れた。

しかし、夜がふけるにつれ、風はさらに激しさを増すのだった。夜の間《あいだ》じゅう(このときは九月の下旬だったが)、強風で馬車が横倒しになってしまうのではないかと、僕たちは何度も本気で心配した。そして、夜が明けても、風はますます強く吹き荒れた。僕は、船乗りたちが「大砲のような風」と呼ぶ強い風をヤーマスで経験したことがあったが、このときのような風や、これに近いような風は、かつて経験したことがなかった。

馬車はなんとかして海のほうへ近づいていった。その海からは強力な風が岸を目がけて吹いていた。馬車が海に近づくにつれ、その風の力は凄《すさ》まじさを増した。僕たちは、ようやく海が見えるところまで来た。時折、うねる大海原《おおうなばら》のうえ、地平線の向こうに波が見えたが、それらはまるで、別の海岸のうえに建っている塔や建物のようだった。ついに、僕たちは町のなかに入っていった。町の人たちは、玄関口まで出てきて僕たちを見送った。こんなひどい嵐のなかを郵便馬車がやってきたことに驚いている様子だった。

目を開けていられないほどの暴風、舞い上がる小石や砂、そして凄《すさ》まじい轟音《ごうおん》のなか、僕はなんとか海のほうに目をやったが、その恐ろしい様子に、僕はたじろいでしまった。高い壁のような波が浜に打ち寄せ、くだけ散るその様子は、まるで自然全体が隆起し、引き裂かれているかのようだった。

この記憶に残る暴風の日に海の様子を見ようと、浜辺には人が集まっていたが——今でもこの地域では、この日吹いた風がこれまでで最も強い風として記憶されている——そのなかにハムの姿はなかった。そこで、僕は彼の家に行ってみた。

彼はいなかったが、彼は今、数マイル離れた先の船大工《ふなだいく》の仕事で出かけていて、明日《あす》の早朝に帰ってくるということを人づてに聞いた。

それで、僕はいつもの宿を取った。顔や手を洗い、着替えてから、少し眠ろうとしたが無駄だった。まだ午後の遅い時間だったからだ。喫茶室の暖炉の前に座っていると、五分もしないうちに給仕《きゅうじ》が暖炉の火をかき起こすために入ってきた。彼は、数マイル沖で、二隻《せき》の石炭船が乗組員もろとも沈没したと教えてくれた。また、何隻《せき》もの船が沖合の停泊地で遭難し、浅瀬に乗り上げないよう必死に荒波と闘っているのが目撃されたそうである。給仕は、もし今夜も昨夜と同じような天候が続けば、ああ、船と船員たちに神のお慈悲を、と言った。

僕は落ち着いて夕食をとることも、じっと座っていることもできなかった。何をしても落ち着かなかった。食事はほとんど手をつけることなく下げられた。僕はワインを一、二杯飲んで気分を変えようとしたが無駄だった。僕は部屋のなかを歩き回ったり、古い地名辞典を読んでみたり、激しい風の音を聞きながら、暖炉の火を見つめたりした。僕は火のなかに、いろいろな顔や光景や姿を思い浮かべた。そのうち、壁時計のチクタクいう音がとても気になりだしたので、僕は部屋に戻って寝ることにした。

僕は、何時間もベッドのうえで横になったまま、雨風や波の音を聞いていた。あるときには、海上での叫《さけ》び声が聞こえたような気がした。またあるときには、難破船からの号砲《ごうほう》をはっきり聞いたような気がした。さらには、町の家々が倒壊する音を聞いたような気がした。ついには、僕の不安も限界に達したので、僕は急いで服を着て、下に下《お》りていった。大きな台所では、宿の使用人全員と何人かの見張りがひとかたまりに集まっていた。

僕がこの一団に加わると、一人の男が僕に、海の底に沈んだ石炭船の乗組員たちの魂《たましい》は、この嵐のなかをさまよっていると思うか、と尋ねた。

僕は、この人たちと、おそらくは二時間ほどをともにした。僕は一度、庭の門を開けて、誰もいない通りの様子を見に行った。そこには多くの砂や海藻《かいそう》や波の花が吹き寄せていた。僕一人で再び門を閉めることができなかったので、助けを呼び、風に抗《あらが》って門をしっかりと固定するのを手伝ってもらった。

ようやく、僕は自分の部屋に戻った。独《ひと》りで過ごす部屋の雰囲気は暗く陰鬱だった。しかし、僕は疲れていたので、再びベッドに横になり、窓の外が白《しら》むまで深く眠った。八時か九時ごろ、誰かがドアをノックし、呼びかける声で目が覚めた。

「どうかしましたか？」

「難破船です。すぐ近くに」

「どんな船ですか？」

「果物とワインを積んだスペインかポルトガルの帆船《はんせん》です。ご覧になるなら、急いでください。浜にいる人たちが言うには、いつばらばらになってもおかしくないそうです」

僕はできるだけ急いで服を着て、通りへと走り出た。そこにはすでにたくさんの人がいて、みんなが一つの方向——すなわち浜辺——を目指して走っていた。僕も、みんなと同じように走った。何人もの人を追い抜き、すぐに荒れ狂う海へと出た。そのときの海の様子は、あらゆる面から言って「膨張《ぼうちょう》」という言葉がふさわしかった。白波《しらなみ》が隆起《りゅうき》し、互いにぶつかり合い、無数の群れとなって打ち寄せてきたが、その高さたるや、恐ろしいほどだった。

風や波の音以外は何も聞こえなかった。僕は群衆とともに声なき混乱のなかにいた。最初は雨風《あめかぜ》に抗《あらが》って立っているのがやっとで、息もできないほどだった。僕は、難破船を探して海のほうを見たが、すっかり狼《ろう》狽《ばい》していたので、大波《おおなみ》の泡《あわ》だつ波頭《なみがしら》以外は何も見えなかった。

ある船乗りが僕の腕に触れ、指差してくれた。ようやく僕は、すぐ近くに一隻《せき》の難破船を発見した！

一本のマストが、デッキから六フィートから八フィートくらいのところでぽきりと折れていた。そして、帆《ほ》やロープが絡《から》まったマストは、船縁《ふなべり》に覆《おお》いかぶさるように倒れていた。これらの残骸は——船が、想像を絶する力で、縦や横に激しく揺れるたびに——船に穴を開けようとでもするかのように、船縁を何度も激しくぶった。この折れたマストを船から切りはなそうと、決死の努力が試みられていた。船が、横揺れのさなか、僕たちのほうに向けて横倒しになったとき、僕には、何人かの乗組員が斧《おの》を持って必死に作業をしている姿が見えた。特にカールした長髪《ちょうはつ》の男の働きは目覚ましかった。次の瞬間、浜から、風や波の音にもかき消されないほどの大きな悲鳴が聞こえた。甲板《かんぱん》を一掃《いっそう》するような大きな波が難破船を襲い、人や帆桁《ほげた》、樽《たる》、外板《がいはん》、防波壁《ぼうはへき》やその他《た》もろもろを、荒れ狂う海のうねりのなかにさらっていったからである。

第二マストは、帆《ほ》の一部を残したまま、折れずに立っていた。マストや帆についている、ばらばらになったロープが前後左右に激しく揺れていた。さっきの船乗りが言うには、船は一度座礁《ざしょう》し、再び浮上して、また座礁したそうである。まもなく船は真っ二つになるだろうと彼は言った。僕もまったくそのとおりになると思った。そのとき、再び浜から、哀《あわ》れむような大きな悲鳴が聞こえた。難破船とともに四人の男が波の底から姿を現した。四人は、残ったマストの一部にしがみついていた。マストの一番うえにいたのは、目覚ましい働きを見せる、カールした髪の男だった。

船上には鐘《かね》が一つ付いていた。船が縦や横に揺れるたびに、この鐘は鳴った。その鐘の音《ね》は――まさに海上にいる不幸な男たちのための弔《とむら》いの鐘だったが――風に乗って僕たちのところまで届いた。僕たちは再び船を見失い、船は再び現れた。四人のうち二人の姿が消えていた。

浜にいる人たちの間《あいだ》にざわめきが起こり、僕は、彼らが二手《ふたて》に分かれるのを見た。その人たちの間を通って、前方に進み出たのは、ハムだった。

僕はすぐに彼のもとへ走って行った。というのも、僕には、彼がロープを持って海のほうに歩み出そうとしているのがわかったからである。僕は両腕で彼を引《ひ》き留《と》め、周《まわ》りにいる男たちに、ハムの言うことを聞かないように、彼を海に行かせないようにと懇願した。

また、別の悲鳴が上がった。僕たちは、マストに残った残酷な帆《ほ》が、二人の男のうち、下にいるほうに何度も激しく当たり、その男を海に転落させるのを見た。それから、その帆はまるで狂喜しているかのように舞い上がり、今度はマストの上部に一人取り残された活動的な男に覆《おお》いかぶさった。そういう光景や——加えて、浜にいる半数の人たちの先頭に立っている、命がけの男の静かな決意——を前にしてみれば、その男を止めることは、風に情けを乞《こ》うことと同じくらい、無益なことだっただろう。

僕は、そこから少し離れたところまで連れ出された。そして、数人の男たちによって囲まれ、その場から動けなかった。彼らが言うには（僕の混乱した頭でなんとか聞き取れたところでは）、ハムは、助けがあろうとなかろうと行く気であり、僕がいては、ハムに命綱《いのちづな》をつける男たちの邪魔になり、ハムの安全のための準備を危うくする恐れがあるということだった。砂浜で慌ただしい動きがあり、何人かの男たちがロープを持って走り、ハムを取り囲んでいる円陣のなかに飛び込んでいくのが見えた。そのとき、ハムの姿は見えなかったが、しばらくして、僕は、ハムが一人で立っているのを見た。水夫用《すいふ》のジャージーとズボンを身につけ、手にはロープを持っていた。腰のあたりにはロープが巻きつけてあり、屈強《くっきょう》な数人の男たちが、そのロープの端《はし》を握《にぎ》っていた。

難破船は、まさに、ばらばらになろうとしているところだった。船が間《ま》もなく真ん中で二つに折れるだろうということ、マストにしがみついている、ただ一人の男の命が今や風前《ふうぜん》の灯《ともしび》であることは僕にも見て取れた。彼は、変《か》わった赤い帽子をかぶっていた。水夫のかぶるような帽子ではなく、もっと色鮮やかな帽子だった。彼と破壊とを隔《へだ》てていた、船体をつなぐ数枚の板が隆起し、まさに二つに割れんとするとき――彼のための弔《とむら》いの鐘が鳴っていたとき――彼はその帽子を手に取り、こちらに向けて何度もそれを振った。浜にいた全員がその様子を見ていた。僕は彼が帽子を振るのを見て、完全に気が動転してしまった。彼の動きは、かつての親友の古い記憶――他《ほか》でもない、親友スティアフォースの記憶――を僕のなかに呼び起こしたからである。

ハムは、波が大きく引くまで、じっと海を見守っていた。そのときが来ると、彼は海へと突進し、次の瞬間には荒波と格闘していた。丘のような波に持ち上げられ、谷のような波の底に突き落とされ、泡立《あわだ》つ海のなかへと消えた。再び浮かび上がると、いったんは岸のほうに引き戻され、また船のほうに運ばれていった。ついに、彼は難破船の近くまで到達した。すぐ間近《まぢか》だったので、彼が懸命にもうひと掻《か》きすれば、難破船に手が届くかと思われた。そのとき、緑色をした、高く幅のある、丘の斜面のような波が、船の背後から、こちらに向かってやってくるのが見えた。彼は、力一杯、船に向かって飛び込んだ――が、次の瞬間、船ごと姿を消していた。

僕が近くに駆けつけると、男たちは、ロープを手繰《たぐ》り、ハムを僕の足元まで引き寄せた。彼に意識はなく、すでに死んでいた。彼は、近くの民家まで運ばれ、あらゆる蘇生《そせい》の試みがおこなわれたが無駄だった。大波によってもたらされた傷はあまりにも深く、寛大《かんだい》さにあふれた彼の心臓は永遠に停止してしまった。

失意のどん底で、僕は、ただベッドのそばにじっと座っていた。そのとき、エミリーと僕が子どもだったときから僕のことを知っている一人の漁師が、ドアのところで僕の名前をささやいた。

「こちらに来てもらえませんか？」

僕は、さっき呼び起こされた昔の記憶を、彼の表情のなかにも読み取った。そこで、彼にこう尋ねた。「死体が上がったんですか？」

「ええ」

「僕の知っている人ですね？」

彼は答えなかった。しかし、彼は、僕を浜辺まで連れて行った。エミリーと僕がまだ子どもだったとき、貝殻を探して遊んでいた辺りに――そこには、昨夜の暴風で破壊されたボートの家の破片の一部が、風で吹き飛ばされて、あちこちに散らばっていたが――まさに彼がばらばらにしてしまった家庭の残骸のただなかに――僕は、男が横たわっているのを見た。学校時代に、僕が何度も見ていた寝姿そのままに。腕を枕にして。

「デイヴィッド・コパフィールド」解題

『デイヴィッド・コパフィールド』は、一八四九年五月から五〇年十一月まで月刊分冊形式で出版された。ディケンズ（三十七–三十八歳）が自らの体験を虚実綯《な》い交ぜにして織り込んだ半自伝的な長編小説であり、作品全体は、作家として成功したデイヴィッドが過去を回想して語る一人称小説の枠組みで書かれている。

「デイヴィッド・コパフィールド」は、同名の小説の二つの筋を縮約するかたちでまとめた朗読台本で、一八六一年十月二十八日に初演された。最初は長編一本立て二時間のプログラムとして朗読され、三か月後からはさらに三十分程度縮約し、短編「ボブ・ソーヤー氏のパーティー」と組み合わせて、二本立て二時間のプログラムとして朗読された。このプログラムは、一八六二年および六三年ロンドン春公演において定番となった。朗読回数は七十一回で、全朗読台本中五位である。

ディケンズが構成した朗読台本の中核をなしているのは、デイヴィッドの幼なじみのエミリーをめぐるペゴティおじさんとハムとスティアフォースの物語である。この「悲劇」の間には、デイヴィッドのドーラに対する熱愛と結婚、経済観念の欠如したミコーバー夫妻（ディケンズの両親がモデル）の楽天的な人生観を中心とした「喜劇」が、「ベーコンの赤身と脂身の縞《しま》模様」（『オリヴァー・ツイスト』第十七章）のように巧みに挿入されている。

各章の構成と原作との関係は以下のとおりである。

第一章　ペゴティ一家の紹介と、デイヴィッドのスティアフォースへの友情（原作の三章、二十一章、二十二章、二十九章）
第二章　エミリーとスティアフォースの駆け落ちの知らせ（原作の三十一章）
第三章　デイヴィッドのドーラへの熱愛と、ミコーバー夫妻の楽天的な人生観（原作の二十六章、二十八章、三十六章）
第四章　ペゴティおじさんのエミリー探索の旅（原作の三十二章、四十章）
第五章　デイヴィッドのドーラへの求婚と結婚生活（原作の三十三章、三十七章、四十一章、四十三章、四十四章、四十八章）
第六章　ヤーマス海岸の大嵐と、二人の若者の悲劇的な死（原作の五十章、五十一章、五十五章）

なかでも最大の聞かせどころは、ラストの大嵐の場面だろう。この臨場感あふれる場面には、崇高な自然の前で人間の無力さを痛感するサブライムの美学が感じられる。

ひいらぎ旅館の下足番

［鉄道が敷設される以前、ロンドンから北へと延びるグレート・ノース・ロードがまだ賑わっていた時代に、私は雪のため、ひいらぎ旅館に足留《あしど》めされたことがあった。私は、ひいらぎ旅館の誰彼となくつかまえては話をして、退屈な数日を過ごしていたが、あるとき、一人の下足番が私の部屋にいるところをつかまえて話しかけた。］

若いころはどこで働いていたかですって？

［下足番は私の問いを繰り返した。］

もちろん、いろんなところで働きましたよ！

［何をしていた？］

あなたさまが思いつくようなことはほとんどすべてやりましたよ。

たくさんのものを見たかですって？　当然でしょう。

［下足番は、私に、自分が経験したことの二十分の一でも知っていれば、物知りだと自慢してもいいと請《う》け合《あ》った。］

見たものについて話すより、見てないものについて話すほうが楽だと思いますね。よっぽど楽ですよ。

これまで体験したうちで最も奇妙な出来事は何かですって？　さあて、何でしょうね。ちょっと待ってくださいよ。一番っていうのが難しいんです。移動興行で見たユニコーンの話はどうです。それとも、八歳にもならない幼い紳士が七歳くらいの幼い淑女と駆け落ちした話はどうです。奇想天外じゃありませんか？　そうでしょうとも！　その出来事はあっしが実際にこの幸運な目で見たものなんです。その子たちが駆け落ちするときに履いていた靴を磨いたのは、ほかならぬこのあっしでした。この手が入らないくらい小さな靴でしたよ。

ハリー・ウォルマーズ坊ちゃんの父君《ちちぎみ》は、ロンドンから六、七マイルほど先の、シューターズ・ヒルを下ったところにあるエルムジズのお屋敷に住んでいました。旦那は、生まれながらの紳士で、見た目もよく、いつでも背筋を伸ばして颯爽《さっそう》と歩き、内《うち》なる情熱を秘めた方でした。詩を書き、馬に乗り、ランニングやクリケット、ダンスや芝居に興《きょう》じ、その振る舞いのすべてが優雅でした。旦那は、一人息子のハリー坊ちゃんのことをとても自慢に思っていました。ですが、坊ちゃんを甘やかすようなことはありませんでした。旦那は、しっかりとしたご自身の考えと見方を持った紳士ですから、その点はどうかお間違えなく。旦那は、あの賢い坊ちゃんの良き友となり、坊ちゃんが夢中でお伽話《とぎばなし》の本を読むのを喜んで見ていました。そして、坊ちゃんが「わが名はノーヴァル」と言ったり、「五月の三日月《みかづき》は光り輝く恋人よ」や「君を愛するかの人が名のみ残して去りしとき」といった歌を歌ったりするのを飽きずに聞いていました。それでも、旦那は、坊ちゃんに対して父親としての威厳を保《たも》ち、子どもは子どもとして扱っていました。旦那と坊ちゃんは、これ以上望めないほどの素晴らしい親子でした！

［下足番はどうやって彼らのことをそんなに詳しく知るようになったのか？］

旦那の庭師の助手をしていたからですよ。庭師の助手として働くというのは、そういうことでして、夏の間、お屋敷の窓辺《まどべ》の近くで、芝《しば》を刈《か》ったり、掃除をしたり、草取りをしたり、植木の剪定《せんてい》をしたり、あれやこれやをしていると、いやでもお屋敷の家族のことをよく知るようになるんです。また、こんなこともありました。ハリー坊ちゃんが、ある朝早く、あっしのところに来て、こう言ったんです。「コッブス、もしお前がノーラの綴《つづ》りを聞かれたなら、どう答える？」その名前の綴りに関して、あっしが自分の考えを伝えますと、坊ちゃんは、ご自分の小さなナイフを取り出して、木製の柵《さく》のあちこちにその嬢ちゃんの名前を教えられたとおりに刻み始めました。

あの坊ちゃんの勇気と言ったら！　いざとなれば、小さな帽子をかなぐり捨て、シャツの袖《そで》をたくし上げて、百獣の王者ライオンにでも向かっていったことでしょう。ある日、砂利《じゃり》に生えた雑草を鍬《くわ》で掘り起こしていると、坊ちゃんは、嬢ちゃんと連れ立《だ》ってやってきて、大きな声でこう言いました。「コッブス、僕はお前が好きだ」「坊っちゃま、それを聞いて嬉しゅうございます」「本当だよ、コッブス。どうしてだと思う？」

「ハリー坊っちゃま、とんとわかりませんせん」「ノーラがお前のことを気に入っているからだよ、コップス」「本当ですか、坊っちゃま。ありがたき幸せに存じます」「幸せだって？　ノーラから気に入られるのは、たくさんの輝くダイヤモンドよりも価値があることだよ」「そのとおりでございます、坊っちゃま」「どこかに行ってしまうの、コップス？」「はい、坊っちゃま」「別の仕事を見つけるんだね」「良い働き口があれば、お断りする理由はございません」「だったら、コップス、僕たちが結婚したら、庭師の親方にしてあげるよ」そう言うと坊ちゃんは、空色のマントを着た嬢ちゃんの腕を取り、その場から歩み去りました。

愛し合う二人の幼い子どもが、カールした艶《つや》やかな長い髪をなびかせ、キラキラした瞳と、軽やかな足取りで花園を散歩するのを見るのは、絵を見るよりも素晴らしく、まるで素敵な芝居でも見ているようでしたよ。鳥たちは、二人のことを同じ仲間だと思っているらしく、二人について回り、さえずりを聞かせていました。ときどき、二人は、百合《ゆり》の木の下にもぐり込むと、そこに座って、お互いの首に腕をからませ、柔らかい頬《ほお》を寄せ合って、王子やドラゴン、良い魔法使いや悪い魔法使い、美しい王女についての物語を読んでいました。二人が、森のなかの一軒家に住み、牛と蜜蜂《みつばち》を飼い、牛乳と蜂蜜《はちみつ》だけで暮らそうと相談し合っているのを聞いたことも何度かあります。一度、池のそばで二人に出くわしたときなど、ハリー坊ちゃんは、「愛しのノーラ、僕にキスしておくれ。そして僕のことを心から愛していると言っておくれ。さもないと、僕は真っ逆さまに池に飛び込んでしまうよ」と言っていました。こうした二人の幼い子どもの様子を見ていると、まるであっしまでもが恋をしている気分になってしまいました。と言っても、誰に恋してたってわけでもないんですがね。

　ある日の夕方、あっしが花に水をやっていると、ハリー坊ちゃんは言いました。「コップス、今年の夏にはヨークのおばあさまのところに行く予定なんだ」

「本当ですか、坊っちゃま。楽しい時間となりますようお祈り申し上げます。あっしもここをお暇《いとま》したあとは、ヨークシャーに行く予定でおります」

「お前もお前のおばあさまのところに行くの、コップス？」

「いいえ違います、坊っちゃま。あっしにはそんなものはございません」

「おばあさまが、かい？」

「はい、左様《さよう》でございます、坊っちゃま」

　坊ちゃんは、あっしが花へ水やりをするのをしばらく見ていたあとで、こう言いました。「僕はおばあさまのおうちに行けるのが本当に楽しみなんだ、コップス。ノーラも一緒だからね」

「愛するお嬢さまがお側《そば》にいらっしゃるのでしたら、ご安心ですね、坊っちゃま」

「コップス」坊ちゃんは、真っ赤になって言い返しました。「僕たちについての冗談はぜったいに許さないぞ」

「めっそうもありません、坊っちゃま。決して冗談で申し上げたわけではございません」

「それならよかったよ、コッブス。僕はお前のことが好きだし、ゆくゆくは一緒に暮らすことになるんだからね。ねえ、コッブス」

「はい、坊っちゃま」

「僕がおばあさまのところに行ったら、おばあさまが僕に何をくれるか知ってるかい？」

「想像もつきません」

「イングランド銀行発行の五ポンド札だよ、コッブス」

「〔口笛で〕ヒュー！　それは大金でございますね、ハリー坊っちゃま」

「それだけのお金があれば、いろんなことができるよね。そうだろう？　コッブス」

「おっしゃるとおりです、坊っちゃま！」

「コッブス」坊ちゃんは言いました。「お前には秘密を打ち明けるよ。実は、ノーラの家では、僕のことで彼女をからかっているみたいなんだ。僕たちが婚約したのを笑って、ばかにしているらしいんだよ、コッブス」

「それは、坊っちゃま、人としてあるまじきおこないですね」

坊ちゃんは、まるで父君のような様子で、少しの間、そこに立っていましたが、「おやすみ、コッブス。そろそろなかに入るよ」そう言うと、行ってしまいました。

どうしてその時点で、お屋敷を去ることになったたか、あなたさまが尋ねられたとしても、あっしにもその答えはわかりません。その気になれば、今でもそのお屋敷にごやっかいになっていたかもしれません。でも、おわかりでしょう。あっしは若かったので、変化を求めていたんですよ。あっしが求めてたのは、気分を変えることだったんです。ウォルマーズの旦那は、あっしの退職の申し出を聞くと、こう言いました。「コップス、何か不満でもあるのかい。こんなことを尋ねるのは、うちで働いてくれる者たちに何か不満があれば、可能な限りそれを正したいと思っているからなんだ」「いいえ、旦那さま、不満はございません。お言葉に感謝いたします。このお屋敷での待遇は、ほかのどの場所とくらべても上等なものです。実を申しますと、あっしは立身出世の道を求めているのでございます」「そうなのか、コップス」旦那は言いました。「そうなることを祈っているよ」

［下足番が言うには――彼は小型のブーツ脱ぎ器で自分の髪をなでながらそう請け合ったが――立身出世の道はまだ見つけていないそうである。］

さて、あっしは雇用契約期間満了《まんりょう》により、エルムジズのお屋敷をあとにしました。ハリー坊ちゃんも、ヨークの老婦人のお屋敷に出かけて行きました。この老婦人の坊ちゃんへの溺愛ぶりは大変なもので、この子のためなら歯でも何でもくれてやろうというくらいの勢いでした（と言っても、やれるだけの歯があればの話ですがね）。さて、この坊やが――その子を見れば、あなたさまもそう呼ぶでしょうし、坊やと言っても見当違いではありますまい――この坊やが何をしでかしたかと言うと、愛しのノーラさまとともに老婦人のお屋敷を飛び出し、駆け落ち結婚をするためにグレトナ・グリーンに向けて出発したのです！

あっしは、その当時、このひいらぎ旅館におりました（出世を求めて、何度か出て行ったこともありますが、あれやこれやの理由で最後にはこちらに舞い戻ってきました）。ある夏の日の午後、駅伝乗合馬車が旅館の前に到着すると、馬車からあの二人の子どもが降りてきました。乗合馬車の車掌《しゃしょう》は、あっしらの旅館の主人に、「この小さな乗客が何をしたいのかはわからないが、幼い紳士が言うには、ぜひともここまで連れてきてほしいということだったので」と説明しました。幼い紳士は馬車から降りると、幼い淑女の手を取り、馬車から降ろしました。そして、自分で車掌にチップを渡すと、旅館の主人に、「今夜はここに泊まります。居間を一部屋と寝室を二部屋用意してください。それから、羊の肋肉《あばら》とチェリー・プディングを二人前お願いします！」そう言うと幼い紳士は、空色のマントを着た幼い淑女の腕を取り、大胆な足取りで旅館に入っていきました。

この二人の幼い子どもが、まったく自分たちだけで天使の間《ま》に入っていくのを見て、この旅館の主人や使用人たちがどれほど驚いたかというのは、あなたさまのご想像にお任せいたしましょう。ましてや、二人から見られることなく二人を見ていたあっしが、旅館の主人に二人の遠出《とおで》の意味するところについて、あっしの考えをお伝えしたときの主人の驚きようといったらありませんでした。

「コッブス」主人は言いました。「もしそれが本当だとすれば、わしはヨークに出かけて行って、二人の親族の気を静めねばなるまい。その場合、わしが帰るまで、二人から目を離さず、機嫌をとっておかなければならんぞ。だが、そういった策《さく》をとる前に、お前の考えが本当かどうか、本人たちから直接確かめてもらえないか、コッブス」「わかりました、旦那さま」あっしは言いました。「すぐに確かめて参ります」

それで、あっしは階段を上《のぼ》って天使の間《ま》に行きましたが、そこであっしが見たのは、ハリー坊ちゃんが巨大なソファに座って、ノーラさまの涙をご自分のハンカチで拭《ぬぐ》っているところでした。いつでも大きなソファですが、坊ちゃんたちがちょこんと座ると、まるであの有名な「ウェアの町の大《おお》ベッド」のように見えました。二人のちっちゃな足は、完全に宙に浮いていました。二人がどれだけ小さく見えたかを言葉で説明するのは無理ってもんです。

「コッブスだ！　コッブスだ！」ハリー坊ちゃんはそう叫ぶと、駆け寄ってきて、あっしの一方の手を握りました。ノーラさまも反対側から駆け寄ると、あっしのもう一方の手を握り、二人で小躍《こおど》りして喜びました。

「馬車から降りるところをお見かけしまして」あっしは言いました。「すぐに坊っちゃまたちだと気づきました。背格好からして間違えようがございません。坊っちゃまたちの旅の目的は何でございますか？　ご結婚ということでよろしいのでしょうか？」

「僕たちはグレトナ・グリーンで結婚するんだよ、コッブス」坊ちゃんはそう答えました。「僕たちは駆け落ちしてきたんだ。ノーラはあまり元気がなかったんだけど、お前がいてくれるおかげで、機嫌を直してくれると思う」

「ありがとうございます、坊っちゃま。お嬢さま、ご贔屓《ひいき》にしていただき感謝いたします。お二人のお荷物はどちらに？」

信じていただけないかもしれませんが、これは誓って本当です。ノーラさまのお荷物は、日傘、嗅《か》ぎ薬の瓶《びん》、冷めたバター付きの丸いトースト一枚半、ペパーミントの飴《あめ》八粒、人形用のヘアブラシ――ハリーさまのお荷物は、六ヤードくらいの長さのヒモ、ナイフ、驚くほど小さく折りたたまれた便箋《びんせん》三、四枚、オレンジ、坊ちゃんの名前入りの陶器製のマグカップ――たったこれだけだったんです。

「坊っちゃまのご計画について教えていただけますか？」あっしは言いました。

「朝出発して――」坊ちゃんは堂々と答えました。なんという立派な度胸でしょう！「明日《あす》じゅうには結婚するつもりだ」

「承知しました、坊っちゃま。あっしがお伴してもよろしいでしょうか」

二人は再び小躍《こおど》りして喜び、「もちろんだよ、コップス！　もちろんさ！」と叫びました。

「坊っちゃま。もしお許しがいただけるなら、あっしの考えを述べさせていただきます。あっしがお薦《すす》めしたいのは、こういう計画です。あっしは一頭のポニーを知っております。このポニーに、あっしが借りることができる四輪馬車をつけると、坊っちゃまとハリー・ウォルマーズ・ジュニア夫人を、旅の目的地まで、とても短い時間で運ぶことができます（お許しいただけましたら、あっしが御者《ぎょしゃ》になりましょう）。このポニーの都合については明日《あす》までわかりませんが、もし都合が悪くて明日いっぱい待たされるとしても、それだけの価値はあると思います。万一、坊っちゃまのご予算が足りなくなったとしても、この旅館でのわずかなお勘定については、ご心配なく。あっしは、この旅館の共同経営者でして、つけがききますので」

「二人が手をたたき、再び小躍りして、下足番のことを「親切なコップス！」、「大好きなコップス！」と呼び、まったく信頼しきった心からの喜びで、彼を挟《はさ》んでキスし合ったとき、彼は自分自身のことを、こんなに無垢《むく》な二人を騙《だま》すなんて自分は本当に最低の人でなしだと思った、ということである。」

「さしあたり、何かご入用《いりよう》なものはありませんか？」あっしは自分をひどく恥じながら言いました。

「夕食のあとでケーキが食べたい」ハリー坊ちゃんは答えました。「そして、リンゴ二つとジャムも。夕食にはトーストと水がほしい。だけど、ノーラは、いつもデザートのときにグラス半分の赤スグリのワインを飲む。僕も飲む」

「バーに申しつけておきます」あっしは言いました。

こうして話している今でも、あのときと同じように、あっしはこう思うんです。旅館の主人の片棒《かたぼう》を担《かつ》ぐくらいなら、主人と徹底的にやりあってけりをつけたほうがましだったとね。あっしだって、この二人の幼い子どもがありえない結婚をして、ありえないほど幸せに暮らすことができる、ありえない夢の楽園があったなら、どんなにいいかと思いましたよ。しかし、そんな場所はあ、あ、ありえないわけですから、あっしは主人の計画に従い、主人は三十分後にヨークに向けて出発しました。

話を聞いた旅館の女の使用人たちが――結婚している者も、独り身の者も――例外なく全員が――坊ちゃんのことを大好きになりましたが、その様子は驚くべきものでした。女たちが部屋に駆《か》け込んで、坊ちゃんにキスしようとするのを押しとどめておくのが精一杯でした。女たちは、窓ガラス越しに坊ちゃんを一目見ようと、命の危険を冒《おか》して高い場所に登ろうとしましたし、ドアの鍵穴には七人の女たちが重なり合っていました。

晩になると、あっしは駆け落ちしたカップルの様子を見に部屋に戻りました。坊ちゃんは窓の下の作りつけのベンチに座り、嬢ちゃんを腕に抱いていました。嬢ちゃんは、顔を涙で濡らし、疲れ果て、半分眠りながら、坊ちゃんの肩に頭を預《あず》けていました。

「ハリー・ウォルマーズ・ジュニア夫人はお疲れでしょうか？」

「そうだね、彼女は疲れてるんだよ、コッブス。おうちから離れるのに慣れていなくて、また元気をなくしちゃったんだ。コッブス、ビフィンを持ってくることはできるかい？」

「申し訳ございません。何とおっしゃいましたか？」

「焼きリンゴ――ノーフォーク・ビフィンを食べたら、ノーラも元気が出ると思うんだ、コップス。彼女の大好物だからね」
　あっしは、いったん引き下がって、求められた元気の素《もと》を用意しました。坊ちゃんは、それを嬢ちゃんに与えると、スプーンを使って食べさせました。そして、自分でも少し食べました。嬢ちゃんの目は睡魔《すいま》で今にもふさがりそうで、機嫌も悪かったので、あっしは「寝室用の燭台《しょくだい》を準備させてもよろしいでしょうか？」と言いました。坊ちゃんはこれを承諾しましたので、部屋係のメイドが先頭に立って、大きな階段を上《のぼ》っていきました。空色のマントを着た嬢ちゃんが、坊ちゃんに優しくエスコートされながら、これに続きました。坊ちゃんはドアのところで嬢ちゃんをぎゅっと抱きしめてから、ご自分の寝室に下がりました。あっしはそのドアに外からそっと鍵をかけました。
［下足番が言うには、二人が朝食（すなわち前の晩に注文していた、水で薄めた甘いミルク、赤スグリのジャムとトースト）を食べながら、ポニーについて彼に相談したとき、自分がどれだけ卑劣な詐欺師かということをますます痛感せずにはいられなかった。］
　正直に申し上げれば、あっしにできた精一杯のことは、ただ幼いカップルの顔を見て、自分はなんて腹黒い嘘の元祖《がんそ》に成り果ててしまったんだろうということを胸の奥で感じることだけでした。ですが、あっしはポニーに関して、トロイの木馬の仕掛け人のように大胆に嘘をつき続けました。あっしは二人にこう説明し

ました。あいにく、ポニーは毛を刈《か》っている最中でして、今朝半分終わったところです。こんな状態で外に出してしまうと、ポニーの精神状態が心配です。けれども、今日中には毛を刈り終わりますので、明日《あす》の朝八時にはポニーと四輪馬車をご用意できると思います。

今、この部屋で振り返って、この一連の出来事を眺めてみて言えることは、まずハリー・ウォルマーズ・ジュニア夫人の心が折れてしまったのでした。寝る前に髪をカールしてもらえなかったり、自分で髪にブラシをかけることができなかったり、髪の毛が目に入ったりで、すっかりご機嫌斜めになりました。ですが、ハリー坊ちゃんの強い意志をくじくものは何もありませんでした。坊ちゃんは、大きなモーニングカップを前にして座り、赤スグリのジャムを塗ったトーストを勢いよく頰張《ほおば》っていました。その様子はまるで坊ちゃんの父君《ちちぎみ》のようでした。

午前中のうちにハリー坊ちゃんは、呼び鈴を鳴らしました。あの坊ちゃんの鋼《はがね》のような精神は驚くべきものでした。そして、快活《かいかつ》にこう言いました。「コップス、この近くに良い散歩道はない？」

「はい、坊っちゃま。愛の小道がございます」

「ばかを言うんじゃない、コップス」――それがあの坊ちゃんの使った言葉です――「冗談だろう」

「恐れ入りますが、坊っちゃま、愛の小道は本当にございます。とても気持ちのいい散歩道で、あっしが、自信を持って坊っちゃまとハリー・ウォルマーズ・ジュニア夫人をご案内させていただきます」

「ノーラ、なんという偶然だろう」ハリー坊ちゃんは言いました。「僕たちは愛の小道に行くべきだよ。さあ、ボンネットをかぶって、愛しい人。コッブスと一緒に出かけよう」

［下足番は、自分のことをどれだけ人でなしだと感じたか、あなたさまのご想像にお任せしたいと言った。というのも、三人で一緒に歩いていたとき、若いカップルは、こんなに親切にしてくれたお礼として、彼を庭師の親方として二千ギニーの年俸《ねんぽう》で雇い入れたいと申し出たからである。］

あっしは、できるだけその話題から離れるように仕向けながら愛の小道を進み、二人を水辺《みずべ》の牧草地まで連れて行きました。ハリー坊ちゃんは、嬢ちゃんのために睡蓮《すいれん》の花を取ろうとして、すんでのところで溺《おぼ》れるところでした。ですが、坊ちゃんは何物も恐れませんでした。とは言え、二人はへとへとに疲れてしまいました。あらゆることが初めての経験だったので、二人はこれ以上ないほど疲れてしまったのです。そして、二人はヒナギクの咲く土手に横になり、お伽話《とぎばなし》のなかの「森で迷子になってしまった子どもたち」のように――実際は森ではなく、水辺の牧草地でしたが――ついには眠ってしまいました。

かわいらしい二人の幼い子どもが、のどかな晴れ渡った日に、横になって夢見ている――けれども、起きているときの半分も夢見てはいない――のを眺めながら、なぜあんなに恥ずかしい真似《まね》ができたのか、自分でも不思議なくらいです。あなたさまにとっては自明の理《り》かもしれませんが――。しかし、あなたさまにも心当たりはおありでしょう。生まれてからこのかた、生きていくために必要だった企《たく》みや、自分がどれだけ不純な大人になり果ててしまったのかを考えれば、おわかりになるはずです。そうではありませんか？

さて、二人はようやく目を覚ましました。あっしにはっきりとわかったのは、ハリー・ウォルマーズ・ジュニア夫人の機嫌がころころ変わるということでした。ハリー坊ちゃんが嬢ちゃんの腰に手をまわすと、嬢ちゃんは「そんなにいじめないで」と言いました。坊ちゃんが、「ノーラ、僕のかわいい五月の三日月《みかづき》さん、この僕が愛する人をいじめるだって？」と言うと、嬢ちゃんは、「そうよ。あたしもうおうちに帰りたい！」と駄々をこねるように言いました。

茹《ゆ》でた鶏肉と、焼きたてのブレッド&《アンド》バタープディングを食べて、ウォルマーズ・ジュニア夫人の機嫌が少し直りました。ですが、あなたさまには包み隠さずに白状いたしましょう、あっしはこう思わずにはいられませんでした。嬢ちゃんは、坊ちゃんの愛の声にもう少し耳を傾けて、プディングのなかの赤スグリの実に夢中になるのを、もう少し抑《おさ》えてくれたら良かったのに、と。それでも、ハリー坊ちゃんは落ち込むことはありませんでした。坊ちゃんの高貴な心はこれまでどおり愛情深いままでした。ウォルマーズ・ジュニア夫人は、黄昏時《たそがれどき》にはすっかり眠くなり、しくしく泣き始めました。そこで、ウォルマーズ・ジュニア夫人は昨日《きのう》と同じように寝室に引き取り、ハリー坊ちゃんも昨日とまったく同じようにしました。

夜の十一時か十二時ごろに、旅館の主人が二輪馬車で戻ってきました。ウォルマーズの旦那と老婦人も一緒でした。ウォルマーズの旦那は、女将《おかみ》に向かって言いました。「子どもたちの面倒《めんどう》を見てくださり、ありがとうございます。感謝の言葉もありません。私の息子はどこでしょうか？」女将《おかみ》は言いました。「コップスが責任を持ってご子息《しそく》をお預かりしていました。コップス、四十番の部屋にお通しして！」ウォルマーズの旦那は、「ああ、コップス！　また会えて嬉しい。ここにいることは聞いていたよ！」と言いました。あっしは、「はい、お陰さまで元気でやっております」と返しました。

「一つお願いがございます」あっしは、ドアの鍵を開けながらそう付け加えました。「どうかハリー坊っちゃまを叱《しか》らないであげてください。坊っちゃまは、とても素晴らしい子で、旦那さまの誉《ほま》れとなる子です」

「下足番は、もしその少年の父親が、彼の考えに賛同しなかったならば、彼に一発お見舞いして、その責任は甘んじて受けるつもりだったと述べた。」

しかし、ウォルマーズの旦那は、「もちろんだよ、コップス。ありがとう」と言っただけでした。そして、旦那は開かれたドアを通ってなかに入ると、ベッドのそばまで行き、そっと屈み込んで、眠っている小さな顔にキスをしました。旦那は、少しの間、立ってその顔を見ていました。旦那の顔はその見ている坊ちゃんの顔にそっくりでした（噂では、ウォルマーズの旦那も夫人と駆け落ちをしたそうです）。そして、旦那は、坊ちゃんの小さな肩を優しく揺《ゆ》り動かしました。

「ハリー！　いい子だから起きなさい、ハリー！」

ハリー坊ちゃんは驚いて、父親の顔を見ました。それから、あっしの顔も見ました。なんという心根《こころね》の優しい少年でしょう。坊ちゃんがあっしの顔を見たのは、自分のせいで、あっしが困ったことになっていないか確かめるためだったのです。

「私は怒っていないよ、ハリー。さあ、服を着て、家《うち》に帰ろう」

「はい、パパ」

ハリー坊ちゃんは急いで着替えました。

「お父さま、お願いがあります」――この幼い子どもの紳士ぶりといったらありませんでした――「帰る前に、ノーラに……キスしてもいいでしょうか」

「いいとも、わが子よ」

そこで、旦那はハリー坊ちゃんの手を取りました。あっしがロウソクを持って先導し、もう一つの寝室に向かいました。そこでは、老婦人がベッドのそばに座っていて、かわいそうなハリー・ウォルマーズ・ジュニア夫人は、ぐっすり眠っていました。父親は、少年の顔が枕元にくるようにその体を支えてやりました。少年は、ハリー・ウォルマーズ・ジュニア夫人の小さな暖かい顔のすぐそばに自分の小さな顔を近づけました。そして、その少女の顔を自分のほうに優しく引き寄せて――。鍵穴からこの様子を見ていた女の使用人たちは感極《かんきわ》まってしまい、とうとうそのうちの一人がこう叫びました。「二人を引き離すなんてヒドすぎる！」

「下足番は最後にこう言った。」

あっしの話はこれで終わりです。ウォルマーズの旦那は、坊ちゃんの手を取り、二輪馬車で帰っていきました。老婦人とハリー・ウォルマーズ・ジュニア夫人にならなかった嬢ちゃんは、翌日立ち去りました（嬢ちゃんは、その後《ご》、年頃になると、どこかの大尉と結婚し、若くしてインドで亡くなったそうです）。

［下足番は、話の締めくくりとして、次の二点において私が彼に賛成するかどうか尋ねた。］

第一に、実際に結婚に至るカップルのなかで、この幼い子どもたちの半分も純真に愛し合う男女はそう多くはないということ。第二に、多くの結婚に至るカップルは、もし途中で引き離されて、別れてしまったとしても、そのほうが、どれだけ当人たちにとって幸せな結末になったかわからないということです。

「ひいらぎ旅館の下足番」解題

「ひいらぎ旅館」は、ディケンズ編集の週刊誌「ハウスホールド・ワーズ」の一八五五年クリスマス特別号に掲載された、他の作家との合作による短編連作小説である。この短編連作小説の第三話として書かれたのが「下足番」であり、「ひいらぎ旅館の下足番」はこの短編を、わずかに手を加えて台本化したものである。

語り手の「私」は、「ひいらぎ旅館」の第一話に「客」として登場する人物で、第二話以降はそれぞれ旅館の関係者が語る内容を「私」が書き留めるという構成で書かれている。第三話「下足番」は必然的にコッブスの独《ひと》り語りとなり、ときどきは「私」が質問するかたちで対話が進んでいく(原作の本来の始まりは第二段落のコッブスの語りからである)。

原作では、コッブスの語りはすべて「彼」や「下足番」や「コッブス」を主語にした間接話法で書かれているが、朗読台本では、いつの間にかコッブスが「私(=あっし)」を主語にして語り始め、語り手の「私」の座を奪うことになる。ディケンズは、公開朗読以前に不定期でおこなっていたアマチュア演劇活動において「性格俳優」(特異な性格の人物をうまく演じる俳優)として定評があったが、ディケンズはまさにコッブスになりきり、コッブスの声を通して幼い子どもたちのあどけない会話や姿を見事に――眼前に浮かぶように――描き出した。

幼いカップルが目指すグレトナ・グリーンは、イングランドとの国境にほど近いスコットランド南部の村で、十八世紀半ばからイングランドの法律で結婚を認められない多くの男女がここで駆け落ち結婚をしたことから、駆け落ち結婚の地として知られるようになった。「ひいらぎ旅館」は、ハリー坊ちゃんの祖母の暮らすヨークからグレトナ・グリーンに向かう、ちょうど中間地点にあるという設定である。

「ひいらぎ旅館の下足番」の初演は一八五八年六月十七日で、短編三本立てプログラム（「哀れな旅人」、「ひいらぎ旅館の下足番」、「ミセス・ギャンプ」）の一本として朗読された。この愛らしい小品は、他の「長編」と組み合わせた二本立てのプログラムでも——主要な演目のあとで読まれる軽い出し物としても——重宝した。お別れ巡業公演およびロンドンのお別れ公演では、新しい演目「サイクスとナンシー（短編）」と組み合わせて（短編三本立てプログラムの一本として）頻繁に読まれた。朗読回数は八十一回で、全朗読台本中三位である。

夫婦仲が悪化し、「ひいらぎ旅館の下足番」の初演時にはすでに妻キャサリンと別居状態にあったディケンズ。彼は最後の一段落をどのような気持ちで朗読していたのだろうか。

《愛の小道がございます》(E・A・アビー画)。ハウスホールド版『クリスマス・ストーリーズ』(ハーパー&ブラザーズ刊、1876年) より

ドクター・マリゴールド

I

俺は叩《たた》き売りだ。親父《おやじ》の名前はウィラム・マリゴールドといった。なかには、そりゃウィリアムだろ、って言う輩《やから》もいたが、親父はきっぱりこう言った。いいや、ウィラムだ、と。俺はこう思ってるよ。イギリスみてえな自由の国で、自分の名前を自由に名乗れねえとしたら、奴隷の国ではどんなに不自由なことだろう、ってね。

俺は、女王の名前を戴《いただ》いた天下の国道で生まれた。といっても、そのころはまだ国王の道と呼ばれていたがね。広場でおふくろの陣痛が始まって、親父が慌《あわ》てて医者を呼んできた。その医者がとっても親切な人で、手持ちの茶盆《ちゃぼん》以外に料金を受け取らなかった。それで、その医者への感謝と敬意を込めて、その生まれた子どもはドクターと名づけられたわけよ。それがこの俺さ。ドクター・マリゴールド。

手持ちの茶盆と聞いて、ははあ、こいつの親父も叩き売りだったな、と思ったかもしれないね。正解。親父も叩き売りだった。親父の時代は叩き売りをやるにはいい時代だった。だけど、俺は死ぬまでこう言い続けるつもりだよ。イギリスじゅうのすべての商売のなかで、叩き売りほど世間の冷たい風が身にしみる商売はないとね。叩き売りがまともな商売じゃねえって？　冗談言っちゃいけないよ。大いに褒《ほ》めてもらいたいくらいだよ。なんだって、いちいち営業許可書なんてものを出さなきゃならねえんだい。そのへんで票《ひょう》集めしている偉い議員さんたちとやってることは同じじゃねえか。どこが違うって言うんだい。こちらが並《なみ》の叩き売りなら、向こうは高尚な叩き売りかい？　違いがあるとすりゃァ、俺たちに分《ぶ》があるってもんよ。

たとえば、選挙期間中だとしよう。土曜日の夜、市《いち》の開かれる広場で、俺は荷馬車の踏み台に立って、いろんな品物をひと山取り出して、こう叩き売り口上《こうじょう》を始める。「さァて、お集まりのみなみなさま、この機会を逃すと一生の損だよ。さあさ、お立ち会い！　手前ここに取り出しましたのは、二枚の髭剃《ひげそ》り用かみそり。あの切れ味鋭い救貧委員会の連中も真っ青の剃《そ》り味だよ。次に取り出しましたのは、鉄のアイロン。同じ重さの金に負けないくらいの価値がある。次に取り出しましたのは、ビフテキの香りが人工的につけてあるフライパン。これさえありゃ、パンを脂《あぶら》でいためるだけで、一生お肉の味が楽しめますよ。次に取り出しましたのは、正真正銘の精密懐中《かいちゅう》時計。立派な銀製ケース付きで、このケースは、ご主人が夜の社交からお戻りになったときにドアをたたいて女房と子どもを起こすのにちょうどいい。郵便配達用のドアのノッカーとしても使える優《すぐ》れものだ。次に取り出しましたのは、六枚の大皿。赤ん坊がぐずったとき、シンバルとして使えば、ピタリと泣き止む。ちょっと待った！　一つおまけにつけましょう。ここに取り出しましたのは、木製の麵棒《めんぼう》。赤ん坊に歯が生え始めて、むず痒《がゆ》がったときには口に入れてやるといい。こいつで歯茎《はぐき》を刺激してやると、赤ん坊もくすぐられているみたいで機嫌がよくなり、二倍のスピードで歯が生えてくるという代物《しろもの》だ。ちょっと待った！　もう一つおまけにつけちゃおう。私はお客さんのその顔が気にくわない。こちらが損をするくらい負けないと、買わないゾって顔してる。そんならこっちもヤケ糞だ。今夜は儲《もう》けはいりません。ここに取り出しましたのは、何でもよく映《うつ》る手鏡だ。値《ね》をつけないお客さんのしけた面《つら》も映っちゃうよ。さあ、どうだ。全部で一ポンドでどうだ。そんな大金持ってないって？　それなら半分の十シリングでどうだ。分割払いの借金があるからダメ？　よし、じゃア、こうしよう。かみそり、アイロン、フライパン、精密懐中時計、大皿、麵棒《めんぼう》、そして手鏡――この踏み台のうえの品物全部――ひと山まとめて、四シリングでどうだ。買ってくれたら、お礼に六ペンスのお返しだ！」これが俺たち叩き売りの商売さ。

だけど、高尚な叩き売りの議員さんは、月曜日の朝、同じ広場で、やっこさんの荷馬車の踏み台――つまり選挙演説用のお立ち台――に立って、こうおっ始《ぱじ》めるんだ。「さァて、有権者のみなさま、この機会を逃すと一生の損ですよ（始め方は俺たちと同じさ）。この私を国会に送り込む千載一遇《せんざいいちぐう》のチャンスです。みなさんのために、私に何ができるか言いましょう。まず、この素晴らしい町の利益をほかのどの地域よりも増進することをお約束しましょう。それから、近隣のお株《かぶ》を奪って、この町に鉄道を敷設《ふせつ》しましょう。ご子息の役所勤めはお任せください。イギリス全土がみなさんに微笑み、ヨーロッパじゅうの目がみなさんに向けられます。みなさん全員の繁栄をお約束いたしましょう。牧場、黄金の麦畑、立派な家屋敷、みなさんの心からの拍手、ひと山全部まとめてお任せください。それが私です。さあ、私に投票してくれますか？ダメ？　よし、じゃア、こうしましょう。お望みのものをすべておまけにつけましょう。教会維持税の継続、教会維持税の廃止。麦芽《ばくが》税の引き上げ、麦芽税の取りやめ。最高水準の義務教育、最低水準の無教育。軍隊での鞭《むち》打ちの禁止、兵卒《へいそつ》全員に月に一度一ダースの鞭打ち。男性の権利の縮小、女性の権利の拡大。やるか、やらないか、どちらでも仰っていただければ、すべてみなさんの意《い》のままにいたします。さあ、どうです。まだダメですか？　よし、じゃア、こうしましょう。みなさんは素晴らしい有権者で、私はみなさんのことを誇りに思っております。みなさんほど高貴で、見識ある選挙区民に選んでいただけるなら、その光栄たるや天にも昇る気持ちであります。そこで、みなさんのために、私に何ができるか言いましょう。この素晴らしい町のすべてのパブを無料にしましょう。それで満足ですか？　まだ足りない？　私が馬車に乗って次の有望な素晴らしい町に行ってしまう前に、ほかに何ができるか言いましょう。この素晴らしい町に二千ポンドをばら撒きます。えっ、まだ足りないって？　いいですか、これが最後ですよ。二千五百ポンドでどうですか。それでもダメ？　おい、お前、馬車の用意だ――いや待った！　私も、わずかなお金をケチって、みなさんとお別れしたくありません。二千七百五十ポンドでどうです！　すべてがみなさんの思いどおりになって、二千七百五十ポンドをこの場で数えて、この素晴らしい町じゅうにばら撒きます。さあ、どうです。これ以下は望めても、これ以上は望めませんよ。何？　買うって？　ばんざーい！　これでまた議席を獲得だ！」

俺が女房を口説いたのも荷馬車の踏み台のうえだった。本当さ。彼女はサフォーク州の若い娘で、それは、イプスウィッチの市場《いちば》の、ちょうど雑穀商《ざっこくしょう》の店の真向《まむ》かいでのことだった。俺はその前の土曜日には二階の窓辺《まどべ》にいる彼女に気づいて、見とれていた。要するに、彼女に惚《ほ》れちまったってわけよ。俺は心のなかでこうつぶやいた。「もしまだ買い手がいなければ、俺がもらっちまおう」ってね。

次の土曜日が来て、俺は荷馬車を同じ場所にとめて商売を始めた。俺の気分は上々《じょうじょう》で、始終《しじゅう》お客さんは笑いっぱなし、品物も次々に売れた。俺は最後にチョッキのポケットから紙幣に包んだ小さな品を取り出し、こう言った。（窓辺にいるあの子を見ながら）「さァて、お嬢さま方、ここに取り出しましたのは、今晩の大売り出しの最後の品。この品は、そこのあなた、サフォーク州の美しい乙女に限りお譲りできます。たとえ千ポンドの言い値が付いても殿方には譲れない代物だ。さて、これは何でしょう？　これは純金で出来ています。真ん中に穴が空いていますが、壊れているわけではありません。私の十本の指の、どの指とくらべても小さいのに、これまでに作られたどんな足かせよりも、強力な足かせとなります。なぜ十本かだって？　私の両親が私に残してくれた財産は、シーツが十二枚、タオルが十二枚、テーブルクロスが十二枚、ナイフとフォークが十二本ずつ、テーブルスプーンもティースプーンも十二本だったにもかかわらず、私の指は一ダースから二本足りないまま今日まで過ごしてきたというわけ。さて、何でしょう？　ロンドンのシティのど真ん中、イングランド銀行の別名『スレッドニードル街の貴婦人』の麗しき髪の毛から私が借用してきた銀の毛巻き紙に包まれたる金の輪っか。嘘じゃありませんよ。この紙幣が何よりの証拠。さて、何でしょう？　男を捕まえる罠《わな》で、強力な手かせ足かせで、純金製の品。そう、これは結婚指輪です。さて、これをどうするかと言うと、この品はお金では譲れません。この品は一番先に笑ってくれた美しいお嬢さんに差し上げます。明日の朝、ちょうど九時半の鐘が鳴ったとき、お宅に伺《うかが》ってプロポーズします。その足で教会に行って、結婚予告の仕儀《しぎ》と相成《あいな》ります」彼女は笑った。そして、指輪は彼女のもとに届けられた。翌朝、彼女の家を訪問すると、彼女はこう言った。「あらまあ、本当にあなたですの？　本気なの？」俺は言った。「私です。私はあなたのものです。本気です」それで俺たちは結婚した。結婚予告は、決まりどおり三回おこなった。三回目で決めるというのは俺たち叩き売りのやり方と同じさ。これも俺たちの流儀が世の中に浸透していることの一つの証拠だろう。

彼女は悪い女房じゃなかったんだが、なにしろ癇癪《かんしゃく》持ちだった。この品《しな》さえなんとか手放してくれたら、たとえイギリス中のどの女と取り替えられるとしても、俺は断っただろうね。もちろん取り替えるどころか、死が二人を分かつまで女房と別れることは一度もなかった。結婚生活は十三年で幕を閉じた。さァて、紳士淑女のみなさん、信じねえかもしれないけど、これから取っておきの秘密をお話ししよう。宮殿のなかで癇癪持ちの女房と十三年間付き合うのはそれなりの試練だとしても、荷馬車のなかで癇癪持ちの女房と十三年間付き合うのは、どんな善人でも耐えられないほどの試練だよ。荷馬車のなかではいつでも癇癪のすぐ近くにいなけりゃならねえ。何千という夫婦が、六階建て、七階建てのお屋敷では、砥石《といし》のうえの油みたいに滑《なめ》らかにやっていけるとしても、荷馬車のなかではすぐに離婚裁判所行きさ。荷馬車がガタガタ揺れるのがよくないのかどうかはわからねえが、癇癪は荷馬車のなかでは、ものすごく胸にこたえて骨身に染みるんだ。荷馬車のなかでは、乱暴なおこないも腹立たしさも倍々《ばいばい》になっちまうんだよ。

俺たちはもっと楽しい生活が送れるはずだったんだけどなア！　ゆったりとした荷馬車、大きな荷物は外側にぶらさげて、道中ベッドは荷馬車の下に吊《つ》るしてさァ。鉄鍋にやかん、寒い日には暖炉があり、煙を出す煙突もある。吊棚《つりだな》に食器棚、飼い犬に老いぼれ馬。これ以上何を望むって言うんだい。芝草の生えた道路や道路脇に馬車をとめる。馬の足を緩《ゆる》く縛って、草を喰《は》ませる。誰かが残していった焚火《たきび》の跡《あと》に火をつけ、シチューを作る。皇帝のいるフランスなんかじゃなくて、イギリスに生まれて本当によかったなアと思う。だけど荷馬車のなかの癇癪がなア。罵詈雑言《ばりぞうごん》と一番硬い品物が自分めがけて飛んでくるんだぜ。いったいどこに逃げればいいって言うんだい。何とも言えない気持ちになるよ。

飼い犬も、俺と同じで、癇癪が起きる変わり目を知っているようだった。女房の怒りが爆発する一歩手前でワォーンと一声吠《ほ》えると、どっかに逃げちまう。どうしてわかったのかは俺にも謎だったが、とにかくそれはいつでも恐ろしく正確だった。奴は、どんなに深く眠っていても飛び起きて、ワォーンと一声吠えると、姿をくらませた。俺は奴が心底羨《うらや》ましかったよ。

一番辛かったのは、俺たち夫婦の間には娘がいたことだった。こう見えても、俺は子どもが大好きなんだ。女房は発作が始まると、子どもを容赦なくたたいた。あれはソフィが四歳か五歳になったころだったかな。俺は、もう見ちゃいられなくなって、鞭《むち》を肩にかけて、御者台《ぎょしゃだい》に座って老いぼれ馬の頭を見ながら、ソフィよりも激しく泣いたもんだよ。それも何度もね。だって、どうしようもねえじゃねえか。激しい癇癪を止めようとすれば——荷馬車のなかでは——かならず取っ組み合いの喧嘩になっちまう。狭い荷馬車のなかで癇癪を止めようとすれば自然と手を上げてしまうことになるんだよ。そうなると、あの子は余計に痛い思いをするだけじゃなく、もっと怯《おび》えてしまうし、女房は女房で自分が受けた仕打ちを、留《と》まる先々で言いふらすことになる。その結果、俺は「女房に手を上げるひどい叩き売りの男」としてあちこちで噂されるようになるんだ。

ソフィはとっても勇敢な娘だったよ。俺は何にもしてやれない情けない父親だったけどね。あの子は俺にとてもよくなついてくれた。とっても豊かできれいな黒髪でねえ。長い巻き毛だった。今から考えると、俺の気が変にならなかったのが不思議なくらいなんだが、女房は荷馬車の外であの子を追いかけまわして、その黒髪をつかんで引き倒し、あの子をぶったんだ。

だけど、ほかの点では女房はよく気がつく面倒見のいい母親だった。娘の服はいつでも小綺麗《こぎれい》で、こざっぱりしていて、女房は飽きずに繕《つくろ》ってやっていた。ああ、なんたる矛盾！　俺にはわからねえなア。田舎の湿地帯を悪天候で旅していたのがいけなかったか、あるときソフィは病気にかかってイヤな感じの微熱を出しちまった。原因はともかく、いったん病気になると、ソフィは頑《かたく》なに母親から顔を背《そむ》け、どんなになだめても母親から指一本触れられるのも嫌がるようになった。母親が看病しようとすると、あの子は震えながら「イヤよ、イヤよ」と言い、顔を俺の肩に埋め、俺の首にきつく抱きついて離さなかった。

ちょうどそのころ、あれやこれやの理由で（とくに鉄道の影響は大きかったな――そのうち俺たちの商売を根こそぎにしちまうんじゃねえかと思うんだが）、叩き売りの商売が最悪の時期で、俺は金がなくて困っていた。そんな理由で、ある晩、ソフィが病気で苦しんでいるとき、俺は二者択一を迫られた。このまま一家で野たれ死ぬか、それともここで荷馬車をとめて商売をするかという選択だ。もちろん俺は商売するほうを選んださ。

俺はかわいい娘を一人ぼっちで寝かせておくことはできなかった。そんな勇気はなかったんだ。それで、俺はしがみつくあの子を抱いたまま、荷馬車の踏み台のうえに出ていった。そんな俺たちを見て、見物人はどっと笑った。一人の野暮天《やぼてん》が（俺はそいつのことが心底嫌いになったが）冗談めかしてこう言った。「その子を二ペンスで買った！」

「さァて、田舎者のみなさん」俺の心は、切れた紐《ひも》の先の重りみてえな感じだったが、俺はこう言った。「今晩はみなさんが欲しいと思っているものを、買っていただきます。だが、その前に、どうしてこの子が私の首にしがみついているかをご説明いたしましょう。えっ、知りたくないって？　それでも教えちゃおう。この子は妖精なのです。未来をズバリと当てる不思議な力を持っております。この子はみなさんについて、いろいろ囁《ささや》き声で教えてくれます。だから、みなさんが品物を買うかどうかもこの私にはわかっちゃう。さて、鋸《のこぎり》はいらねえか？　みなさんみたいに不器用な人たちには、鋸は必要ないとこの子は言っております。危なっかしくて、人殺しになっちゃう。さあ、みなさんが何が欲しいか妖精に聞いてみよう。（俺は囁《ささや》いた。「額《ひたい》がこんなに熱いじゃねえか。お前、苦しくはねえかい？」あの子は重い瞼《まぶた》を開けることなくこう答えた。「少しだけよ、お父さん」）なるほど！　この小さな占い師は、お客さんが欲しいのはメモ帳だと教えてくれました。どうして最初からそう言わないの？　さあさ、見てちょうだい。最高級の光沢上質紙が二百ページ、支出が書き込めるように最初から罫線《けいせん》が引いてある。それに書くための滅多《めった》にすり減らない先の尖《とが》った鉛筆、その鉛筆を尖らせるための二枚の刃が付いた小型の折りたたみ式ナイフ。それから、収入を計算できる印刷された表付《ひょう》きの帳簿と、その帳簿をつけるときに使う折りたたみ椅子だよ。ちょっと待った！　月が眩《まぶ》しすぎて帳簿つけに集中できない夜にさせる傘もおまけにつけちゃおう。さあ、このひと山いくらだ！　みなさんがどれだけ多く払えるかじゃなくて、どれだけ少なく払うつもりかを聞きましょう。さあ、どれだけ少なくですか。恥ずかしがらずに言ってちょうだい。占い師がすべてお見通しだよ。（俺は囁《ささや》くふりをして、あの子にキスをした。あの子も俺にキスを返した。）この子が言うには、三シリング三ペンスだって！　驚き、桃の木、山椒《さんしょ》の木だ！　この子がそう言わなかったら、とても信じられないところだよ。三シリング三ペンスだって！　一年間に四万ポンドの収入が計算できる帳簿付きだよ！　一年間に四万ポンドの収入があって、三シリング六ペンスの出費をケチるって言うのかい？　よし、こうなったらヤケのヤンパチだ。この中途半端な三ペンスはいりません。さあ、三シリングでどうだ。三シリング、三シリング、三シリング！　はい、そこのお兄さん、いい買い物したねえ」

誰も買い手がいなかったので、客はあたりを見まわして、ニヤニヤ笑っていた。その間《あいだ》に俺は、ちっちゃなソフィの顔に手を触れ、めまいがするんじゃねえかいと尋ねた。「少しだけよ、お父さん。もうすぐ楽になるわ」俺は、そのかわいい辛抱強い目から——あの子は目を開《あ》けていた——顔を上げた。すると、簡易ランプの明かりの向こうに見えたのは客のにやけた顔だけだったので、こう叩き売り口上《こうじょう》を続けた。「肉屋はどこだ！」俺の悲しげな目は、たまたま群衆の向こうに、太った若い肉屋の姿を捉《とら》えていた。「この子は幸運な買い手は肉屋だと言ったよ。どこにいる？」恥ずかしがる肉屋をみんなが前に押し出して、囃《はや》し立てたため、肉屋はポケットからお金を取り出して、品物を買わねえわけにはいかなくなった。そんなふうに指名されると、ひとは義理を感じるもんなんだ。それから、お約束で、次のお客に同じ品物をさらに六ペンス安く売ると、案の定、お客さんは大喜びさ。俺は、こうした叩き売りのやり方で次々に売っていき、最後に婦人用品のひと山――ティーポット、茶筒《ちゃづつ》、ガラスの砂糖壺《つぼ》、六本組のスプーン、取っ手の付いたカップ――を売りさばいた。その間《あいだ》もずっと、同じような言い訳をしては娘の顔色を見たり、声をかけたりした。

二つ目の婦人用品のひと山が客の興味を引いていたとき、俺はあの子が、暗い通りの向こうを見るために、俺の肩のうえで少し頭を持ち上げたのに気づいた。「苦しいのかい、お前?」「苦しくはないわ、お父さん。大丈夫よ。だけど、向こうに見えるのは教会のきれいな墓地なの?」「そうだよ、お前」「お父さん、私に二回キスしてちょうだい。そして、あの墓地の柔らかい緑の芝生のうえに私をそっと横たえてね」娘の頭が俺の肩にガクンと落ちたのを感じた。俺はそのままよろめいて荷馬車のなかに舞い戻った。そして、女房にこう言った。「早くしろ。ドアを閉めるんだ! あの笑っている連中の見世物にするんじゃねえ」「いったいどうしたの?」女房は叫んだ。「ああ、お前、お前。お前がかわいいソフィの髪の毛を摑《つか》むことはもう二度とないだろうよ。あの子はもう……お前の手の届かない遠くにいっちまったんだからな!」

もしかしたら、この言葉が相当堪《こた》えたのかもしれないが、女房は、これ以降、ずっとふさぎ込むようになった。そして、荷馬車に座って、ときには荷馬車の横を歩きながら、何時間も腕を組んで、地面を見たまま、考え事をすることが多くなった。女房が癇癪を起こすと(それは以前よりずっと少なくなっていたんだが)、女房はこれまでとは違うやり方で怒りを爆発させた。そこらじゅうに自分の体を打ちつけるようになったんだ。その激しさは、俺が止めに入らなければならねえくらいだった。ときどき酒を飲んでみても、効果はないようだった。こうして、俺たちの悲しい生活は続いたが、ある夏の夕べ、イングランドを西へと進み、エクセターに入ったとき、俺たちはひどい調子で子どもをたたいている母親にたまたま出くわした。その子はこう泣き叫んでいた。「打《ぶ》たないで、お母さん！　ああ、お母さん！」女房は耳をふさぐと、その場から離れるために、ものすごい勢いで駆け出していった。そして次の日、女房は川のなかで見つかった。

あとに残されたのは俺と飼い犬だけになった。この犬は客が値《ね》をつけないとき、ワンと吠える芸当を身につけた。それから、俺が奴に向かって「半クラウンって言ったのはどこのどいつだ？　半クラウンの値《ね》をつけたのは、あなたさまですかい？」って尋ねると、もう一度ワンと吠えて、頷《うなず》く仕草をした。奴はたいへんな人気者になった。今でもそう信じているが、奴は自分の頭だけで、もう一つ別の芸当を編み出した。その芸当っていうのは、六ペンスというケチな値をつけた客に向かって唸《うな》るというものだった。でもこの犬も相当年をとって、ある晩、俺がヨークで見物人を痙攣《けいれん》させるほど大笑いさせていたとき、俺の真横の荷馬車の踏み台のうえで、この犬自身が痙攣を起こしちまって、そのままあの世にいっちまった。

生まれつき人好きな性格だから、それからというもの、俺はひどく孤独を感じるようになった。商売をしているときには、俺も叩き売りとしての誇りがあるから（もちろん生活のためでもあるが）、何とかごまかせたが、一人でいるときにはてんでダメだった。俺は孤独に押しつぶされそうになった。

一人の大男と知り合いになったのは、そんな気持ちのときだった。さみしい思いをしていなかったら、そいつとは口をきいてなかったかもしれねえなア。というのも、俺たち地方を渡り歩いて商売している連中の間では、扮装組《ふんそう》とそうでない者との間には明確な線引きがあるんだ。扮装しなけりゃ稼げねえ連中は、どうしても下に見ちまうからねえ。そして、この大男は、見世物で古代ローマ人に扮《ふん》していた。

奴は愚鈍《ぐどん》な若者だった。なにしろ図体が馬鹿でかいのがその原因だったのかもしれない。頭は小さく、頭脳は弱く、視力も膝《ひざ》も弱かった。貧弱な関節と頭脳の割には、ほかが大きくこしらえてあるという印象を人に与えた。だけど、奴は気弱だが優しい素直な性格の若者で（奴の母親は金目当《かねめあ》てで奴を手放したが、その金はすでに使ってしまったそうだ）、市《いち》と市《いち》の間《あいだ》の休みに奴が馬を歩かせていたとき、俺たちは知り合いになった。奴の芸名はリナルド・ディ・ベラスコだったが、本当の名前はピックルソンだった。

この巨人またの名をピックルソンは、秘密を守るという約束で、俺にこう打ち明けた。奴の主人の血のつながりのない娘に対するひどい仕打ちが、奴の体の重荷に加えて、心の重荷になっている。その継娘《ままむすめ》は、耳が聞こえず、言葉が話せなかった。その子の母親は死んでいて、身寄りは一人もおらず、継父《ままちち》からこき使われているということだった。その子が主人の一団と旅をしているのは、その子をどこにも預けることができねえからという理由だけで、この巨人またの名をピックルソンが言うには、主人はたびたびこの子を捨ててしまおうとしたのだという。さっき言ったように、奴は愚鈍《ぐどん》な若者だったので、これだけの話を引き出すまでに、いったいどれだけの時間がかかったかわからない。だが、奴なりに精一杯がんばって絞り出し、なんとか話し終えた。

巨人またの名をピックルソンからこの話を聞き、しかも、そのかわいそうな子がきれいな長い黒髪を持ち、その髪を引っ張られて、打《ぶ》たれることが何度もあると聞いたとき、俺の目は涙で霞《かす》み、まともに奴を見ることはできなかった。俺は涙を拭《ぬぐ》うと、奴に六ペンス銀貨を渡した（体の重さに反比例して奴の財布は軽かった）。奴はそれで一杯三ペンスの水割りのジンを二杯飲み、上機嫌になって、「寒くて、ブルブル、震えるねえ」というコミック・ソングを歌った。奴の主人は、古代ローマ人に扮《ふん》した巨人に、なんとかして客受けのする芸を仕込みたかったわけだが、その試みはどうやら無駄に終わったようだった。

奴の主人の名前は、ミムといった。しわがれ声の男で、何度か話をしたことはあった。俺は、荷馬車を町の外に置いて、一般の客として市《いち》に行き、余興がおこなわれている間、幌《ほろ》馬車の裏手をぶらついてみた。そして、ついに、泥だらけの車輪にもたれて居眠りしている、耳と口が不自由な女の子を見つけた。ぱっと見は、猛獣ショーから逃げてきた動物と見間違うほどだったが、よく見ると、ぜんぜんそんなんじゃなく、もしもっと愛情をかけて、優しくしてやったら、俺の娘のようなかわいい子になるんじゃねえかと俺は考えた。その子は、もし俺の娘が、あの晩死んでしまわずに生きていたら、ちょうど同じ年頃になるくらいの年齢だった。

手短に話すと、俺はミムが、ピックルソンのショーとショーの間にテントの外で銅鑼《どら》を鳴らして見物人たちを呼び込んでいるときに、内々《ないない》に話を持ちかけ、こう言った。「あの娘《むすめ》はお前さんの手に余ってるんだろう。何を渡せば、引き渡してくれる?」ミムはひどい悪態をつく男だった。その部分は省略させてもらうと――実はその部分が一番長かったんだが――こう答えた。「ズボン吊りだ」「よし、じゃア、こうしよう」俺は言った。「俺が持っているなかでも最上級のズボン吊りを半ダースお前にやる。それであの子を連れて行くぜ」ミムは(再び悪態をつきながら)こう言った。「品《しな》をこの手に握るまでは信じねえ。品が先だ」俺は奴の気が変わらないうちにと思い、急いで品物を取りに行った。そして、取引はぶじ成立した。ピックルソンはとても喜んでくれ、安心したのか、ちっちゃな裏口のドアから、蛇みたいにニョロっと出てきて、別れ際に、車輪と車輪の間に立って小声で「寒くて、ブルブル、震えるねえ」を歌ってくれた。

ソフィと俺が荷馬車で一緒に旅を始めたころは、とても幸せだった。俺は、その子をすぐにソフィと呼ぶようになった。娘に接するのと同じように、あの子に接してやりたかったからだ。俺がそばにいて優しく誠実であろうとするのをあの子が知ってからというもの、ありがたいことに、俺たちはお互いに理解し合うきっかけをつかみ始めた。まもなく、あの子は俺になついてくれた。自分のことを好きな人が一人でもいてくれることをありがたいと思うこの気持ちは、さっき話したような、孤独に押しつぶされそうになった経験をした者でないとわからないだろうなア。

俺がソフィに文字を教えるところを見たら、お前さんは笑ったかもしれないねえ。いや笑わなかったかも

――お前さんの性格にもよるけどね。最初、俺が何に助けられたか、お前さんには見当もつかないだろう。道端のマイルストーンにさ。俺は、一つ一つの象牙《ぞうげ》のうえに大きな文字が刻まれた、箱入りのアルファベット一式を手に入れ、たとえば、WINDSOR《ウィンザー》に向かっているときには、その順番にアルファベットを並べ、あの子に見せた。そして、マイルストーンが置いてある場所を通過するたびに、同じ順番のアルファベットを見せ、最後にはそのお城を指差して見せた。別の機会には、荷馬車のうえにチョークでCART《カート》と書いて教えた。また、首からDOCTOR MARIGOLD《ドクター・マリゴールド》と書かれた札をさげて、俺の名前を教えたこともあった。そんな俺の姿を見て、笑う人もいたが、俺はまったく気にしなかった。あの子が言葉の意味を理解してくれさえすれば、それでよかったんだ。あの子は忍耐強く努力してようやくその意味をつかんだ。そしてそれからはとんとん拍子《びょうし》に進んでいった！　最初、あの子は、俺のことを荷馬車だと思い込み、荷馬車のことをイギリス君主の公邸だと勘違いしているようだったが、そういう間違いも徐々になくなっていった。

俺たちは手話も使うようになった。その数は、何百にもなった。ときどき、あの子は座ったまま、俺の顔をじっと見て、俺にどうやって新しいことを伝えるか――新しい言葉を俺にどう尋ねたらいいか――一生懸命考えていることがあった。そんなとき、あの子は年齢を重ねた本当の自分の娘のようだった（少なくとも、俺にはそう見えたんだから、本当に似ていたかどうかなんて大した問題じゃないだろう？）。俺は半分本気でこう思った。この子は本当に俺の娘で、天国に飛び立っていったあの晩以来、どこにいて、何を見てきたのか、俺に一生懸命伝えようとしているのかもしれねえな、とね。あの子は、かわいらしい顔をしていた。そして、もう誰もあの子の輝く黒髪をひっぱる者はいなかったから、髪はいつもきれいに整えられていた。そんなあの子の表情には胸を打つものがあった。おかげで、荷馬車はとても穏やかで静かな——といっても、決して陰気ではない——場所になっていた。

あの子が俺のどんな表情も読み取るようになったのは、本当に驚きだった。たとえば、俺が夜、物売りをしているとき、あの子は客からは見えない荷馬車のなかにいて、俺が荷馬車のなかを覗《のぞ》くと、俺の目をじっと見て、俺が必要としている品物を、数まで正確に渡してくれた。それがうまくいくと、あの子は手をたたき、嬉しそうに笑った。俺としても、あの子の明るい顔を見るのは嬉しかった。なにしろ、あの子に初めて会ったときの、あの子の様子はひどかったからねえ。お腹を空かせて、たたかれ、ぼろを着て、泥だらけの車輪にもたれて居眠りしていたあの子の変わりようといったら。それで俺も元気をもらって、商売のほうもこれまで以上にうまくいった。そこで、俺はピックルソンに感謝して、奴の名前（「ミムの旅する巨人また の名をピックルソン」）を遺言書に書いて、俺に万一のことがあったときには五ポンド紙幣を譲ることにした。

この幸せは、荷馬車のなかで、あの子が十六歳になるまで続いた。このころまでに俺は、あの子のそばで自分がしてやれることだけでは満足できなくなっていた。そして、俺なんかが与えるよりも、もっといい教育を受けさせてやりたいと思うようになった。こうした考えをあの子に伝えようとして、俺たちは何度泣き合ったかわからない。だけど、正しいことは正しいわけだし、泣いても笑っても、そのことをうやむやにしちまうことはできないわけさ。

それで、ある日、俺はあの子の手をとって、ロンドンにある聾唖《ろうあ》学校に連れて行った。俺たちを迎え入れてくれた紳士に、俺はこう言った。「旦那のために、私に何ができるか言いましょう。私は見てのとおりのただの叩き売りですが、最近はちょっとした蓄えもできるようになりました。もしものときのために、取っておいたんです。これは私の一人娘で（養女ですが）、これ以上ないほど耳が不自由だし、口もきけません。できるだけ多くのことを、できるだけ短い期間で、この子に教えてやってくれませんか。いくらかかるか単刀直入に教えていただきたい。こちらには言い値を払う用意があります。首を縦に振ってくれたら、少しも値切ることなく、この場で現金でお支払いします。喜んで一ポンドおまけにつけましょう。さあ、どうです！」

その紳士は笑ってこう言った。「まあ、まあ。とりあえず、私は彼女がどの程度学んできたかを知る必要があります。彼女とはどうやって話をするのですか？」俺は、その紳士の目の前で手話をしてみせた。それから、あの子は、ブロック体ではっきりと、いくつもの物の名前を書いてみせ、また、紳士が見せてくれた本を読んでその内容を理解し、その本に書かれているちょっとした物語について俺と活発な会話を交わした。「これはたいへん素晴らしいことです」紳士は言った。「本当にあなたがただ一人の先生なのですか？」「先生と呼べるような人はほかにおりません」俺は言った。「この子を除いてね」「それなら――」紳士は言った。

それは俺に向けられた褒め言葉のなかでも最上のものだった。「あなたは本当に立派な人だ。素晴らしい人だ」紳士はソフィにもそのことを伝えた。ソフィは紳士の手にキスして、手をたたき、笑って泣いて喜んだ。

俺たちはその紳士と計四回ほど会った。紳士が俺の名前を書きとめたとき、なぜドクターなんていう名前がついているのかと尋ねたのがきっかけで、その紳士は——信じてもらえればの話だが——俺の名前の元になったあの親切な医者の妹の息子、つまり甥《おい》っ子だということがわかった。この偶然から、俺たちはさらに打ち解けた間柄になった。ある日、紳士は俺に向かってこう言った。

「ねえマリゴールド、君の養女にさらにどんな勉強をしてもらいたいと君は思っているんだい？」

「あの子が初めから持ってねえもののことを考えると、俺はあの子に、世の中からできるだけ切り離されないで生活していってもらいたいんです。そこで、書かれたものなら何であれ、気楽に楽しんで読めるようにしてもらいたいんですがねえ」

「いいかね、君」紳士は、目を大きく見開いて諭《さと》すように言った。「そんなことは私にさえ不可能だよ」

俺は紳士の冗談をちゃんと受け止め、アハハと笑ってやった（冗談が通じなかったとき、どれだけ間《ま》の抜けた感じになるか、俺は経験上知っていたからねえ）。それから、さっきの俺の言い方を改《あらた》めた。

「ここを卒業してから、彼女をどうするつもりかね？」紳士は少し心配そうに尋ねた。「彼女を連れ回すつもりじゃないだろうね？」

「荷馬車のなかでだけです。あの子は人目にさらされることなく、自分の生活を送ります。あの子を見世物にしようなんていう気持ちはこれっぽっちもありません。たとえ大金を積まれたとしても、そんなことはしませんとも」

紳士は頷《うなず》き、わかってくれたようだった。

「では」紳士は言った。「君は二年間、彼女と別れることはできるかね？」

「それがあの子のためになるなら――もちろん、できますとも」

「もう一つ質問がある」紳士は、あの子のほうを見ながら言った。「彼女が二年間、君と別れることはできそうかね？」

それが、あの子にとってより辛《つら》いことだったかどうかはわからない（俺にとってもじゅうぶん辛かったからね）。だけど、納得させるのは確かに一苦労《ひとくろう》だった。でも、あの子もついには提案を受け入れ、俺たちは別れて暮らすことになった。実際にそうなったとき――夜、玄関口であの子と別れたとき――俺たちがどれほど辛い別れを経験したかというのは、口に出して言うことができないくらいだ。でも、これだけは確かだ。あの夜のことを思い出すと、俺はあの建物の前を、胸が痛み、喉《のど》に込み上げるものを感じることなく、通り過ぎることは一生できないだろうし、あの建物の前では、どんな上等な品だって、いつもの調子で商売することなど絶対にできないだろう、ということさ。たとえ内務大臣から五百ポンドの報酬をもらって、おまけに立派なテーブルの下に足を投げ出して大臣と一緒に食事をする栄誉を与えられたとしても無理ってもんよ。けれども、それからの荷馬車のなかでの孤独は、かつての孤独とはまったく違っていた。なにしろ、どんなに先に思えたとしても、期限付きだったからね。それに、落ち込んだときには、こう考えることができた。あの子と俺は、心の通じ合った家族なんだと。

あの子が帰ってくるときのことをいつも考えていた俺は、二、三か月後にもう一台の荷馬車を購入した。それは何のためだと思う？　俺の計画はこうだった。その荷馬車のなかに棚を備《そな》えつけ、あの子が読むための本を置き、俺は椅子に腰掛けて、あの子が本を読む様子を眺めて、俺があの子の最初の先生だったときのことを思い出すというわけだ。急《せ》いては事を仕損《しそん》じると言ってね。俺は荷馬車の家具を自分で点検しながら少しずつ揃《そろ》えていった。ここにはカーテン付きの寝台、あそこには読書用テーブル、ここには物書き机、それ以外の場所には何列もの本また本。挿絵入りのもの、絵のないもの、製本されたもの、製本されてねえもの、金縁《きんぶち》のもの、簡素なもの——東西南北、風の吹くまま気の向くまま、ときに道にも迷い、国中を旅しながらあの子のために少しずつ集めたものだった。こうして荷馬車にきれいに詰め込めるだけのたくさんの本を集め終わると、俺に新しい考えが浮かんだ。その考えのおかげで俺は二年間をずいぶん楽に乗り越えることができた。

俺は欲深いほうじゃねえが、自分の持ち物は自分だけで持っておきたいと思うほうだ。たとえば、商売用の荷馬車だってあんたと共同で持つなんていうのは御免《ごめん》こうむりたいね。あんたを信用してねえというんじゃねえんだよ。この荷馬車は俺のものだということを知っておきたいのさ。あんただってそうじゃねえかい？　そこでだ。俺がこうして集めた本は、あの子が読む前に、ほかの誰かがもう読んじまってるんだと考えるとね、俺の心のなかに嫉妬のような感情が湧《わ》き起こってきたんだ。本当の意味で、あの子が本の持ち主とは言えねえんじゃねえかと思ったんだね。それで、こういう問いが俺の頭に浮かんだ。あの子が誰よりも先に読む、あの子のためだけに特別に作られた新品の本を用意できねえか、とね。

その考えは、俺を喜ばせた。そして、いったん決心すると、次に本の名前をどうするかという問題が出てきた。鉄は熱いうちに打て、と言うが、俺はその鉄をどんなかたちに仕上げたか？　それはこうだ。あの子にしたなかで最も苦労した説明は、どうして俺はドクターと呼ばれるようになったのか、ドクターと呼ばれるのになぜ医者ではないのか、ということだった。俺が最初にあの子の間違いに気づいたのは、あの子が俺に、本当の医者にするように薬を処方してほしいと頼んだときだった。そこで、俺はこう考えた。「この本に『ドクター・マリゴールドの処方箋《せん》』という名前をつけて、あの子に俺が出す処方箋は、あの子を喜ばすため——笑わせたり、ときには嬉し泣きさせたりするため——だけのものだということを理解してくれたら、それこそがまさに俺たちが一つの困難を乗り越えたという嬉しい証拠になるんじゃねえか」とね。その考えは、まったく申し分のないものだった。

けれども、結末を先に言わせないでいただきたい。(俺はこの言い方を、あの子のために買った恋愛物語から取ってきた。俺は、あの子が読むまでは、あの子の本を開くことはなかったが——今ではかなりたくさん読んだ。俺はどういうわけか、恋愛物語の作者が「結末を先に言わせないでいただきたい」と何度も書いているのに気がついたんだ。そうだとすれば、奴らはどうして結末を先に言っちまうんだろう? 誰もそんなことは頼んじゃいねえのによ。)というわけで、結末を先に言わせないでいただきたい。俺は商売以外の時間を、この本を書くのに費やした。

そして、ついにこの本は完成した。二年という歳月は、それより前の歳月と同じように、どこかに行っちまった。どこに行っちまったかなんてことは、知らねえけどね。ともかく、新しい荷馬車は完成していた。外側は明るい黄色で、朱色《しゅいろ》の模様と輝く真鍮《しんちゅう》製の金具で飾られていた。俺は老いぼれ馬にその新しい荷馬車を引かせ、古い商売用の荷馬車は新しい馬に引かせて、小間使の少年をその荷馬車に乗せ、パリッとしたなりをしてあの子を迎えに行った。

「マリゴールド」心からの握手をして、紳士が言った。「会えて嬉しいよ」

「どんだけ嬉しいとしても」俺は言った。「俺が旦那にお会いできた嬉しさにくらべれば、半分にも及ばねえと思いますがね」

「二年間は長く感じたかね、マリゴールド?」

「思ったよりは、長く感じなかったです。けど――」

「何をそんなに驚いているのかね、マリゴールド？」

確かに俺はひどく驚いていた。あんなにきれいで、利口そうで、表情豊かで、大人の女になって……。ドアのところに黙って静かに立っていると、あの子はわが娘のようにも見えたし、まったく知らない赤の他人のようにも見えた。

「感銘を受けたようだね」紳士は親切な口調でそう言った。

「俺は自分が、袖《そで》付きのチョッキを着た、ただの阿呆《あほう》に思えます」

「私にはこう思えるがね。彼女を不幸と悲惨から救い出して育て、この学校でほかの生徒と一緒に学ばせるようにしたのは、ほかならぬ君だとね。しかし、私たちはなぜここで二人だけで話をしてるんだろう。彼女とも話ができるというのに。君のやり方で彼女に話しかけてごらん」

「俺は、袖付きのチョッキを着た、ただの阿呆です。あの子はあんなに上品で、ドアのところに黙って静かに立って……」

「昔の手話を試してごらん」紳士が言った。

二人は俺を喜ばせるために、初めから仕組んでいたのだった。俺が昔の手話をしてみせると、あの子は俺の足元に駆け寄り、ひざまずき、俺の顔を愛情深く見上げ、うれし涙を流しながら両手を掲《かか》げた。俺がその手を取り、あの子を立たせると、あの子は俺の首に抱きついて離れなかった。俺はどんな馬鹿面《づら》をしてそこに立っていたかわからねえが、しばらくすると気持ちが落ち着いてきて、三人は立ったまま無言で会話を交わした。そのとき、俺たちのまわりには柔らかな至福《しふく》の時間が流れ、そしてそれは世界中に広がっていくようだった。

II

俺が計画したことはすべて大成功に終わった。俺たち二人の新生活は期待した以上のものだった。まるで二台の荷馬車のように、俺たちと幸せな気持ちは一緒に進んでいった。二台の荷馬車が進んでも止まっても、幸せは俺たちとともにあった。俺は、夜のパーティー用に鼻面《づら》に化粧を施《ほどこ》し、尻尾《しっぽ》をカールさせた小型犬のパグみたいに嬉しくて、鼻が高かった。

だけど、俺が勘定に入れてねえ項目が一つだけあった。さて、それは何でしょう？　一つヒントを出そうか。それは翼を持っております。さあ、当ててごらん。鳥？　残念、鳥ではありません。仕方ない、もう一つヒントを出しましょう。それは鳥とはまったく別の姿をしております。さあ、どうだ。鳥じゃなければ人間だって？　残念、人間ではありません。人間に翼がありますか？　さあ、ここまでくればわかるだろう？　人間じゃなければ、神様かって？　ほぼ正解。もう少し早く気づいてほしかったね。

そう。俺がまったく勘定に入れてなかったのは、神様だ。男の神様でも、女の神様でもねえ、子どもの神様だ。女の子じゃなく、男の子の神様。「だあれがコック・ロビンを殺したの？　わたしですと、スズメがいった。わたしの弓と矢で」さあ、もうこれで答えがわかっただろう。弓と矢を持った男の子の神様だ。

俺たちはランカスターに来ていて、市《いち》の開かれる広場で、いつもより稼ぎのいい商売を二晩続けていた。ミムの旅する巨人またの名をピックルソンも、たまたま同じ町で見世物に出ていた。見物小屋には上品なしつらえがされていた。幌《ほろ》馬車は完全に隠されていた。入り口は緑の布で覆《おお》われ、その奥の競売《きょうばい》会場にピックルソンはいた。ポスターには印刷風の書体でこう書かれていた。「わが国の誇りである報道機関以外は、入場料を払ってお入りください。学校団体向け割引は相談に応じます。未成年の方も、厳しい道徳家の方も安心してご入場いただけます」ピンク色の布を貼った木戸口《きどぐち》にいたミムは、客の出足が悪いことについて、いつにも増して悪態をついていた。「ピックルソンを見ずして、巨人兵士ゴリアテを倒したダビデ王を真に理解すること能《あた》わず」——町のいくつかの商店にはこんな真面目な手書きのビラが貼られていたんだが、効果はないようだった。

俺は、その競売《きょうばい》会場に入っていった。そこには周囲の反響音とカビ臭さ以外は何もなく、人っ子一人いなかった。唯一の例外は、赤い絨毯《じゅうたん》のうえに立っていたピックルソンだけだった。でも、これは俺にとっては好都合だった。奴と二人っきりで個人的な話がしたかったからだ。俺はこう言った。「ピックルソン、お前さんのおかげで俺は幸せな人生を送っているよ。だから、遺言書には五ポンド紙幣をお前さんに譲ると書いたんだが、手間を省くために、お前さんさえよければ、ここで現金四ポンド十シリングをお前さんにやって、取引を済ましちまいたいんだが、どうだい？」そのときまで、まるでどうやっても火がつかない、古代ローマの灯心草《とうしんそう》ロウソクみたいに落ち込んでいたピックルソンが、これ以上ないほどパッと顔を輝かせて、（奴にとっちゃあ）議会の演説のような雄弁さで、感謝の言葉を伝えてきた。

だが、旅する巨人またの名をピックルソンが言ったことのなかで、重要なのは次の言葉だった。「ドクター・マリゴールド」――奴の声の弱々しさを再現することはできないが、奴はこう言った――「君の荷馬車のまわりをうろついている若い男は誰なんだい？」「若い男だって？」俺は、奴の血のめぐりが悪いせいで、「おとこ」と「おんな」を言い間違えているんじゃねえかと思いながらそう言った。「ドクター」奴は、万人の同情を誘《さそ》うような哀感《あいかん》を込めて答えた。「僕はのろまだけれども、自分が喋る言葉はわかっているつもりだよ。もう一度言うよ。若い男だよ」ピックルソンが言うには、奴が人に見られることなく（ミムたちがそれを望まなかったので）足を伸ばすことができたのは、真夜中から夜明け前の時間帯だけだったが、そのとき奴は合計二回――俺がランカスターにやってきた日に二晩続けて――この同じ見知らぬ若者が俺の荷馬車のまわりをうろついているのを見たらしかった。

俺の気持ちはひどく沈んでしまったが、俺は何でもないふりを装い、ピックルソンに別れを告げた。翌朝まだ暗いうちに、俺はその若者があたりにいねえか目を光らせていた。それどころか、実際にその若者を見つけた。奴はいい身なりをしたハンサムな若者に見えた。奴は俺の二台の荷馬車の近くをぶらつき、愛《いと》おしむかのようにそれらに注意を向けた。そして夜が明け、あたりが白み始めると、踵《きびす》を返し、その場を立ち去ろうとした。俺は後ろから「よお」と声をかけたが、奴は驚くことも振り向くこともせず、何もなかったかのようにそのまま立ち去った。

一、二時間後、俺たちはランカスターからカーライルに向けて出発した。翌朝の明け方も、あの見知らぬ若者がいねえか探してみたが、奴の姿は見あたらなかった。その次の日の朝、俺はもう一度、あの若者を探してみた。すると、奴はそこにいた。俺はもう一度、後ろから「よお」と呼びかけてみたが、俺の声に反応する様子はまったく見せなかった。俺はもしやと思った。それで、そのあとも何度かいろんなやり方で奴を観察してみた。そしてついに俺は、奴が聾唖《ろうあ》者であることを突き止めた。

この発見に俺は動揺してしまった。なぜなら、あの子が通っていた聾唖《ろうあ》学校には、男子生徒も通っていた(なかには裕福な家のお坊ちゃんもいた)ことを俺は知っていたからだ。俺は心のなかでこうつぶやいた。「もしあの子が奴に好意を寄せているとしたら、俺の居場所はどうなる？　俺が今まであの子のために計画してきたことはどうなる？」自分勝手だということは認めるよ——俺はあの子が奴に好意を寄せてねえことを期待しながら、それを確かめることにした。そしてついに、俺は偶然、開けた場所で二人が会っているところに遭遇した。俺は、もみの木に寄りかかって、二人に知られることなく、二人を観察した。それは、二人にとっても俺にとっても心を動かされる逢《あ》い引きだった。俺は、二人と同じように、二人の間で交わされたすべての言葉を読み取ることができた。俺は目で会話を聞いた。俺の目は、普通の人が話す言葉を耳で聞くように、すばやく正確に二人の会話をとらえた。

男は、父親の仕事を引き継いで、ある商人の事務員として中国に旅立つという。男は、あの子に、結婚して一緒に来てもらいたい、自分にはその準備ができていると言った。あの子は頑《かたく》なに言い張った——ダメと。男はあの子に自分を愛していないのかと尋ねた。もちろん愛しているわ、とっても。だけど、私はあの善良で寛大で大好きな……——ほかにもいろいろ言ってくれたが（恥ずかしながらこの俺、袖《そで》付きのチョッキを着た叩き売りのことだ）——お父さんをがっかりさせることは絶対にできないの。だから、私はここに残ります。胸が張り裂けるほど悲しいけれど。あなたに神のご加護があらんことを！　あの子はさめざめと泣いた。それで、俺の気持ちは決まった。

あの子がその若者に好意を寄せているかどうかわからず、自分の気持ちがまだ不安定だったときには、ピックルソンに対してひどい八つ当たりをして、俺の気が変わらないうちに遺産を現金で受け取っちまったのは、なんて運がいい奴なんだと思っていた。なぜなら、俺はこう考えていたからだ。「あのうすのろの大男があんなことを俺に言わなければ、俺はあの若者について思い悩むことなどなかったかもしれねえのに」と。だけど、あの子がその若者を愛している——その男のためにあの子が泣いている——ことがわかれば、話は別だ。俺はすぐさま心のなかでピックルソンに詫びを入れて、みんなにとって正しいことをしようと心に決めた。

あの子はすでに若者と別れていて（俺は決心を固めるまでに二、三分を要した）、その男は別のもみの木に寄りかかり——その一帯はもみの木の森だった——腕に顔を埋めて泣いていた。俺は男の背中に触った。男は振り返り、俺を見ると、手話でこう言った。「怒らないでください」

「怒ってなんかいねえよ、兄さん。俺はお前の味方だ。一緒に来な」

俺は、あの子の図書館馬車の踏み段の下で男を待たせ、一人で登《のぼ》っていった。あの子は涙を拭《ふ》いているところだった。

「泣いていたんだね、おまえ」

「はい、お父さん」

「なぜだい？」

「頭が痛いの」

「心が痛いんじゃねえのかい？」

「頭が痛いと言ったのよ、お父さん」

「ならば、ドクター・マリゴールドがその頭痛に効く薬を処方して進《しん》ぜよう」

あの子は俺の名前が付いた処方箋《せん》の本を取り上げると、無理に笑顔を作って、その本を俺に渡そうとした。でも、俺が本を受け取らず、真面目な顔をしているので、あの子は静かに本を置くと、じっと俺の顔を見つめた。

「処方箋はそこにはねえよ、ソフィ」

「どこにあるの？」

「ここだよ――」

俺はあの子の将来の夫を導き入れ、二人の手を握らせ、短くこう伝えた。「ドクター・マリゴールドの最後の処方箋だ。一生、服用すること」そして、俺はその場を離れた。

結婚式は予定どおりおこなわれた。俺は人生で生まれて初めて袖《そで》付きの上着（青色で、ぴかぴかのボタンが付いたやつ）を着込んだ。そして、ソフィをこの手で花婿《はなむこ》に引き渡した。結婚式に出席していたのは、俺たち三人と二年間ソフィの面倒を見てくれたあの紳士だけだった。この四人が参加して図書館馬車のなかで披露宴をおこなった。料理は俺が準備した。鳩《はと》のパイ包み、足一本分の塩漬けの豚肉、二羽《わ》分の鶏の丸焼き、付け合わせの野菜、それに上等な飲み物。俺がスピーチをし、紳士がスピーチをし、たくさんの冗談も言い合い、すべては打ち上げ花火のようにあっという間に終わってしまった。

宴会の途中で、俺はソフィにこう説明した。図書館馬車は大切にとっておいて、旅から戻ってきたときには俺の居間として利用するつもりだ。お前の本もそのままとっておくから、イギリスに帰ってきたときには必ず取りに来るんだよ。そして、あの子は夫とともに中国に旅立っていった。それはとても悲しく辛《つら》い別れだった。小間使《こまづかい》の少年には別」の仕事を探してやった。それで俺はまた、鞭《むち》を肩にかけて、御者台に座って老いぼれ馬の頭を見ながら、子どもと妻を失った昔のように、一人でのろのろと旅を続けた。

ソフィは俺にたくさんの手紙を書いてくれた。俺もソフィにたくさんの手紙を書いた。その年の終わりごろに、あの子は震える手でこう書いてきた。「親愛なるお父さん、まだ一週間もたっていませんが、先日かわいい女の子を出産しました。産後の肥立《ひだ》ちもよく、許しを得《え》てこの手紙を書いています。親愛なる大好きなお父さん、この子の耳が不自由でないことを祈っています。でもまだわかりません」あの子に返事を書いたとき、それとなく聞いてみたことがあったが、ソフィはその質問には答えなかった。それで、俺は、悲しい答えだったのだと思い、それ以上は何も聞かなかった。長い間、俺たちは定期的に手紙のやり取りをしていたが、そのうち、ソフィの亭主が転勤になったり、俺も旅がらすの暮らしやらで、ごくたまに手紙のやり取りをするだけになった。けれども、手紙のやり取りがあろうとなかろうと、お互いの胸のなかでお互いを思いあっていることは同じように確かだった。

ソフィが外国に行ってしまってから、五年と数か月の年月が流れた。商売は、これまでにないほど順調だった。なかでも、秋の売り上げは最高で、一八六四年十二月二十三日、俺はミドルセックス州のアクスブリッジにいたが、品物はすべて売り切ることができた。それで俺は、身も心も軽やかに老いぼれ馬を走らせてロンドンに戻った。クリスマス・イブとクリスマスを図書館馬車のストーブのそばで過ごすため、そしていつもの一通《ひととお》りの商売用の品を仕入れるためだった。

俺は料理は得意なほうだった。図書館馬車のなかで食べるクリスマス・イブの食事に何をこしらえたか教えようか。俺がこしらえたのは、一人前のビーフステーキ・プディングだった。二つの小形ジャガイモと、一ダースの牡蠣と、おまけに二つのマッシュルームが入ったやつだ。それはどんな人でも上機嫌にさせちまうようなプディングだった。チョッキの下の二つのボタンだけはふくれてたけどね。この贅沢な食事を心ゆくまで味わって、後片付けを済ませると、俺はランプの明かりを弱め、ストーブのそばに座った。そしてそのストーブの火がソフィの本の背表紙を照らすのを眺めた。

ソフィの本は、俺にソフィのことを思い出させた。俺はあの子の愁《うれ》いを帯びた顔をはっきりと見ることができた。そのうち、俺はストーブのそばでうとうとしてしまった。そのためだろうか、俺は居眠りの間じゅう、ソフィが耳の不自由な子どもを腕に抱いて、俺のそばに黙って立っているような気がした。俺がちょっ、い、い、い、とした物音に驚いて目を覚ましたときでさえ、まるで本当に一瞬前までそこにいたかのように感じられた。

その物音は、実際の音だった。その音は、荷馬車の踏み段から聞こえてきた。子どもが急いで軽やかに踏み段を登ってくるような音だった。それはかつて俺がよく耳にしていた音だったので、俺は娘が幽霊になって戻ってきたんじゃねえかと一瞬考えてしまった。

しかし実際には、本当の子どもの手がドアの取っ手に触れ、それを回し、ドアが少し開《ひら》いた。そして、本当の子どもの顔がこちらを覗き込んだ。それは、大きな黒い目をした明るくかわいい女の子だった。

俺の顔をまじまじと見たあと、その子は小さな麦わら帽子を脱いだ。すると、とてもきれいな長い巻き毛の黒髪がこぼれ落ちた。そして、その子は口を開けると、かわいい声でこう言った。

「おじいちゃま！」

「ああ、そうか！　お前さんは喋れるんだねえ」

次の瞬間、ソフィが入ってきて、その子と一緒に俺の首に抱きついた。そして、亭主は顔を隠して泣きながら俺と固い握手を交わした。俺たちが気持ちを落ち着かせるまでには、しばらく時間がかかった。気持ちを落ち着かせてよく見ると、その女の子は、母親と嬉しそうに素早く忙しく手話を交わしていた。その手話は、俺が最初にソフィに教えたものだった。それを見て、嬉しい、でも同時に悲しい涙が俺の頬《ほお》を伝って流れた。

「ドクター・マリゴールド」解題

「ドクター・マリゴールドの処方箋」は、ディケンズ編集の週刊誌「オール・ザ・イヤー・ラウンド」の一八六五年クリスマス特別号に掲載された、他の作家との合作による短編連作小説である。この短編連作小説の第一話および第八話（最終話）が「ドクター・マリゴールド」のもととなる挿話（「すぐに服用すること」および「一生服用すること」）であり、「ドクター・マリゴールド」はこの二編の短編を台本化したものである。「すぐに服用すること」は朗読台本の「I」、「一生服用すること」は「II」に相当する。

「ドクター・マリゴールドの処方箋」が書かれた時期は、ディケンズが長編小説『互いの友』の連載を終え、新たな朗読公演に向けて準備していた期間にあたる。ディケンズが公開朗読のために台本を書き下ろすことはなかったが、「ドクター・マリゴールド」のもととなる挿話は、おそらく公開朗読を意識して書かれたもの（そのうち最も成功したもの）である。この意味で、この台本は、公開朗読以前に書かれた作品を台本化したものとは異なり、それまでに二百回を超える公開朗読を経験してきたディケンズが、朗読の効果を最大限発揮するために書いた究極の朗読台本と言えよう。「ドクター・マリゴールド」は、大道商人のモノローグによって全編が構成されている。ディケンズは、この台本を上演するにあたり、二百回以上も練習を重ねたという。特に叩き売り口上の部分は、本物の叩き売りの流暢さが求められるためか、ディケンズ自身「大変な苦労をした」と述べている。マリゴールドは、商売以外の場面においても、叩き売り口上の表現を用いることがある。というよりも、聞き手（あるいは聴衆）に向けて語る、その語りそのものが叩き売り口上で鍛えた話術であり、彼の語りそのもののなかに彼の人生が表現されているのである。

「ドクター・マリゴールド」は、第一期チャペル社主催の興行（一八六六年四月十日～）から公開朗読のレパートリーに加わった（初演は同年同日）。レパートリーに加わった時期は比較的遅かったが、チャペル社主催の興行およびアメリカ公演において人気の演目となり、朗読回数は七十四回、全朗読台本中四位（長編では「クリスマス・キャロル」に次ぐ二位）である。朗読時間は約一時間で、「ボブ・ソーヤー氏のパーティー」、「ニコラス・ニクルビー」（短縮版）、「バーデル対ピクウィック」といった短編と組み合わせて朗読された。

主人公が全編ロンドン訛り（コックニー）で喋るにもかかわらず、この作品はアメリカでも人気があった。ディケンズは友人ジョン・フォースターに宛てた手紙のなかでこう述べている。「ニューヨークでおこなった『ドクター・マリゴールド』の朗読は、まったく素晴らしいヒットでした。聴衆は初めのうち、あの物語でどんな効果を挙げられるか全然見当がつかないらしく、疑念を抱いていましたが、終いには全体が一つになって歓声を挙げました」（フォースター『チャールズ・ディケンズの生涯』）。

チャールズ・ディケンズ〔1812–70〕年譜

▼——世界史の事項　●——文化史・文学史を中心とする事項　**太字ゴチの作家**
『タイトル』——〈ルリユール叢書〉の既刊・続刊予定の書籍です

一八一二年

二月七日、イングランド南海岸の軍港町ポーツマスにて、海軍経理局事務官だった父ジョンと母エリザベスの間に、八人きょうだいの第二子（長男）として誕生。

▼米英戦争（～一四）〔米・英〕▼ナポレオン、ロシア遠征〔露〕▼シモン・ボリーバル「カルタヘナ宣言」〔ベネズエラ〕●ガス灯の本格的導入〔英〕●バイロン『チャイルド・ハロルドの遍歴』（～一八）〔英〕●ウィース『スイスのロビンソン』〔瑞〕●**フケー『魔法の指輪』**〔独〕●グリム兄弟『グリム童話集』〔独〕

一八一五年〔三歳〕

一月、父の転勤で一家はロンドンに移る。

▼ワーテルローの戦い〔欧〕▼穀物法制定〔英〕●バイロン『ヘブライの旋律』〔英〕●スコット『ガイ・マナリング』〔英〕●ワーズワース『ライルストーンの白鹿』〔英〕●レオパルディ『イタリア人に捧ぐ——ピチェーノ解放に際しての演説』〔伊〕●ホ

フマン『悪魔の霊酒』〔独〕●Fr・シュレーゲル『古代及び近代文学史』〔独〕

一八一七年〔五歳〕

一月、父の転勤で一家はケント州シアネス、のちチャタムに移る。幸せな少年時代を過ごす。

▼全ドイツ・ブルシェンシャフト成立〔独〕●オースティン歿〔英〕●キーツ『詩集』〔英〕●バイロン『マンフレッド』〔英〕●コールリッジ『文学的自叙伝』〔英〕●レオパルディ『ジバルドーネ』(〜三二)〔伊〕●プーシキン『自由』〔露〕

一八二一年〔九歳〕

父の浪費癖により家計が逼迫したため、同じチャタムの小さな家に転居。父の蔵書を読みふけり、『アラビアン・ナイト』や十八世紀英国作家の作品に魅了される。近所の牧師の息子ウィリアム・ジャイルズの学校に通い始める。

▼ギリシア独立戦争(〜二九)〔希・土〕●スコット『ケニルワース』〔英〕●シェリー『アドネイス』〔英〕●イーガン『ロンドンの生活』〔英〕●ノディエ『スマラ』〔仏〕●グリルパルツァー『金羊毛皮』〔墺〕●クライスト『フリードリヒ・フォン・ホンブルグ公子』初演、『ヘルマンの戦い』〔独〕●ホフマン『ブランビラ王女』〔独〕●ブーク・カラジッチ『セルビア民話』〔セルビア〕●スタングネーリウス『シャロンのゆり』〔スウェーデン〕

一八二二年［十歳］

六月、父の転勤で一家は（チャールズは遅れて）ロンドン北部のキャムデン・タウンに移る。

▼ギリシア、独立宣言［希］●ベドーズ『花嫁の悲劇』［英］●ド・クインシー『阿片常用者の告白』［英］●バイロン『審判の夢』［英］
●スコット『ナイジェルの運命』『ピークのペヴァリル』［英］●スタンダール『恋愛論』［仏］●フーリエ『家庭・農業組合概論』［仏］
●ノディエ『トリルビー』［仏］●マンゾーニ『アデルキ』［伊］●ミツキエヴィッチ『バラードとロマンス』［ポーランド］

一八二四年［十二歳］

二月、苦しい家計を助けるため、ウォレン靴墨工場に働きに出される。借金返済の滞った父がマーシャルシー監獄に収監される（五月まで）。六月、チャールズはウォレン靴墨工場をやめ、ウェリントン・ハウス・アカデミー（私立学校）で勉学を再開。

▼イギリスで団結禁止法廃止、労働組合結成公認［英］●ランドー『空想対話篇』［英］●M・R・ミットフォード『わが村』［英］
●ライムント『精霊王のダイヤモンド』上演［墺］●W・ミュラー『冬の旅』［独］●コラール『スラーヴァの娘』［スロヴァキア］●イ
ンゲマン『ヴァルデマー大王とその臣下たち』［デンマーク］●アッテルボム『至福の島』（〜二七）［スウェーデン］

一八二五年〔十三歳〕

三月、父は海軍経理局を退職し、年金を得る。そして、速記術を身につけ、議会記者の仕事を始める。

▼ニコライ一世、即位〔露〕▼デカブリストの乱〔露〕▼外国船打払令〔日〕●世界初の蒸気機関車、ストックトン・ダーリントン間で開通〔英〕●ハズリット『時代の精神』〔英〕●ロバート・オーエン、米インディアナ州にコミュニティ「ニュー・ハーモニー村」を建設〔米〕●盲人ルイ・ブライユ、六点式点字法を考案〔仏〕●ブリア゠サヴァラン『味覚の生理学（美味礼讃）』〔仏〕●マンゾーニ『婚約者』（〜二七）〔伊〕●プーシキン『ボリス・ゴドゥノフ』『エヴゲーニー・オネーギン』（〜三三）〔露〕

一八二七年〔十五歳〕

三月、法律事務所の事務員となり、自活への一歩を踏み出す。芝居見物に通うようになる。速記術を独習する。

▼ナバリノの海戦〔欧〕●ド・クインシー『殺人芸術論』〔英〕●スタンダール『アルマンス』〔仏〕●ネルヴァル訳ゲーテ『ファウスト（第一部）』〔仏〕●レオパルディ『教訓的小品集』〔伊〕●ベートーヴェン歿〔独〕●ベデカー、旅行案内書を創刊〔独〕

一八二八年〔十六歳〕

十一月、法律事務所をやめて、民法博士会館《ドクターズ・コモンズ》のフリーランスの速記者となる。

▼露土戦争〔露・土〕▼シーボルト事件〔日〕●ブルワー゠リットン『ペラム』〔英〕●ウェブスター編『アメリカ版英語辞典』〔米〕

●レオパルディ『再生』『シルヴィアに』〔伊〕●ライムント『アルプス王と人間嫌い』初演〔墺〕●レクラム書店創立〔独〕●ハイベア『妖精の丘』〔デンマーク〕●ブレーメル『日常生活からのスケッチ』〔スウェーデン〕

一八三〇年［十八歳］

二月、大英博物館図書館の閲覧証を申請、以後膨大な数の書物を読みこなす。五月、裕福な銀行家の娘マライア・ビードネルと知り合い、熱烈に恋をする。

▼ジョージ四世歿、ウィリアム四世即位〔英〕▼七月革命〔仏〕▼十一月蜂起〔ポーランド〕▼ベルギー、独立宣言〔白〕▼セルビア自治公国成立、ミロシュ・オブレノビッチがセルビア公に即位〔セルビア〕●リヴァプール・マンチェスター間に鉄道完成〔英〕●ライエル『地質学原理』（～三三）〔英〕●ユゴー『エルナニ』初演、古典派・ロマン派の間の演劇論争に〔仏〕●ドラクロワ《民衆を導く自由の女神》〔仏〕●スタンダール『赤と黒』〔仏〕●メリメ『エトルリアの壺』〔仏〕●ノディエ『ボヘミアの王の物語』〔仏〕●フィリポン、「カリカチュール」創刊〔仏〕●コント『実証哲学講義』（～四二）〔仏〕●クロアチアを中心に南スラブの文化的覚醒をめざすイリリア運動〔クロアチア〕●リュデビット・ガイ『クロアチア・スラボニア語正書法の基礎概略』〔クロアチア〕●ヴェルゲラン『創造、人間、メシア』〔ノルウェー〕●チュッチェフ『キケロ』『沈黙』〔露〕●プーシキン『ベールキン物語』〔露〕

一八三二年［二十歳］

俳優を志し、コヴェント・ガーデンの劇場でオーディションを受けることにするが、風邪のため実現せず。叔父の紹介で議会報道紙「ミラー・オブ・パーラメント」の記者となり、ジャーナリストとしてのキャリアを開始。

▼第一次選挙法改正〔英〕▼天保の大飢饉〔日〕●リージェンツ・パークに巨大パノラマ館完成〔英〕●H・マーティノー『経済学例解』（〜三四）〔英〕●ブルワー＝リットン『ユージン・アラム』〔英〕●F・トロロープ『内側から見たアメリカ人の習俗』〔英〕●ガロア、決闘で死亡〔仏〕●パリ・オペラ座で、バレエ《ラ・シルフィード》初演〔仏〕●ノディエ『パン屑の妖精』〔仏〕●テプフェール『伯父の書棚』〔瑞〕●ゲーテ歿、『ファウスト（第二部）』（五四初演）〔独〕●メーリケ『画家ノルテン』〔独〕●クラウゼヴィッツ『戦争論』（〜三四）〔独〕●アルムクヴィスト『いばらの本』（〜五二）〔スウェーデン〕●ルーネベリ『ヘラジカの射手』〔フィンランド〕

一八三三年〔二十一歳〕

三月、マライア・ビードネルとの結婚を断念する。十二月、初めて書いた作品「ポプラ小路の晩餐会」が月刊誌「マンスリー・マガジン」に掲載（のち、一八三六年十月までにいくつかの新聞・雑誌に投稿した小品とともに『ボズのスケッチ集』として出版）。

▼オックスフォード運動始まる〔英〕▼第一次カルリスタ戦争（〜三九）〔西〕●カーライル『衣裳哲学』（〜三四）〔英〕●シムズ『マーティン・フェイバー』〔米〕●ポー『瓶から出た手記』〔米〕●バルザック『ウージェニー・グランデ』〔仏〕●ホリー『スヴァトプルク』〔スロヴァキア〕●プーシキン『青銅の騎士』『スペードの女王』〔露〕●ホミャコーフ『僭称者ドミートリー』〔露〕

一八三四年［二十二歳］

八月、初めてボズのペンネームを使用。自由党系の新聞「モーニング・クロニクル」の記者となる。

▼新救貧法制定［英］●エインズワース『ルークウッド』［英］●ブレシントン伯爵夫人『バイロン卿との対話』［英］●ブルワー＝リットン『ポンペイ最後の日』［英］●マリアット『ピーター・シンプル』［英］●シムズ『ガイ・リヴァーズ』［米］●ミュッセ『戯れに恋はすまじ』『ロレンザッチョ』［仏］●バルザック『絶対の探求』［仏］●スタンダール『リュシヤン・ルーヴェン』（〜三五）［仏］●ヴァン・アッセルト『桜草』［白］●ララ『病王ドン・エンリケの近侍』［西］●ハイネ『ドイツ宗教・哲学史考』［独］●ミツキエヴィッチ『パン・タデウシュ』［ポーランド］●スウォヴァツキ『コルディアン』［ポーランド］●フレドロ『復讐』初演［ポーランド］●プレシェルン『ソネットの花環』［スロヴェニア］●レールモントフ『仮面舞踏会』（〜三五）［露］●ベリンスキー『文学的空想』［露］

一八三五年［二十三歳］

一月、夕刊紙「イブニング・クロニクル」の編集長ジョージ・ホガースから依頼を受け、創刊号に「ロンドンのスケッチ（一）辻馬車停留所編」を寄稿。ホガース家に招かれるうち、その長女キャサリンと愛し合うようになり、五月に婚約。

▼フェルディナンド一世、即位［墺］●R・ブラウニング『パラケルスス』［英］●クレア『田舎の詩神』［英］●モールス、電信機を発明［米］●シムズ『イエマシー族』『パルチザン』［米］●ホーソーン『若いグッドマン・ブラウン』［米］●トクヴィル『アメリカのデモクラシー』［仏］●ヴィニー『軍隊の服従と偉大』［仏］●バルザック『ゴリオ爺さん』［仏］●ゴーチエ『モーパン嬢』

〔仏〕●スタンダール『アンリ・ブリュラールの生涯』（〜三六）〔仏〕●**ティーク『古文書と青のなかへの旅立ち』**〔独〕●**ビューヒナー『ダントンの死』『レンツ』**（／三九）〔独〕●シーボルト『日本植物誌』〔独〕●クラシンスキ『非＝神曲』〔ポーランド〕●アンデルセン『即興詩人』『童話集』〔デンマーク〕●レンロット、民謡・民間伝承収集によるフィンランドの叙事詩『カレワラ』を刊行〔フィンランド〕●ゴーゴリ『アラベスキ』『ミルゴロド』〔露〕

一八三六年〔二十四歳〕

二月、『ボズのスケッチ集 *Sketches by Boz*』第一集。四月、長編小説『ピクウィック・クラブ *Pickwick Papers*』を月刊分冊で出版（翌年十一月まで）。第四分冊でサム・ウェラーが登場すると爆発的な人気を博し、一躍流行作家となる。キャサリン・ホガースと結婚。十一月、新聞記者（「モーニング・クロニクル」）をやめて作家としての仕事に専念する。十二月、『ボズのスケッチ集』第二集。生涯の友となるジョン・フォースターと知り合う。

▼ロンドン労働者協会結成〔英〕●マリアット『海軍見習士官イージー』〔英〕●エマソン『自然論』〔米〕●ハリバートン『時計師、あるいはスリックヴィルのサム・スリック君の言行録』〔カナダ〕●ラマルチーヌ『ジョスラン』〔仏〕●バルザック『谷間のゆり』〔仏〕●ミュッセ『世紀児の告白』〔仏〕●レオパルディ『金雀枝あるいは砂漠の女』〔伊〕●インマーマン『エピゴーネン』〔独〕●ハイネ『ロマン派』〔独〕●ヴェレシュマルティ『檄』〔ハンガリー〕●マーハ『五月』〔チェコ〕●シャファーリク『スラヴ古代文化』（〜三七）〔スロヴァキア〕●クラシンスキ『イリディオン』〔チェコ〕●プレシェルン『サヴィツァ河畔の洗礼』〔スロヴェニア〕●ゴーゴリ『検察官』初演、『鼻』『幌馬車』〔露〕●プーシキン『大尉の娘』〔露〕

一八三七年〔二十五歳〕

一月、長男チャールズ誕生。月刊誌「ベントリーズ・ミセラニー」の初代編集長。二月、誌上に長編小説『オリヴァー・トゥイスト *Oliver Twist*』を連載（一八三九年四月まで）。四月、ダウティ・ストリート四十八番地に転居（現在はチャールズ・ディケンズ博物館）。五月、義妹メアリー・ホガース（十七歳）の急逝で『ピクウィック』、『オリヴァー』の連載が一時休止（六月）。メアリーはその後、『骨董屋』のリトル・ネルなど、理想的な女性像のモデルとなった。

▼ヴィクトリア女王即位〔英〕▼大塩平八郎の乱〔日〕●カーライル『フランス革命』〔英〕●ロックハート『ウォルター・スコット伝』（～三八）〔英〕●ホーソーン『トワイス・トールド・テールズ』〔米〕●エマソン『アメリカの学者』〔米〕●ダゲール、銀板写真術を発明〔仏〕●バルザック『幻滅』（～四三）〔仏〕●スタンダール『イタリア年代記』（～三九）〔仏〕●クーザン『真・善・美について』〔仏〕●「道標」誌創刊〔蘭〕●ブレンターノ『ゴッケル物語』〔独〕●ヴェレシュマルティ、バイザら「アテネウム」誌創刊〔ハンガリー〕●コラール『スラヴィ諸民族と諸方言の文学上の相互交流について』〔スロヴァキア〕●ブーク・カラジッチ『モンテネグロとモンテネグロ人』〔セルビア〕●レールモントフ『詩人の死』〔露〕

一八三八年〔二十六歳〕

三月、長女メアリー誕生。長編小説『ニコラス・ニクルビー *Nicholas Nickleby*』を月刊分冊で出版（翌年十月まで）。

▼チャーティスト運動（～四八）〔英〕●ロンドン・バーミンガム間に鉄道完成〔英〕●初めて大西洋に定期汽船が就航〔英〕●ポー

『アーサー・ゴードン・ピムの物語』〔米〕●エマソン『神学部講演』〔米〕●コンシェンス『フランデレンの獅子』〔白〕●レールモントフ『悪魔』『商人カラーシニコフの歌』〔露〕

一八三九年〔二十七歳〕

一月、「ベントリーズ・ミセラニー」の編集長を辞任。十月、次女ケイト誕生。十二月、デヴォンシャー・テラス一番地に転居。

▼反穀物法同盟成立〔英〕▼ルクセンブルク大公国独立〔ルクセンブルク〕▼オスマン帝国、ギュルハネ勅令、タンジマートを開始(〜五六)〔土〕●エインズワース『ジャック・シェパード』〔英〕●C・ダーウィン『ビーグル号航海記』〔英〕●フランソワ・アラゴー、パリの科学アカデミーでフランス最初の写真技術ダゲレオタイプを公表〔仏〕●スタンダール『パルムの僧院』〔仏〕●**ティーク『人生の過剰』**〔独〕

一八四〇年〔二十八歳〕

四月、ワンマン雑誌である週刊誌「ハンフリー親方の時計」を創刊(翌年十二月まで)。誌上に『骨董屋 *The Old Curiosity Shop*』を連載(翌年二月まで)。

▼ペニー郵便制度を創設〔英〕▼ヴィクトリア女王、アルバート公と結婚〔英〕▼アヘン戦争(〜四二)〔中〕●P・B・シェリー『詩の擁護』〔英〕●エインズワース『ロンドン塔』〔英〕●R・ブラウニング『ソルデッロ』〔英〕●「ダイアル」誌創刊(〜四四)〔米〕●ポー

『グロテスクとアラベスクの物語』［米］●ユゴー『光と影』［仏］●メリメ『コロンバ』［仏］●サント＝ブーヴ『ポール＝ロワイヤル』（〜五九）［仏］●エスプロンセダ『サラマンカの学生』［西］●ヘッベル『ユーディット』初演［独］●シトゥール『ヨーロッパ文明に対するスラヴ人の功績』［スロヴァキア］●シェフチェンコ『コブザーリ』［露］●レールモントフ『ムツイリ』『レールモントフ詩集』『現代の英雄』［露］

一八四一年［二十九歳］

二月、「ハンフリー親方の時計」に『バーナビー・ラッジ *Barnaby Rudge*』を連載（十一月まで）。次男ウォルター・サベッジ・ランドー誕生。

▼天保の改革［日］●絵入り週刊誌「パンチ」創刊［英］●カーライル『英雄と英雄崇拝』［英］●クーパー『鹿殺し』［米］●ポー『モルグ街の殺人』［米］●エマソン『第一エッセイ集』［米］●ゴットヘルフ『下男ウーリはいかにして幸福になるか』［瑞］●フォイエルバッハ『キリスト教の本質』［独］●エルベン『チェコの民謡』（〜四五）［チェコ］●スウォヴァツキ『ベニョフスキ』［ポーランド］●シェフチェンコ『ハイダマキ』［露］●A・K・トルストイ『吸血鬼』［露］

一八四二年［三十歳］

一月–六月、妻キャサリンを伴ってアメリカへ旅行。各地で大歓迎を受ける。国際著作権の重要性を訴える。十月、旅行記『アメリカ紀行 *American Notes*』を書き下ろしで出版。

▼カヴール、農業組合を組織〔伊〕▼南京条約締結〔中〕●「イラストレイテッド・ロンドン・ニューズ」創刊〔英〕●ミューディ貸本屋創業〔英〕●チャドウィック『イギリス労働貧民の衛生状態に関する報告書』〔英〕●ブルワー＝リットン『ザノーニ』〔英〕●テニスン『詩集』〔英〕●マコーリー『古代ローマ詩歌集』〔英〕●ベルトラン『夜のガスパール』〔仏〕●シュー『パリの秘密』（〜四三）〔仏〕●バルザック〈人間喜劇〉刊行開始（〜四八）〔仏〕●マンゾーニ『汚名柱の記』〔伊〕●ゴーゴリ『外套』〔露〕

一八四三年〔三十一歳〕

一月、長編小説『マーティン・チャズルウィット *Martin Chuzzlewit*』を月刊分冊で出版（翌年七月まで）。売れ行き回復のため、主人公マーティンを急遽アメリカに行かせるという路線変更をはかる。十二月、中編小説『クリスマス・キャロル *A Christmas Carol*』を書き下ろしで出版。以降、ほぼ毎年クリスマスの時期に、中編小説（のちに『クリスマス・ブックス』として纏められるもの）や短編小説（のちに『クリスマス・ストーリーズ』として纏められるもの）を発表することが慣例となる。

▼オコンネルのアイルランド解放運動〔愛〕●ラスキン『近代画家論』（〜六〇）〔英〕●カーライル『過去と現在』〔英〕●ポー『黒猫』『黄金虫』『告げ口心臓』〔米〕●トマス・フッド「シャツの歌」〔英〕●ユゴー『城主』初演〔仏〕●ガレット『ルイス・デ・ソーザ修道士』〔ポルトガル〕●ヴァーグナー《さまよえるオランダ人》初演〔独〕●クラシェフスキ『ウラーナ』〔ポーランド〕●キルケゴール『あれか、これか』〔デンマーク〕

一八四四年［三十二歳］

一月、三男フランシス・ジェフリー誕生。七月、家族を伴ってイタリアのジェノヴァに滞在。十二月、一時帰国し、書き上げたばかりの中編小説『鐘の音 *The Chimes*』を友人たちに向けて朗読。この私的な朗読会がのちの公開朗読会の「萌芽」となる。『鐘の音』を書き下ろしで出版。

▼バーブ運動、開始〔イラン〕●タルボット、写真集『自然の鉛筆』を出版（〜四六）〔英〕●ロバート・チェンバース『創造の自然史の痕跡』〔英〕●ターナー《雨、蒸気、速度──グレート・ウェスタン鉄道》〔英〕●ディズレーリ『コニングスビー』〔英〕●キングレーク『イオーセン』〔英〕●サッカレー『バリー・リンドン』〔英〕●ホーソーン『ラパチーニの娘』〔米〕●シュー『さまよえるユダヤ人』連載（〜四五）〔仏〕●デュマ・ペール『三銃士』『モンテ＝クリスト伯』（〜四六）〔仏〕●シャトーブリアン『ランセ伝』〔仏〕●バルベー・ドールヴィイ『ダンディスムとG・ブランメル氏』〔仏〕●シュティフター『習作集』（〜五〇）〔墺〕●ハイネ『ドイツ 冬物語』〔独〕

一八四五年［三十三歳］

六月、一年近くにわたるイタリア生活を終えて、帰国の途に着く。九月、アマチュア劇団を結成し、『十人十色』（ベン・ジョンソン作）を上演。十月、四男アルフレッド・ドルセイ・テニスン誕生。十二月、中編小説『炉辺のこおろぎ *The Cricket on the Hearth*』を書き下ろしで出版。

▼アイルランド大飢饉〔愛〕▼第一次シーク戦争開始〔印〕●ディズレーリ『シビルあるいは二つの国民』〔英〕●メリメ『カルメン』〔仏〕●ポー『盗まれた手紙』『大鴉その他』〔米〕●マルクス、エンゲルス『ドイツ・イデオロギー』（〜四六）〔独〕●エンゲルス『イギリスにおける労働者階級の状態』〔独〕●**A・フォン・フンボルト『コスモス』**（第一巻）〔独〕●**レオパルディ『断想集』**〔伊〕●キルケゴール『人生行路の諸段階』〔デンマーク〕●**ペタル二世ペトロビッチ＝ニェゴシュ『小宇宙の光』**〔セルビア〕

一八四六年〔三十四歳〕

一月、日刊紙「デイリー・ニューズ」の初代編集長に就任。わずか三週間で辞任するも寄稿は続行し、紙上に「道中旅便り」（のち『イタリア紀行』所収）を連載。五月、旅行記『イタリア紀行 *Pictures from Italy*』。六月、スイスのローザンヌに滞在。十月、『ドンビー父子 *Dombey and Son*』を月刊分冊で出版（一八四八年四月まで）。十一月、スイスからパリに移る。十二月、中編小説『人生の戦い *The Battle of Life*』を書き下ろしで出版。

▼穀物法撤廃〔英〕▼米墨戦争（〜四八）〔米・墨〕●リア『ノンセンスの絵本』〔英〕●サッカレー『イギリス俗物列伝』（〜四七）〔英〕●ホーソーン『旧牧師館の苔』〔米〕●メルヴィル『タイピー』〔米〕●バルザック『従妹ベット』〔仏〕●サンド『魔の沼』〔仏〕●ミシュレ『民衆』〔仏〕●メーリケ『ボーデン湖の牧歌』〔独〕●フルバン『薬売り』〔スロヴァキア〕●ドストエフスキー『貧しき人々』『分身』〔露〕

一八四七年〔三十五歳〕

二月、パリから帰国。四月、五男シドニー・スミス・ハルディマンド誕生。十一月、裕福な上流夫人アンジェラ・バーデッド・クーツの協力を得て、元娼婦などの女性たちを受け入れ社会復帰させるための慈善更生施設ユーレイニア・コテージを設立。

▼婦人と少年の十時間労働を定めた工場法成立〔英〕●サッカレー『虚栄の市』(〜四八)〔英〕●E・ブロンテ『嵐が丘』〔英〕●A・ブロンテ『アグネス・グレイ』〔英〕●C・ブロンテ『ジェイン・エア』〔英〕●プレスコット『ペルー征服史』〔米〕●エマソン『詩集』〔米〕●ロングフェロー『エヴァンジェリン』〔米〕●メルヴィル『オムー』〔米〕●ミシュレ『フランス革命史』(〜五三)〔仏〕●ラマルチーヌ『ジロンド党史』〔仏〕●ラディチェヴィチ『詩集』〔セルビア〕●**ペタル二世ペトロビッチ＝ニェゴシュ『山の花環』**〔セルビア〕●ネクラーソフ『夜中に暗い夜道を乗り行けば…』〔露〕●ゲルツェン『誰の罪か？』〔露〕●ゴンチャローフ『平凡物語』〔露〕●ツルゲーネフ『ホーリとカリーヌイチ』〔露〕●グリゴローヴィチ『不幸なアントン』〔露〕●ゴーゴリ『友人との往復書簡選』〔露〕●ベリンスキー『ゴーゴリへの手紙』〔露〕

一八四八年〔三十六歳〕

五月、アマチュア劇団を率いて『ウィンザーの陽気な女房たち』(シェイクスピア作)を巡回公演(七月まで)。九月、最愛の姉ファニー死去。十二月、中編小説『憑かれた男 *The Haunted Man*』を書き下ろしで出版。

▼チャーティスト最後の示威運動〔英〕▼ロンドンでコレラ大流行、公衆衛生法制定〔英〕▼二月革命、第二共和政(〜五二)〔仏〕▼カリフォルニアで金鉱発見、ゴールドラッシュ始まる〔米〕▼三月革命〔墺・独〕●ラファエル前派同盟結成〔英〕●W・H・スミス「鉄道文庫」を創業〔英〕●J・S・ミル『経済学原論』〔英〕●ギャスケル『メアリ・バートン』〔英〕●マコーリー『イング

ランド史』（〜五五）〔英〕●サッカレー『ペンデニス』（〜五〇）〔英〕●ポー『ユリイカ』〔米〕●メルヴィル『マーディ』〔米〕●デュマ・フィス『椿姫』〔仏〕●マルクス、エンゲルス『共産党宣言』〔独〕

一八四九年〔三十七歳〕

一月、六男ヘンリー・フィールディング誕生。五月、長編小説『デイヴィッド・コパフィールド *David Copperfield*』を月刊分冊で出版（翌年十一月まで）。自伝を書くために用意していた素材を多く使用。

▼航海法廃止〔英〕▼ドレスデン蜂起〔独〕▼ハンガリー革命〔洪〕●C・ブロンテ『シャーリー』〔英〕●ラスキン『建築の七灯』〔英〕●ポー歿〔米〕●**シャトーブリアン『墓の彼方からの回想』**（〜五〇）〔仏〕●ミュルジェール『放浪芸術家の生活情景』〔仏〕●ソロー『市民の反抗』〔米〕●フェルナン＝カバリェロ『かもめ』〔西〕●キルケゴール『死に至る病』〔デンマーク〕●ペトラシェフスキー事件、ドストエフスキーらシベリア流刑〔露〕

一八五〇年〔三十八歳〕

三月、週刊誌「ハウスホールド・ワーズ」を創刊。巻頭に「チャールズ・ディケンズ指揮」とあるようにディケンズが経営・企画・編集を務める雑誌。八月、三女ドーラ・アニー誕生（翌年四月に急死）。

▼オーストラリアの自治を承認〔英〕▼太平天国の乱（〜六四）〔中〕●J・E・ミレー《両親の家のキリスト》〔英〕●テニスン『イン・メモリアム』、テニスン、桂冠詩人に〔英〕●ワーズワース歿、『序曲』（死後出版）〔英〕●キングズリー『アルトンロック』〔英〕

●ホーソーン『緋文字』〔米〕●エマソン『代表的偉人論』〔米〕●バルザック歿〔仏〕●ツルゲーネフ『余計者の日記』〔露〕

一八五一年〔三十九歳〕

一月、『子どものためのイギリス史 *Child's History of England*』を「ハウスホールド・ワーズ」に連載（一八五三年十二月まで）。三月、父死去。五月、アマチュア劇団を率いて『見かけほど悪くない』（ブルワー＝リットン作）を巡回公演（翌年九月まで）。十一月、ロンドンのブルームズベリーにあるタヴィストック・ハウスに転居。

▼ルイ・ナポレオンのクーデター〔仏〕●ロンドン万国博覧会〔英〕●メイヒュー『ロンドンの労働とロンドンの貧民』〔英〕●ボロー『ラヴェングロー』〔英〕●ラスキン『ヴェネツィアの石』（〜五三）〔英〕●H・スペンサー『社会静学』〔英〕●ホーソーン『七破風の家』〔米〕●メルヴィル『白鯨』〔米〕●ストウ夫人『アンクル・トムの小屋』（〜五二）〔米〕●フーコー、振り子の実験で地球自転を証明〔仏〕●サント＝ブーヴ『月曜閑談』（〜六二）〔仏〕●ゴンクール兄弟『日記』（〜九六）〔仏〕●ネルヴァル『東方紀行』〔仏〕●ハイネ『ロマンツェーロ』〔独〕●シュトルム『インメン湖』〔独〕●マルモル『アマリア』（〜五五）〔アルゼンチン〕

一八五二年〔四十歳〕

三月、『荒涼館 *Bleak House*』を月刊分冊で出版（翌年九月まで）。七男エドワード・ブルワー・リットン誕生。

▼ナポレオン三世即位、第二帝政（〜七〇）〔仏〕●アルバート・スミス「モンブラン登頂」ショーが大ヒット（〜五八）〔英〕●サッカレー『ヘンリー・エズモンド』〔英〕●M・アーノルド『エトナ山上のエンペドクレスその他の詩』〔英〕●**メルヴィル『ピェール』**

〔米〕●ホーソーン『ブライズデール・ロマンス』〔米〕●ゴーチエ『螺鈿七宝詩集』〔仏〕●ルコント・ド・リール『古代詩集』〔仏〕●A・ムンク『悲しみと慰め』〔ノルウェー〕●ツルゲーネフ『猟人日記』〔露〕●トルストイ『幼年時代』〔露〕●ゲルツェン『過去と思索』（〜六八）〔露〕

一八五三年〔四十一歳〕

十二月、初めての公開朗読会をバーミンガムでおこない、「クリスマス・キャロル」を朗読。以後、慈善目的の朗読会を（有料公開朗読会の開始まで）ほぼ毎年引き受ける。

▼プレストンで工場労働者のストライキ〔英〕▼クリミア戦争（〜五六）〔露・土〕▼ペリー、浦賀に来航〔日〕●ゴビノー『人種不平等論』（〜五五）〔仏〕●ユゴー『懲罰詩集』〔仏〕●C・ブロンテ『ヴィレット』〔英〕●ギャスケル『ルース』『クランフォード』〔英〕●サッカレー『ニューカム家の人々』〔英〕●シュティフター『石さまざま』〔墺〕●エルベン『花束』〔チェコ〕●スラートコヴィチ『ジェトヴァの若者』〔スロヴァキア〕●ヨーカイ『ハンガリーの大尽』〔ハンガリー〕●ゴルスメット『故国を捨てて』（〜五七）〔デンマーク〕

一八五四年〔四十二歳〕

四月、長編小説『ハード・タイムズ *Hard Times*』を「ハウスホールド・ワーズ」に連載（八月まで）。

▼英仏、ロシアに宣戦布告、クリミア戦争に介入〔欧〕▼カンザス・ネブラスカ法成立〔米〕▼米・英・露と和親条約調印〔日〕●パトモア『家庭の天使』（〜六二）〔英〕●ギャスケル『北と南』（〜五五）〔英〕●テニスン「軽騎兵の突撃」〔英〕●ネルヴァル『火の娘

たち』［仏］●ソロー『ウォールデン、森の生活』［米］●ケラー『緑のハインリッヒ』（〜五五）［瑞］●モムゼン『ローマ史』（〜五六）［独］

一八五五年［四十三歳］

二月、かつての恋人マライア・ウィンター（旧姓ビードネル）と再会し幻滅する。十二月、『リトル・ドリット *Little Dorrit*』を月刊分冊で出版（一八五七年六月まで）。「ひいらぎ旅館 The Holly-Tree Inn」を「ハウスホールド・ワーズ」クリスマス特別号に掲載。

▼スタンプ税廃止［英］▼安政の大地震［日］●キングズリー『おーい、船は西行きだ！』［英］●R・ブラウニング『男と女』［英］●A・トロロープ『養老院長』［英］●テニスン『モード』［英］●ロングフェロー『ハイアワサの歌』［米］●ホイットマン『草の葉』（初版）［米］●メルヴィル『イズレイル・ポッター』［米］●パリ万国博覧会［仏］●ネルヴァル『オーレリア』［仏］●デュジャルダン、「ヴァーグナー評論」を発刊［仏］●ハイゼ『ララビアータ』［独］●メーリケ『旅の日のモーツァルト』［独］●ニェムツォヴァー『おばあさん』［チェコ］●アンデルセン『わが生涯の物語』［デンマーク］●チェルヌイシェフスキー『現実に対する芸術の美学的関係』［露］●トルストイ『セヴァストーポリ物語』（〜五六）［露］

一八五六年［四十四歳］

三月、ケント州ロチェスター近郊のギャズ・ヒル・プレイスを購入。チャタムで過ごした幼少期、父に「お前も頑張って働けばいつかこんな立派な家に住めるよ」と言われた憧れの邸宅だった。ロンドンの家は継続維持。

▼メキシコ内戦の開始(～六〇)〔メキシコ〕▼アロー号事件〔中〕●W・モリスら「オックスフォード・アンド・ケンブリッジ・マガジン」創刊〔英〕●メルヴィル『ピアザ物語』〔米〕●フローベール『ボヴァリー夫人』〔仏〕●ユゴー『静観詩集』〔仏〕●ボードレール訳、ポー『異常な物語集』〔仏〕●ケラー『ゼルトヴィーラの人々』(～七四)〔瑞〕●ラーベ『雀横丁年代記』〔独〕●ルートヴィヒ『天と地の間』〔独〕●ツルゲーネフ『ルージン』〔露〕●アクサーコフ『家族の記録』〔露〕

一八五七年〔四十五歳〕

一月、自宅のタヴィストック・ハウスで『凍れる海』(ウィルキー・コリンズ作)を上演する。八月、『凍れる海』のマンチェスター公演に出演した女優エレン・ターナン(当時十八歳)と知り合う。

▼セポイの反乱(～五八)〔印〕●サウス・ケンジントン博物館(現・ヴィクトリア&アルバート博物館)開館〔英〕●E・B・ブラウニング『オーロラ・リー』〔英〕●ヒューズ『トム・ブラウンの学校生活』〔英〕●サッカレー『バージニアの人々』(～五九)〔英〕●A・トロロープ『バーチェスターの塔』〔英〕●ボードレール『悪の華』〔仏〕●ゴーチエ『ミイラ物語』〔仏〕●シャンフルーリ『写実主義』〔仏〕●シュティフター『晩夏』〔墺〕●ビョルンソン『日向が丘の少女』〔ノルウェー〕

一八五八年〔四十六歳〕

四月、ロンドンで有料公開朗読会を開始。五月、妻キャサリンと別居。六月、「ハウスホールド・ワーズ」に声明文を発表し、不倫の噂を否定する。「ひいらぎ旅館の下足番」の最初の公開朗読。八月-十一月、有料公開朗読の第一期地方公演。アイルランド、スコットランドも訪れる。十月、「バーデル対ピクウィック」の最初の公開朗読。十二月、有料公開朗読のロンドン・クリスマス公演（翌年二月まで）。

▼ムガル帝国滅亡、インド直轄統治開始〔英・印〕▼プロンビエールの密約〔仏・伊〕▼安政の大獄〔日〕●W・フリス《ダービー開催日》〔英〕●モリス『グィネヴィアの抗弁その他の詩』〔英〕●A・トロロープ『ソーン医師』〔英〕●オッフェンバック《地獄のオルフェウス》〔仏〕●ニエーヴォ『一イタリア人の告白』（六七刊）〔伊〕●トンマゼーオ『イタリア語大辞典』（〜七九）〔伊〕●ネルダ『墓場の花』〔チェコ〕●ピーセムスキー『千の魂』〔露〕●ゴンチャローフ『フリゲート艦パルラダ号』〔露〕

一八五九年［四十七歳］

四月、出版社とのトラブルから「ハウスホールド・ワーズ」に代わる新しい週刊誌「オール・ザ・イヤー・ラウンド」を創刊。引き続き「チャールズ・ディケンズ指揮」を掲げ、経営・企画・編集を担当。誌上に長編小説『二都物語 *A Tale of Two Cities*』を連載（十一月まで）。十月、有料公開朗読の第二期地方公演。十二月、有料公開朗読のロンドン・クリスマス公演（翌年一月まで）。

▼スエズ運河建設着工〔仏〕●C・ダーウィン『種の起原』〔英〕●スマイルズ『自助論』〔英〕●J・S・ミル『自由論』〔英〕●G・エリオット『アダム・ビード』〔英〕●メレディス『リチャード・フェヴェレルの試練』〔英〕●テニスン『国王牧歌』（〜八五）〔英〕●W・コリンズ『白衣の女』（〜六〇）〔英〕●ユゴー『諸世紀の伝説』〔仏〕●ミストラル『ミレイユ』〔仏〕●ヴェルガ『山の炭焼き党員たち』（〜六〇）〔伊〕●ヴァーグナー《トリスタンとイゾルデ》〔独〕●ゴンチャローフ『オブローモフ』〔露〕●ツル

ゲーネフ『貴族の巣』〔露〕●ドブロリューボフ『オブローモフ気質とは何か』『闇の王国』〔露〕

一八六〇年〔四十八歳〕

一月、スケッチ風の随筆『無商旅人 *The Uncommercial Traveller*』を「オール・ザ・イヤー・ラウンド」に連載（十月まで）。八月、タヴィストック・ハウス売却。十二月、長編小説『大いなる遺産 *Great Expectations*』を「オール・ザ・イヤー・ラウンド」に連載（翌年八月まで）。

▼英仏通商（コブデン＝シュバリエ）条約〔英・仏〕▼ガリバルディ、シチリアを平定〔伊〕▼桜田門外の変〔日〕●G・エリオット『フロス河の水車場』〔英〕●ボードレール『人工楽園』〔仏〕●ホーソーン『大理石の牧神像』〔米〕●ソロー『キャプテン・ジョン・ブラウンの弁護』『ジョン・ブラウン最期の日々』〔米〕●ブルクハルト『イタリア・ルネサンスの文化』〔瑞〕●ムルタトゥリ『マックス・ハーフェラール』〔蘭〕●ドストエフスキー『死の家の記録』〔露〕●ツルゲーネフ『初恋』『その前夜』〔露〕

一八六一年〔四十九歳〕

三月－四月、有料公開朗読のロンドン春公演。十月、有料公開朗読の初代マネージャーのアーサー・スミスが死去。スミスの助手だったトマス・ヘッドランドが交代するも不満足な結果に終わる。有料公開朗読の第三期地方公演（翌年一月まで）。「デイヴィッド・コパフィールド」の最初の公開朗読。

▼アルバート公崩御〔英〕▼リンカーン、大統領就任。南北戦争を開始（～六五）〔米〕▼イタリア王国成立。ヴィットーリオ・エ

マヌエーレ二世即位〔伊〕▼ルーマニア自治公国成立〔ルーマニア〕▼農奴解放令〔露〕●ビートン夫人『家政読本』〔英〕●A・トロロープ『フラムリーの牧師館』〔英〕●G・エリオット『サイラス・マーナー』〔英〕●ピーコック『グリル荘』〔英〕●D・G・ロセッティ訳詩集『初期イタリア詩人』〔英〕●バルベー・ドールヴィイ『十九世紀の作品と人物』（～一九一〇）〔仏〕●ボードレール『悪の華』（第二版）『リヒャルト・ヴァーグナーと〈タンホイザー〉のパリ公演』〔仏〕●バッハオーフェン『母権論』〔瑞〕●シュピールハーゲン『問題のある人々』（～六二）〔独〕●マダーチ『人間の悲劇』〔ハンガリー〕●ドストエフスキー『虐げられた人々』〔露〕

一八六二年［五十歳］

三月－六月、有料公開朗読のロンドン春公演。

▼ビスマルク、プロイセン宰相就任〔独〕●ユゴー『レ・ミゼラブル』〔仏〕●ルコント・ド・リール『夷狄詩集』〔仏〕●フローベール『サランボー』〔仏〕●ゴンクール兄弟『十八世紀の女性』〔仏〕●ミシュレ『魔女』〔仏〕●C・ロセッティ『ゴブリン・マーケットその他の詩』〔英〕●W・コリンズ『ノー・ネーム』〔英〕●H・スペンサー『第一原理論』〔英〕●カステーロ・ブランコ『破滅の恋』〔ポルトガル〕●ヨーカイ『新地主』〔ハンガリー〕●ツルゲーネフ『父と子』〔露〕●ダーリ『ロシア諺集』〔露〕●トルストイ、「ヤースナヤ・ポリャーナ」誌発刊〔露〕

一八六三年［五十一歳］

三月－六月、有料公開朗読のロンドン春公演。九月、母死去。

▼ロンドンの地下鉄工事開始〔英〕▼リンカーンの奴隷解放宣言〔米〕▼赤十字国際委員会設立〔瑞〕▼全ドイツ労働者協会結成〔独〕●サッカレー歿〔英〕●G・エリオット『ロモラ』〔英〕●キングズリー『水の子どもたち』〔英〕●オルコット『病院スケッチ』〔米〕●フロマンタン『ドミニック』〔仏〕●テーヌ『イギリス文学史』(〜六四)〔仏〕●ボードレール『現代生活の画家』『ウージェーヌ・ドラクロアの作品と生涯』〔仏〕●リトレ『フランス語辞典』(〜七三)〔仏〕●ルナン『イエス伝』〔仏〕

一八六四年〔五十二歳〕

二月、次男ウォルター死去（昨年十二月インドに於いて）の知らせを受け取る。五月、長編小説『互いの友 *Our Mutual Friend*』を月刊分冊で出版（翌年十一月まで）。

▼ロンドンで第一インターナショナル結成〔欧〕●ゾラ『テレーズ・ラカン』〔仏〕●ヴェルヌ『地底旅行』〔仏〕●テニスン『イノック・アーデン』〔英〕●J・H・ニューマン『アポロギア』〔英〕●ロンブローゾ『天才と狂気』〔伊〕●ヨヴァノヴィッチ＝ズマイ『薔薇の蕾』〔セルビア〕●レ・ファニュ『アンクル・サイラス』『ワイルダーの手』〔愛〕●ドストエフスキー『地下室の手記』〔露〕

一八六五年〔五十三歳〕

六月、フランスからの帰途、南イングランドのステープルハーストで乗っていたロンドン行きの列車が脱線し、一部の車両が鉄橋から落下するという事故が起こる。ディケンズと同乗していたエレンに怪我はなかったが、多くの死傷者を出す惨事に遭遇し精神的ショックを受ける。十二月、「ドクター・マリゴールドの処方箋 Doctor Marigold's

Prescriptions」を「オール・ザ・イヤー・ラウンド」クリスマス特別号に掲載。

▼南北戦争終結、リンカーン暗殺［米］●L・キャロル『不思議の国のアリス』［英］●M・アーノルド『批評論集』（第一集）［英］

●スウィンバーン『カリドンのアタランタ』［英］●メルヴィル『イズレイル・ポッター』［米］●ヴェルヌ『地球から月へ』［仏］

●ヴァーグナー《トリスタンとイゾルデ》初演［独］●トルストイ『戦争と平和』（〜六九）［露］

一八六六年［五十四歳］

四月－六月、有料公開朗読の第一期チャペル社主催の興行。ジョージ・ドルビーが有料公開朗読のマネージャーとなる（一八七〇年三月まで）。「ドクター・マリゴールド」の最初の公開朗読。

▼普墺戦争［独］▼薩長同盟［日］●G・エリオット『急進主義者フィーリクス・ホルト』［英］●**オルコット『仮面の陰 あるいは女の力』**［米］●メルヴィル『戦争詩集』［米］●ヴェルレーヌ『サチュルニアン詩集』［仏］●『現代パルナス』（第一次）［仏］●E・ヘッケル『一般形態学』［独］●ドストエフスキー『罪と罰』［露］

一八六七年［五十五歳］

一月－五月、有料公開朗読の第二期チャペル社主催の興行。イングランド各地とアイルランドを回り、ほとんど休みなしで朗読公演をするという過密スケジュールをこなす。十二月、有料公開朗読のアメリカ公演（翌年四月まで）。各地で熱狂的な歓迎を受ける。

▼第二次選挙法改正〔英〕▼オーストリア＝ハンガリー二重帝国成立〔欧〕▼大政奉還、王政復古の大号令〔日〕●パリ万国博覧会〔仏〕●ゾラ『テレーズ・ラカン』〔仏〕●マルクス『資本論』（〜九四）〔独〕●〈レクラム文庫〉創刊〔独〕●ノーベル、ダイナマイトを発明〔スウェーデン〕●イプセン『ペール・ギュント』〔ノルウェー〕●ツルゲーネフ『けむり』〔露〕

一八六八年〔五十六歳〕

十月、有料公開朗読のお別れ巡業公演（翌年四月まで）。

▼教会維持税支払い義務の廃止〔英〕▼九月革命、イサベル二世亡命〔西〕▼五箇条の御誓文、明治維新〔日〕●R・ブラウニング『指輪と本』（〜六九）〔英〕●オルコット『若草物語』（〜六九）〔米〕●W・コリンズ『月長石』〔英〕●**シャルル・ド・コステル『ウーレンシュピーゲル伝説』**〔白〕●ヴァーグナー《ニュルンベルクのマイスタージンガー》初演〔独〕●ドストエフスキー『白痴』（〜六九）〔露〕

一八六九年〔五十七歳〕

健康状態が悪化。四月、医師から朗読公演続行を禁じられる。お別れ巡業公演では全百回の公演が予定されていたが、七十二回で終了。五月に遺言書を作成（エレンに千ポンドを贈与する旨を記載）。

▼大陸横断鉄道開通〔米〕▼立憲王政樹立〔西〕▼スエズ運河開通〔エジプト〕●ゴルトン『遺伝的天才』〔英〕●M・アーノルド『文化と無秩序』〔英〕●R・D・ブラックモア『ローナ・ドゥーン』〔英〕●W・S・ギルバート『バブ・バラッド』〔英〕●J・S・

ミル『女性の解放』［英］●トゥエイン『無邪気な外遊記』［米］●ヴェルヌ『海底二万里』（〜七〇）［仏］●**ユゴー『笑う男』**［仏］●ボードレール『パリの憂鬱』［仏］●ドーデ『風車小屋だより』［仏］●フローベール『感情教育』［仏］●ジュライ『ロムハーニ』［ハンガリー］●サルトゥイコフ＝シチェドリン『ある町の歴史』（〜七〇）［露］

一八七〇年［五十八歳］

一月－三月、有料公開朗読の最後のお別れ公演をロンドンでおこなう。三月、バッキンガム宮殿でヴィクトリア女王に拝謁。四月、『エドウィン・ドルードの謎 *The Mystery of Edwin Drood*』を月刊分冊で出版（十二号で完結予定のところ六号で絶筆）。六月八日、ギャズヒルの自宅で一日執筆したあと、夕食の席で倒れる。そのまま意識が戻らず、翌九日に死去。十四日、ウェストミンスター寺院の詩人コーナーに埋葬される。

▼初等教育法制定［英］▼普仏戦争（〜七一）［仏・独］▼第三共和政［仏］●D・G・ロセッティ『詩集』［英］●エマソン『社会と孤独』［米］●デ・サンクティス『イタリア文学史』（〜七一）［伊］●ペレス・ガルドス『フォルトゥナタとハシンタ』［西］●ザッヘル＝マゾッホ『毛皮を着たヴィーナス』［墺］●ディルタイ『シュライアーマッハーの生涯』［独］●ストリンドベリ『ローマにて』初演［スウェーデン］●キヴィ『七人兄弟』［フィンランド］

訳者解題

ティクナー・アンド・フィールズ社版「ディケンズ朗読台本集」について

本書は、*The Readings of Mr. Charles Dickens, as Condensed by Himself* (Boston: Ticknor and Fields, 1868) の翻訳である。この原書には、「クリスマス・キャロル」、「バーデル対ピクウィック」、「デイヴィッド・コパフィールド」、「ボブ・ソーヤー氏のパーティー」、「リトル・ドンビーの物語」、「ヨークシャー学校のニコラス・ニクルビー」、「ひいらぎ旅館の下足番」、「ドクター・マリゴールド」、「ニコラス・ニクルビー」(短縮版)、「ミセス・ギャンプ」の計十編が収録されているが、今回はこのなかから五編を選んで訳出した。これらはディケンズの公開朗読のレパートリーのなかで最も朗読回数が多かった五編、言わばベスト・ファイブである。

この「著者自身によって縮約されたチャールズ・ディケンズ氏の朗読台本」のシリーズは、もとは「長編」と「短編」の二編(たとえば、「クリスマス・キャロル」と「バーデル対ピクウィック」)を組み合わせてブックレットとして販売していたものを、十編まとめて合本し、ハードカバーの本として出版したものである。出版を請け負ったのは、アメリカで唯一のディケンズ公認の出版社であるティクナー・アンド・フィールズ社である。各編の冒頭には、ソロモン・アイティンジによる挿絵、タイトルページに続いて、このエディションが真正であることを認証するディケンズの手紙の写し（「ティクナー・アンド・フィールズ社の名が記されたエディションのみが唯一の正しい、公認された私の朗読台本である」）が掲載されている。この手紙の日付は一八六七年十月十日となっており、約一か月後にディケンズはアメリカに向けて出発することになっていた。旅の目的は、ボストン、ニューヨークを始めとするアメリカの各地で有料公開朗読をおこなうことだった。

　一九七五年にディケンズ研究者フィリップ・コリンズの編纂によって『ディケンズ公開朗読台本全集 *Charles Dickens: The Public Readings*』が出版されるまで、一八六八年のティクナー・アンド・フィールズ社版が唯一の「ディケンズ朗読台本集」だった（台本集ではなく、個別に出版されたもの、ティクナー・アンド・フィールズ社版を元に再版されたものを除く）。『ディケンズ公開朗読台本全集』に収録された朗読台本は全部で二十一編である。それらを初演順に列挙すると次のようになる（黒い丸数字は本書に収録した五編）。括弧内は初演日、その下の数字は朗読された回数を示す。★01

★01――長編・短編の区別、初演日、朗読回数は、Collins, ed., *Charles Dickens: The Public Readings*, pp.xxvii-xxviii による。

❶「クリスマス・キャロル（長編）」（一八五三年十二月二十七日）　一二七回
②「炉辺のこおろぎ（長編）」（一八五三年十二月二十九日）　四回
③「鐘の音（長編）」（一八五八年五月六日）　一〇回
④「リトル・ドンビーの物語（長編）」（一八五八年六月十日）　四八回
⑤「哀れな旅人（短編）」（一八五八年六月十七日）　三〇回
❻「ひいらぎ旅館の下足番（短編）」（一八五八年六月十七日）　八一回
⑦「ミセス・ギャンプ（短編）」（一八五八年六月十七日）　六〇回
❽「バーデル対ピクウィック（短編）」（一八五八年十月十九日）　一六四回
❾「デイヴィッド・コパフィールド（長編）」（一八六一年十月二十八日）　七一回
⑩「ヨークシャー学校のニコラス・ニクルビー（長編）」（一八六一年十月二十九日）　五四回
⑪「ボブ・ソーヤー氏のパーティー（短編）」（一八六一年十二月三十日）　六四回
⓬「ドクター・マリゴールド（長編）」（一八六六年四月十日）　七四回
⑬「バーボックス商会（長編）」（一八六七年一月十五日）　五回
⑭「マグビー駅のボーイ（短編）」（一八六七年一月十五日）　八回
⑮「小人のチョップス氏（短編）」（一八六八年十月二十八日）　五回

⑯「サイクスとナンシー（短編）」（一八六九年一月五日）　二八回
⑰「憑かれた男（長編）」　未朗読
⑱「バスティーユの囚人（長編）」　未朗読
⑲「大いなる遺産（長編）」　未朗読
⑳「リリパー夫人の下宿屋（長編）」　未朗読
㉑「信号手（短編）」　未朗読

長編は約七十～八十分かけて読まれたもの、短編は約三十～四十分かけて読まれたものを指す。ディケンズは長編と短編――たとえば「クリスマス・キャロル」と「バーデル対ピクウィック」――を組み合わせて約二時間のプログラムにすることが多かったが、短編三本によるプログラム――たとえば「哀れな旅人」と「ひいらぎ旅館の下足番」と「ミセス・ギャンプ」――も試みている。朗読回数が一〇〇回に満たないもの（②⑬⑭⑮）、未朗読のもの（⑰⑱⑲⑳㉑）を除く、十二編がディケンズの公開朗読のレパートリーと言ってよいだろう。コリンズは、これら十二編を収録した『「サイクスとナンシー」およびその他の公開朗読台本 *Sikes and Nancy and Other Public Readings*』（一九八三年）をオックスフォード・ワールズ・クラシックスの一冊として出版している。

ティクナー・アンド・フィールズ社版「ディケンズ朗読台本集」に収録された十編のうち「ニコ

ラス・ニクルビー」（短縮版）を除く九編（❶④❻⑦❽❾⑩⑪⓬）は、すべてアメリカ渡航前にイギリスで初演され、朗読台本としての成功が実証された選りすぐりの台本であり、アメリカ公演のプログラムはすべてこれらの台本の組み合わせ（「長編」と「短編」の二本立て）によって構成された。「ニコラス・ニクルビー」（短縮版）は、おそらく「ドクター・マリゴールド」との組み合わせが予定されていたが、アメリカ公演では実演されなかった。

ティクナー・アンド・フィールズ社版「ディケンズ朗読台本集」が出版された経緯はこうである。国際著作権が確立されていない時代に、ディケンズはアメリカで自作の海賊版が販売されることに対して常々危機感を抱いていたが、一八六七年十二月から六八年四月にかけてのアメリカ公演に際して、「ディケンズ朗読台本」の海賊版が出回るとの噂がディケンズの朗読公演のマネージャーであったジョージ・ドルビーの耳に届く。それまで、ディケンズが使用している朗読台本が出版されることは、イギリス本国でもアメリカでもなかった。ドルビーは、このことをティクナー・アンド・フィールズ社に伝え、ありうべき海賊版に先駆けて「ディケンズ公認の」朗読台本のブックレットを低価格で販売することにしたのである。★02

ティクナー・アンド・フィールズ社版「ディケンズ朗読台本集」の原稿は、ディケンズが実際に使用していた朗読台本から直接取られたものである。ディケンズの朗読台本は、前述のディケンズの手紙とともに、ドルビーによってボストンに運ばれた。コリンズ編『ディケンズ公開朗読台本全集』に収められたテキストも、ティクナー・アンド・フィールズ社版と同様、ディケンズ自身の朗読台本に基づいているが、前者はアメリカ公演以降に加えられた修正も反映しているため、多少の異同がある。本書に収録した五編について言えば、「バーデル対ピクウィック」、「ひいらぎ旅館の下足番」、「ドクター・マリゴールド」はほとんど違いがないが、「クリスマス・キャロル」と「デイヴィッド・コパフィールド」においてはコリンズ版のほうが若干短くなっている。ティクナー・アンド・フィールズ社版には（あまり多くはないが）明らかなテキスト上の誤りがあり、テキストの信頼度はコリンズ版のほうが高いのだが、ディケンズの生前に出版された唯一の「公認の」朗読台本の姿をなるべく忠実に再現するために、今回はあえてティクナー・アンド・フィールズ社版を翻訳のテキストとして採用した。★03 なお、明らかなテキスト上の誤りには、コリンズ版を参照しながら適宜修正を加えた。また、日本語の朗読台本としての読みやすさを考慮して、改行や表記に多少手を加えたことをお断りしておきたい。

★02——Dolby, *Charles Dickens as I Knew Him*, p.17; Collins, ed., *Charles Dickens: The Public Readings*, p.xliii.

★03——コリンズが指摘しているように、ディケンズの朗読台本の決定版は存在しない。ディケンズが朗読台本に手を入れ続けただけでなく、ディケンズは公演のたびごとに、聴衆の反応などに合わせて、朗読する箇所の加除を自在におこなっていたからだ。また、ときには即興の創作もおこなっていた。台本の書き換えは、まさに著者だからこそ許された特権と言えよう。Collins, ed., *Charles Dickens: Sikes and Nancy and Other Public Readings*, p.xii.

公開朗読の歩み――慈善朗読会から有料公開朗読会へ

ディケンズがおこなった公開朗読は次の六期に分けられる。★04

第一期　一八五三年十二月-五八年四月

慈善朗読会（プロ転向以前）　一八回

❖主な演目――「クリスマス・キャロル＊」　＊は初演（以下同）

第二期　一八五八年四月-六一年四月

第一期ロンドン季節公演（一八五八年四月二十九日-七月二十二日）　一七回

第一期地方公演（一八五八年八月二日-十一月十三日）　八三回

一八五八年ロンドンのクリスマス公演（一八五八年十二月二十四日-翌年二月八日）　八回

第二期地方公演（一八五九年十月十日-二十七日）　一四回

一八五九年ロンドンのクリスマス公演（一八五九年十二月二十四日-翌年一月二日）　三回

一八六一年ロンドン春公演（一八六一年三月十四日-四月十八日）　六回

❖主な演目――「クリスマス・キャロル」、「ミセス・ギャンプ＊」、「リトル・ドンビーの物語＊」、「ひいらぎ旅館の下足番＊」、「哀れな旅人＊」、「バーデル対ピクウィック＊」

第三期　一八六一年十月-六三年六月

第三期地方公演（一八六一年十月二十八日-翌年一月三十日）　四六回

一八六二年ロンドン春公演（一八六二年三月十三日-六月二十七日）　一一回

一八六三年ロンドン春公演（一八六三年三月二日-六月十三日）　一三回

❖主な演目――「デイヴィッド・コパフィールド＊」、「バーデル対ピクウィック」、「ヨークシャー学校のニコラス・ニクルビー＊」、「ボブ・ソーヤー氏のパーティー＊」

第四期　一八六六年四月-六七年五月

第一期チャペル社主催の興行（一八六六年四月十日-六月十二日）　三〇回

第二期チャペル社主催の興行（一八六七年一月十五日-五月十三日）　五二回

❖主な演目――「バーデル対ピクウィック」、「ドクター・マリゴールド＊」、「デイヴィッド・コパ

★04――公演のシリーズ名、公演期間、公演回数は、Collins, ed., *Charles Dickens: The Public Readings*, p.xxvi による。コリンズは、「慈善朗読会（プロ転向以後）」九回および「その他」三回を加えた四七二回をトータルの朗読回数と見積もっている。❖主な演目（朗読回数の多い順）については、Andrews, *Charles Dickens and His Performing Selves*, APPENDIX: Schedule of the Public Readings, pp.267-290を参照した。

フィールド」、「ボブ・ソーヤー氏のパーティー」

第五期　一八六七年十二月－六八年四月

アメリカ公演（一八六七年十二月二日－六八年四月二十日）　七五回

❖主な演目――「バーデル対ピクウィック」、「クリスマス・キャロル」、「ボブ・ソーヤー氏のパーティー」、「ドクター・マリゴールド」、「ひいらぎ旅館の下足番」、「ヨークシャー学校のニコラス・ニクルビー」、「デイヴィッド・コパフィールド」

第六期　一八六八年十月－七〇年三月

お別れ巡業公演（一八六八年十月六日－六九年四月二十日）　七二回

ロンドンのお別れ公演（一八七〇年一月十一日－三月十五日）　一二回

❖主な演目――「ひいらぎ旅館の下足番」、「サイクスとナンシー＊」、「バーデル対ピクウィック」、「ミセス・ギャンプ」、「ボブ・ソーヤー氏のパーティー」、「クリスマス・キャロル」、「ドクター・マリゴールド」、「デイヴィッド・コパフィールド」、「ヨークシャー学校のニコラス・ニクルビー」

ディケンズの公開朗読はまず、慈善目的の朗読会として始まった。バーミンガムの成人教育機関の設立基金を集める目的で、一八五三年十二月二十七日、当時四十一歳だったディケンズは、バーミンガムのタウン・ホールにおいて「クリスマス・キャロル」を朗読した。ちょうど十年前に出版して評判をとった名作である。二十九日には「炉辺のこおろぎ」、三十日には「クリスマス・キャロル」を再読した。この朗読会の成功が大きな反響を呼び、ディケンズは以後、慈善目的の朗読会をほぼ毎年引き受けるようになった。

有料公開朗読をおこなう以前の慈善朗読会において、「炉辺のこおろぎ」を読んだのは一度だけであり、残りの演目はすべて「クリスマス・キャロル」だった。「クリスマス・キャロル」が最初の朗読作品として選ばれた理由は、その内容が慈善目的の朗読会と季節にふさわしかったこと、もともと朗読向きの作品だったこと（本書六九頁参照）に加えて、その中編小説としての長さが二時間から三時間の朗読会にふさわしかったことが挙げられる。「クリスマス・キャロル」は最初三時間かけて読まれたが、一八五八年五月までには標準的な二時間の長さに縮約され、同年十二月には「バーデル対ピクウィック」と組み合わせて二時間のプログラムにするために九十分または八十分の長さに縮約された。

朗読台本の作り方はいたってシンプルだった。ディケンズは『クリスマス・キャロル』（一八四九年に再版されたもの）の本のページを切り取り、それらをより大きな八折判の紙に貼り付け、表紙をつけて綴じた。朗読で読まない部分には斜線を引き、カットに伴う必要な語句の調整、演出に関するト書き、強調の下線などは手書きで書き入れた［**図1**］。『キャロル』本（「クリスマス・ブックス」のシリーズ）の活字は比較的大きかったので、このような手順が可能だったのである。長編小説の一部や、雑誌に掲載された「クリスマス・ストーリーズ」と呼ばれる短編小説から台本を作る場合には、活字が小さすぎたため、ディケンズは、本や雑誌から切り貼りして作った原稿を印刷所に送り、読みやすい大きさの活字で印刷してもらっていた。

「クリスマス・キャロル」に限らず、ディケンズの朗読台本テキストの作り方は、ほぼ全面的に「省略」することだった。わずかな語句の追加はあるものの、オリジナルの作品には見られない、新たな文章や段落の追加はほとんどおこなわなかった。また、朗読台本だけのオリジナル作品というものも存在しなかった。朗読台本作者ディケンズは自らが発表した既存のテキストに対して最大限の敬意を払っていたかのようである。

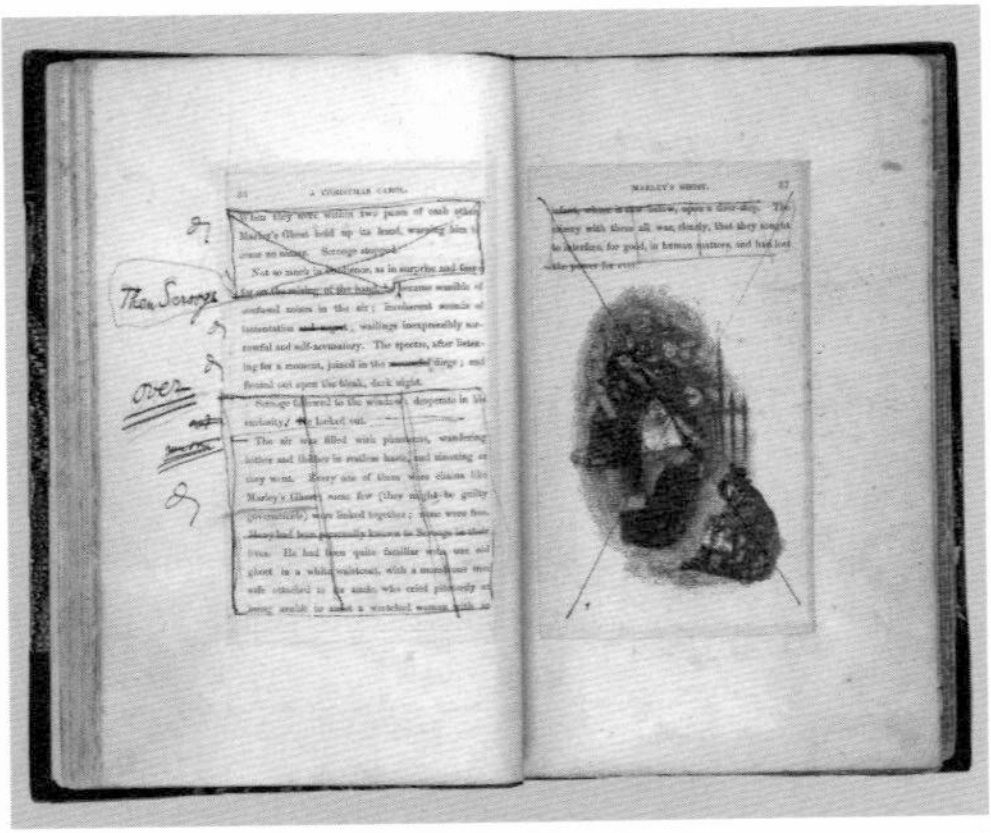

［**図1**］「クリスマス・キャロル」朗読台本。ニューヨーク公共図書館蔵

有料公開朗読への誘惑は、早くからディケンズの心をとらえていたが、友人ジョン・フォースターらの反対もあり、その思いは長らく封印されてきた。フォースターが伝記（『チャールズ・ディケンズの生涯』、一八七二―七四年）に引用したディケンズの手紙（一八四六年十月十一日）によれば、彼は有料公開朗読をおこなう十二年前にはすでにこう考えていた。「今のように講演とか朗読の多い時代では、自分の本を朗読することによって、莫大な収入を得ることができるのではなかろうかということを考えていました（もちろん、不体裁になることのない限りにおいてです）。変わった思いつきということになるでしょう。とても受けるであろうと、小生は思っています。貴兄はどう思われますか★05」。

フォースターの反対は、彼自身の、というよりも、当時の社会的な職業上の偏見に根ざしていた。フォースターの言葉を使えば、作家という「高次の職業」と比べて、俳優はより「低次の職業」と見なされたのである。「劇場」は多くの中流階級以上の人たちにとっていかがわしい場所と考えられていた。もちろんディケンズ自身も（二十歳のとき、プロの俳優を目指したこともあったが）こうした偏

★05――フォースター『定本チャールズ・ディケンズの生涯』上巻、三五七―三五八頁。ここでディケンズが言う「講演」とは文人による講演を指し、「朗読」とは（おそらく）プロの俳優によるシェイクスピア劇などの朗読を指す。したがって、自作の公開朗読をおこなうメジャーな作家は皆無と言ってよかった。フォースターによれば、ディケンズの公開朗読会の「萌芽」は、この発言の二年前――一八四四年十二月二日にフォースター邸でおこなった私的な朗読会である。ディケンズはトマス・カーライルを始めとする十名の友人たちに向けて、書き上げたばかりの『鐘の音』（一八四四年）を朗読した。この朗読は友人の間で評判を呼び、三日後に再演された。

見と完全に無縁ではなかっただろう。彼は「俳優」に転身するという考え方を否定した。彼がおこなうのはあくまでも作家による自作の公開朗読であり、それがおこなわれる場所は、誰もが気兼ねなく出入りできるパブリック・ホールやそれに類する場所だった。

ディケンズは自らの利益のために公開朗読をおこなうことに関して、作家としての名誉を傷つけないかどうか慎重に検討した。聴衆にとっては同じ代金を払ってディケンズの朗読を聞きに行くわけだから、それが慈善目的のものか、彼自身の利益のためにおこなわれるものかは、それほど問題ではなかった。ディケンズがフォースターに訴えているように、慈善目的の朗読会でさえ、「少なくとも世間の人の半分は、小生が金をもらっていると思っている」のだった。

フォースターは有料公開朗読に反対し続け、またディケンズのショーマン的な振る舞いを批判するマスコミも皆無ではなかったので、はたしてディケンズの選択が正しかったかどうかは意見が分かれるところかもしれない。ただ、間違いのない事実として言えることは、ディケンズの（四五〇回近くにおよぶ）有料公開朗読は、ロンドンでもイギリスの地方都市（スコットランドとアイルランドを含む）でもアメリカの主要都市でも、それが開催された場所では、ほとんどいつでも大入りの満席で、チケットを買えなかった人も相当な数に上っていたということである［**図2**］。もちろん、有名な作家を一目見たいという理由だけで、チケットを購入した人も少なくはなかっただろうが、会場の様子を伝えるディケンズの手紙や地元の新聞・雑誌のレビューを読む限り、有名な作家に会えたことに加えて、朗読自体からも大きな満足を得ていたことが窺《うかが》えるのである。

フォースターの伝記からも読み取れる、ディケンズが有料公開朗読に踏み切った理由は、以下の二つである。一つは、小さい頃からの夢であったギャズヒル邸（二年前に購入）の支払いと改装のための資金を稼ぐため、そしてもう一つは、家庭内不和（妻キャサリンとの長年にわたる性格の不一致、そしてフォースターは沈黙して語らなかったが若い女優エレン・ターナンとの不倫関係）で生じた精神的な不安を解消するためだった。

有料公開朗読を始める約一か月前にフォースターに宛てた手紙（一八五八年三月三十日）のなかで、ディケンズは家

［図2］《スタンウェイ・ホールでディケンズの公開朗読のチケットを買い求める人たち》。「ハーパーズ・ウィークリー」（1867年12月28日号）

庭内不和に関してこう述べている。「万事終わってしまい、望みは皆無です。この関連においては、小生について、または小生のために、どんな希望のかけらも持たないでください。暗い失敗に耐えなければならない、それだけのことです。ですから、この朗読については、貴兄も（小生と同様）、あらゆる個人的な好悪とは切り離して、小生と読者との間に存在する、あの特殊な関係に対する影響ということだけを頭において考えてみて下さいませんか。（この関係は人間としての愛情のこもったもので、他のどの人のものとも違うのです。）」★06

ディケンズが有料公開朗読を開始してから数週間後に、妻キャサリンとの別居が成立したのは偶然ではない。彼は意図的にいっぽうの関係（妻との関係）を解消し、もういっぽうの関係（読者との「愛情のこもった」関係）に入ったのである。ディケンズが公開朗読に求めたのは、永年の読者との朗読を通じた直接的な交わりだった。第三期地方公演の途中でフォースターに宛てた手紙（一八六一年十一月八日）によれば、「ドーヴァー市民の半分、ヘイスティングズ市民の半分、コルチェスター市民の半分を断りました。信じてくださるかどうか分かりませんが、ここブライトンでは、ざっと千の一等席が既にふさがっています。〔中略〕昨夜『コパフィールド』を朗読しましたが、実に気持ちのよい聴衆で、読むのが本当に楽しく思われました。ドーラのことを読むとき、若い娘たちや年輩の婦人たち一般の反応を見るとうれしくなります。そして、どこへ行っても、聴衆と小生自身との間の特別な親身の関係を感じますが、これは有料公開朗読に踏み切ったとき小生が最も頼りにしてい

たものです」。[★07]

有料公開朗読は、ディケンズに精神的な満足をもたらしただけでなく、当然のことながら、経済的な満足ももたらした。ディケンズの作家としての平均年収は約二千九百ポンドだったが、（第二期チャペル社主催の興行の時点で）二時間の朗読を五〇回おこなえば、それを上回る額を稼ぐことができた。四か月半にわたるアメリカ公演では、七五回の公演で約一万九千ポンドの純益を手にし、彼が有料公開朗読によって得た総額は約四万五千ポンド、彼が遺した総資産（九万三千ポンド）の約半分の額だった。[★08]

この収益が、ディケンズが有料公開朗読をおこなうモチベーションの一つになっていたことは間違いないだろう。しかし、収益は（どちらかと言えば）公開朗読の原因というよりも、むしろその結果だった。そうでなければ、ディケンズが一八三三年から五七年（すなわち有料公開朗読を始める前年）まで断続的におこなってきたアマチュア演劇活動の理由はわからないだろう。[★09] アマチュア演劇とはいえ、有料興行としておこなわないだけで、公演の規模も演技もプロと比べてまったく遜色ないレベルだっ

★06——フォースター『定本チャールズ・ディケンズの生涯』下巻、一八八–一八九頁。
★07——同書、二一八頁。
★08——Andrews, *Charles Dickens and His Performing Selves*, p.45.
★09——出演および上演した作品は全二十三作品に上る。ディケンズは俳優だけでなく、座長および舞台監督も務めた。ディケンズのアマチュア演劇活動の詳細については、『ディケンズ鑑賞大事典』の第Ⅳ章「多岐にわたる活動／2 素人演劇活動」（西條隆雄）を参照。

た。一八五七年、ディケンズが主演および舞台監督を務めた『凍れる海』（ウィルキー・コリンズ作）の公演を見たウィリアム・メイクピース・サッカレーは、「彼なら年収二万ポンドを手にする俳優になるだろう」と述べている。ディケンズは若いときから「演劇に対する情熱」を一貫して持ち続けてきたが、それがかたちを変えて現れたのが、自作の公開朗読だったのである。彼は――慈善目的であれ、自らの利益のためであれ――公開朗読において自身の演劇の才能を遺憾なく発揮することができた。

有料公開朗読会のレパートリーとその実演

ディケンズが有料公開朗読で取り上げた演目は、次の三つに大別できる。

・**クリスマス・ブックス**――「クリスマス・キャロル」、「炉辺のこおろぎ」、「鐘の音」

・**クリスマス・ストーリーズ**――「ひいらぎ旅館の下足番」（「ハウスホールド・ワーズ」一八五五年クリスマス特別号より）、「哀れな旅人」（「ハウスホールド・ワーズ」一八五四年クリスマス特別号より）、「ドクター・マリゴールド」（「オール・ザ・イヤー・ラウンド」一八六五年クリスマス特別号より）、「マグビー駅のボーイ」（「オール・ザ・イヤー・ラウンド」一八六六年クリスマス特別号より）、「バーボックス商会」（同）、「小人のチョップス氏」（「ハウスホールド・ワーズ」一八五八年クリスマス特別号より）

・**長編小説**――「リトル・ドンビーの物語」（『ドンビー父子』より）、「ミセス・ギャンプ」（『マーティン・

チャズルウィット』より)、「バーデル対ピクウィック」(『ピクウィック・クラブ』より)、「デイヴィッド・コパフィールド」(『デイヴィッド・コパフィールド』より)、「ヨークシャー学校のニコラス・ニクルビー」(『ニコラス・ニクルビー』より)、「ボブ・ソーヤー氏のパーティー」(『ピクウィック・クラブ』より)、「サイクスとナンシー」(『オリヴァー・トゥイスト』より)

第一期ロンドン季節公演(一八五八年四月–七月)の最初で読まれたのは、クリスマス・ブックスからの三編(いずれも長編一本立て二時間のプログラム)だったが、しばらくして「リトル・ドンビーの物語(長編)」と短編三編(「哀れな旅人」、「ひいらぎ旅館の下足番」、「ミセス・ギャンプ」)がレパートリーに加わった。前者は長編一本立て、後者は短編三本立て(いずれも二時間)のプログラムだった。第一期地方公演(一八五八年八月–十一月)の後半から(「リトル・ドンビーの物語」と「ひいらぎ旅館の下足番」のような)「長編」と「短編」を組み合わせた二時間のプログラムが導入された。同時期に「バーデル対ピクウィック(短編)」がレパートリーに加わり、「リトル・ドンビーの物語」や「クリスマス・キャロル(長編)」と組み合わせたプログラムが作られた。一八五八年ロンドンのクリスマス公演(同年十二月–翌年二月)からは、「クリスマス・キャロル」と「バーデル対ピクウィック」を組み合わせたプログラムが定番になった。

第三期地方公演(一八六一年十月–翌年一月)からは「デイヴィッド・コパフィールド」と「ヨーク

シャー学校のニコラス・ニクルビー」(長編二編）がレパートリーに加わった。前者は長編一本立て、後者は「バーデル対ピクウィック」などの短編と組み合わせた二本立てのプログラムとして朗読された。同公演の後半から「ボブ・ソーヤー氏のパーティー（短編）」がレパートリーに加わり、「ヨークシャー学校のニコラス・ニクルビー」や（さらに縮約を加えた）「デイヴィッド・コパフィールド」と組み合わせて朗読された。「デイヴィッド・コパフィールド」と「ボブ・ソーヤー氏のパーティー」を組み合わせたプログラムは、一八六二年および一八六三年のロンドン春公演（いずれも三月－六月）において定番になった。

第一期チャペル社主催の興行（一八六六年四月－六月）からは、「ドクター・マリゴールド（長編）」がレパートリーに加わった。「ドクター・マリゴールド」は、「ボブ・ソーヤー氏のパーティー」、「ニコラス・ニクルビー」(短縮版)、「バーデル対ピクウィック」といった短編と組み合わせて頻繁に朗読された。第二期チャペル社主催の興行（一八六七年一月－五月）では、「ドクター・マリゴールド」と「バーデル対ピクウィック」を組み合わせたプログラムが定番になった。同興行から「バーボックス商会（長編）」と「マグビー駅のボーイ（短編）」がレパートリーに加わり、主にこの二編を組み合わせて朗読されたが、あまり成功とは言えず、後半以降は読まれなくなった。

前述のように、アメリカ公演（一八六七年十二月－六八年四月）では、定番の長編五編（「クリスマス・キャロル」、「リトル・ドンビーの物語」、「デイヴィッド・コパフィールド」、「ヨークシャー学校のニコラス・ニクルビー」、

「ドクター・マリゴールド」）と短編四編（「ひいらぎ旅館の下足番」、「ミセス・ギャンプ」、「バーデル対ピクウィック」、「ボブ・ソーヤー氏のパーティー」）のなかから「長編」と「短編」の二編を組み合わせて朗読された。

お別れ巡業公演（一八六八年十月－六九年四月）が始まってしばらくしてから「小人のチョップス氏（短編）」が新たな演目として加わったが、あまり朗読されなかった。中盤から新たなレパートリーに加わった「サイクスとナンシー（短編）」は、お別れ巡業公演およびロンドンのお別れ公演（一八七〇年一月－三月）の主要な演目となった。「ひいらぎ旅館の下足番」、「ミセス・ギャンプ」、「ボブ・ソーヤー氏のパーティー」などの短編と組み合わせておもに三本立てのプログラムとして朗読された。生涯最後の公開朗読会（同年三月十五日）を飾ったのは、最も多く朗読された二作品の組み合わせによる定番のプログラム――「クリスマス・キャロル」と「バーデル対ピクウィック」――だった。

公開朗読の終盤になってからレパートリーに加わった演目もあるので、一概に朗読回数イコール人気および評価とは言えないかもしれないが、人気のない演目が早々にレパートリーから姿を消したことを考慮すれば、朗読回数の多さが人気および評価の高さに比例すると考えてもあながち間違いではないであろう。[★10]

★10――荒井良雄は、「ディケンズが聴衆やマネージャーの要望に応えて実施した公開朗読の回数こそが、人気の尺度であり、評価でもあると考えたい」と述べている。『ディケンズ鑑賞大事典』、第Ⅳ章「多岐にわたる活動／3公開朗読」、五三〇頁。全二十一編のディケンズ朗読台本の概要については上記（五一八－五三〇頁）を参照。

ディケンズの有料公開朗読の初代マネージャー（公開朗読・第二期、一八五八年四月‐六一年四月）は、アーサー・スミスが務めた。[★11] スミスの主な仕事は、会場の確保、チケットの販売、朗読に関する一切の通信を処理することだった。スミスが亡くなったため、公開朗読・第三期（一八六一年十月‐六三年六月）のマネージャーは、彼の助手だったトマス・ヘッドランドが務めた。ヘッドランドはスミスほど有能ではないことが判明した。まる二年以上の休止ののち、ディケンズはコンサートなどの興行を手がけるチャペル社と契約し、有能なジョージ・ドルビーが新しいマネージャーになった。彼は地方公演、

CHARLES DICKENS AS HE APPEARS WHEN READING.—Sketched by C. A. Barry.—[See Page 782.]

［図3］《朗読をするチャールズ・ディケンズ》（C・A・バリー画）。「ハーパーズ・ウィークリー」（1867年12月7日号）

アメリカ公演、お別れ公演を含む公開朗読・第四期から第六期（一八六六年四月－七〇年三月）までのマネージャーを務め、ディケンズの忠実な僕《しもべ》、相談役にもなった★12。

ここで、ディケンズが有料公開朗読において使用した舞台装置についてみておきたい［図3］。まず一番に目を惹くのは、舞台中央に据えられた朗読机である。これはディケンズ自身が設計した特注品で、上半身が隠れない高さ（約九五センチ）に調整されていた。ディケンズの朗読台本はこの机のうえ（左側）に設置された小さな箱型の支柱のうえに置かれた。この机の右側に設置された一段低い横棚には、水差しとコップが置かれた（このコップもときには小道具として使われた）。次に目を惹くのは、朗読者ディケンズの背後に設置された臙脂《えんじ》色（マルーン）の布で覆われたスクリーン（縦二一三センチ×横四五七センチ）である。このスクリーンは反響板として機能し、またディケンズの姿をくっきりと浮かび上がらせるのに役立った。そして、このスクリーンを背景にディケンズの姿を明るく照らしたのが、ガスを使った照明器具だった。この照明は、斜め上方と左右の両サイドからディケンズの姿を照らし出した。下からの照明（フットライト）とは異なり、背後のスクリーンに演者の影

★11――アーサー・スミス（一八二五－六一）は、「モンブラン登頂」ショー（一八五二－五八）で知られるアルバート・スミスの弟で、同ショーのマネージャーを務めた。「モンブラン登頂」ショーとディケンズの公開朗読は、作家によるワンマンショーという点で比較されることがあった。

★12――Andrews, *Charles Dickens and His Performing Selves*, pp.147-150.

ができるのを極力抑えた。平均で二千人の聴衆に隈なくディケンズの生声を届けるために、会場となるホールの音響には最大限の注意が払われた。（アメリカ公演やお別れ公演を含む）チャペル社主催の興行では、マネージャーのドルビーを始め、付き人兼着付け係のヘンリー・スコット、ガス照明担当のジョージ・アリソンほかのチームがディケンズに随行し、舞台上での朗読以外のすべての仕事を請け負った。★13

ディケンズは、朗読台本の内容をほとんど暗記していたので、台本は机のうえに置いたまま、体の上半身（顔の表情や頭や腕や手など）を使って自由にジェスチャーすることができた。ただし、演技ではなく、朗読という範疇《はんちゅう》を超えない範囲でのジェスチャーである（ときには、机を叩いて音を出すこともあった）。しかし、ある人物になりきると、ジェスチャーは演技に近いものになった。ディケンズは、声色《こわいろ》に加えて、顔の表情や体の姿勢を瞬時に変化させた。ある目撃者は、その変わり身の速さはまるで魔術のようだったと述べている。★14

ディケンズの朗読は、見慣れたテキストに新たな発見や解釈をもたらした。登場人物の一人一人、発せられる言葉の一つ一つに生き生きとした現実感が与えられた。フィリップ・コリンズは、ディケンズの朗読が聞き手に与えたであろう「啓示」についてこう簡潔にまとめている。

当時の評者たちは、公開朗読によって既知のテキストにどのような意味が付与されたかを説明するために様々な直喩を使った。自分自身で本を読む代わりにディケンズの朗読を聴くことは、誰かから手紙をもらう代わりに直接その人物に会うかのようだった——あるいは、二次元的な写真を見る代わりに立体写真を見るかのようだった、または、ある絵画の複製の版画を見る代わりに本物の絵画を見るかのようだった——もしくは、それは「古くからの知り合いの隠されていた秘密が突如発覚したときのような驚きや発見」（「ニューヨーク・ヘラルド」一八六七年十二月十三日）に近い経験だった。★15

現代の評者であれば、原作を読む代わりに、その原作を翻案した映画を見るかのようだった、と付け加えるかもしれない。しかし、その比喩はここでは適切ではないだろう。読んでいるテキストは同じなのに、そのテキストから新たな意味が浮かび上がってくる衝撃を当時の評者たちは表現しようとしているからだ。この意味で、「二次元的な写真を見る代わりに立体写真を見るかのようだった」という比喩は示唆に富んでいる。２Ｄで見ていたものが、突如３Ｄで——立体感を持って浮か

★13——Ibid., pp.128-146; pp.150-152.
★14——Ibid., p.195.
★15——Collins, ed., *Charles Dickens: Sikes and Nancy and Other Public Readings*, pp.viii-ix.

び上がってくる衝撃をこの比喩はうまく捉えているからだ。[★16]

たとえば、「クリスマス・キャロル」の第四節に登場する三人の無名の男たち。なかでも、低いしゃがれ声で話す「太った男」の存在感は聴衆に忘れがたい印象を残したという[★17]（取り消し線は、原作を台本化する際に削除された箇所を示す）。


　精霊は何人かの商売人たちがかたまって話をしているそばで立ち止まりました。スクルージは精霊の手が彼らのほうを指差しているのを見ると、歩み寄り、彼らの話に耳を傾けました。

「**いや**」大きなあごをした、太った男が言いました。「**よくわからないんだ。わかっているのは、やつが死んだということだけだよ**」

「いつ死んだんだい」もう一人の男が尋ねました。

「**昨夜《ゆうべ》だと思うがね**」

「いったい全体どうしたって言うんだい」~~第三の男が、大きなかぎタバコ入れからたくさんのかぎタバコを取り出しながら尋ねました。~~「そう簡単に死ぬようなやつじゃないと思ってたけどね」

「**神のみぞ知るさ**」最初の男が、あくびをしながら言いました。


（本書五三頁）

ディケンズは、オリジナルのテキストにおいてこれら三人の男たちの声についての説明を一切おこなっていないが（名前もないマイナーなキャラクターなので当然だろう）、朗読においては彼らに別々の個性的な声を与えている。ディケンズが批評家のG・H・ルイスに語ったところによれば、「彼は自分の小説のすべての登場人物の声をはっきりと聞くことができた」という。★18 この発言をそのまま信じるならば、ディケンズのテキストには言葉では十全《じゅうぜん》に表現されていない〈声〉のニュアンスが潜在していることになる。そしてこの潜在的なものを顕在化（＝立体化）させるのが、ディケンズの〈声〉であったと考えることができよう。さらに、ディケンズの〈声〉は、言葉が発せられるタイ

★16――また、「写真」という比喩も適切である。なぜなら、多くの論者がディケンズの文章が持つ視覚性（映像喚起力）について指摘しているからだ。ほんの一例を挙げるなら、映画監督のセルゲイ・エイゼンシュテインは次のように述べている。「ディケンズの方法や様式、視覚的・叙述的な特性が映画のさまざまな特徴によく似ていることは、実に驚くべきことである。〔中略〕ディケンズの小説が当時かちえた、目もくらむすばらしい大衆的人気は、その規模において、今日のセンセイショナルな映画がもつ、あの猛烈な人気だけが比肩できる。そしておそらくその秘密は、ディケンズの小説がもつ驚くべき変幻自在な造型性が、何よりも映画に似ているというところにあるのだろう。その小説の驚くべき視覚性。光学性」（エイゼンシュテイン「ディケンズ、グリフィス、そして私たち」、一七一－一七三頁）。黎明期の映画監督たちは、ディケンズの小説から多くの示唆を得た。

★17――Collins, ed., *Charles Dickens: Sikes and Nancy and Other Public Readings*, p.24; Kent, *Charles Dickens as a Reader*, pp.95-96.

★18――G. H. Lewes, 'Dickens in Relation to Criticism,' *Fortnightly Review*, 17 (1872), p.149; quoted in Andrews, *Charles Dickens and His Performing Selves*, p.102.

ミングや間《ま》といった時間的要素、言葉のなかに内在するリズムや音の響きなどの音楽的要素、文章やフレーズのどこに強弱が置かれるかという意味的要素も付け加えたことだろう。まさに朗読が「立体写真」に例えられる所以《ゆえん》である。

多くの研究者が指摘しているように、ディケンズの公開朗読の直接的なモデル（原型《プロトタイプ》）は、彼が二十歳前後に足繁く通った、チャールズ・マシューズによるワンマンショー（「アット・ホーム・ウィズ・チャールズ・マシューズ」）である。[★19] マシューズは、一人で多くの役をこなす演芸（monopolylogue）のパイオニアだった。ディケンズが二十歳の頃に抱いていたマシューズのような俳優になりたいという夢は、彼の公開朗読によって実現されたと言えよう。

一八六八年十月六日から始まったお別れ巡業公演は、全一〇〇回を予定していたが、七二回の公演を終えた二日後（六九年四月二十二日）にドクターストップがかかったため、それ以降の予定は中止となった（過労からくる軽い脳卒中が原因と考えられている）。その埋め合わせとして計画されたのが、長距離の移動を伴わないロンドンのセントジェームズ・ホールでの一二回のお別れ公演（一八七〇年一月十一日－三月十五日）だった。その最終日、彼は最後の公開朗読（「バーデル対ピクウィック」）を終えたあと、聴衆に向かってこう語りかけた。

紳士淑女のみなさん、私の人生におけるこの一つの挿話《エピソード》を締めくくるにあたり、心に大きな悲しみを感じていないかのように振る舞うことは、まったくの無駄でしょうし、不正直で思いやりのない行為となってしまうことでしょう。この十五年間ほど、私はこのホールや、このホールのような場所で、私自身が大切に慈《いつく》しんできたものをみなさんの前で披露するという光栄に恵まれてきました。みなさんの反応を目の当たりにすることで、一人の芸術家として多くの喜びと学びを得ることができました。このような素晴らしい機会に恵まれる人間はおそらくそう多くはないでしょう。〔後略〕[★20]

この惜別の辞が述べられたのは、ディケンズが亡くなるわずか三か月前のことだった。ドルビーが述べているように[★21]、ディケンズの公開朗読は、健康上の大きな代償を伴っていたかもしれないが、そのキャリアは彼自身が選んだものであり、また、彼が公開朗読から得た喜びは「言葉では表せないものだった」のである。

★19――チャールズ・マシューズ（一七七六－一八三五）については、Schlicke, *Dickens and Popular Entertainment*, pp.233-241 および Andrews, *Charles Dickens and His Performing Selves*, pp.109-125を参照。
★20――Dolby, *Charles Dickens as I Knew Him*, p.448.
★21――Ibid., p.451.

翻訳、年譜作成、「訳者解題」の執筆に際しては、下記（「参考文献」）で挙げた文献を参照した。朗読団体Reading Notte代表の多和田さち子氏には、翻訳原稿に対して貴重なアドバイスをいただいた。幻戯書房編集部の中村健太郎氏には企画の段階から大変お世話になった。〈ルリユール叢書〉に誘ってくださった慶應義塾大学教授の佐藤元状氏にはとても感謝している。この場を借りてお礼を申し上げたい。

二〇一九年十一月

井原慶一郎

参考文献

［欧文］

▼Malcolm Andrews, *Charles Dickens and His Performing Selves: Dickens and the Public Readings*, Oxford UP, 2006.

▼Philip Collins, ed., *Charles Dickens: The Public Readings*, Clarendon Press, 1975.

▼——, ed., *Charles Dickens: Sikes and Nancy and Other Public Readings*, The World's Classics, Oxford UP, 1983.

▼George Dolby, *Charles Dickens as I Knew Him: The Story of the Reading Tours in Great Britain and America, 1866-1870*, T. Fisher Unwin, 1885.

▼Charles Kent, *Charles Dickens as a Reader*, Chapman & Hall, 1872.

▼Norman Page, *A Dickens Chronology*, Macmillan, 1988.

▼Paul Schlicke, *Dickens and Popular Entertainment*, Allen and Unwin, 1985.

▼——, ed., *The Oxford Reader's Companion to Dickens*, Oxford UP, 1999.

［邦文］

▼セルゲイ・エイゼンシュテイン「ディケンズ、グリフィス、そして私たち」田中ひろし訳、『エイゼンシュテイン全集』第六巻（キネマ旬報社、一九八〇年）所収、一六三－二一八頁。

▼金山亮太「ディケンズの公開朗読における〈声〉」、高木裕編『〈声〉とテクストの射程』（知泉書館、二〇一〇年）所収、二六五－二九五頁。

▼西條隆雄、植木研介、原英一、佐々木徹、松岡光治編著『ディケンズ鑑賞大事典』南雲堂、二〇〇七年。

▼チャールズ・ディケンズ『ピクウィック・クラブ』北川悌二訳、三笠書房、一九七一年（ちくま文庫版、全三巻、一

九九〇年)。
▼――『デイヴィッド・コパフィールド』石塚裕子訳、岩波文庫、全五巻、二〇〇二―二〇〇三年。
▼――『ディケンズ朗読短篇選集』小池滋編著、北星堂書店、二〇〇六年。
▼――『ディケンズ公開朗読台本』梅宮創造訳、英光社、二〇一〇年。
▼――『ディケンズ朗読短篇選集Ⅱ』小池滋、西條隆雄編、開文社出版、二〇一二年。
▼――『クリスマス・キャロル』井原慶一郎訳・解説、春風社、二〇一五年。
▼ジョン・フォースター『定本チャールズ・ディケンズの生涯』宮崎孝一監訳、間二郎、中西敏一訳、研友社、全二巻、一九八五―一九八七年。

［著者略歴］

チャールズ・ディケンズ〔Charles Dickens 1812–70〕

イギリスの国民的作家。二十四歳のときに書いた最初の長編小説『ピクウィック・クラブ』が大成功を収め、一躍流行作家になる。月刊分冊または月刊誌・週刊誌への連載で十五編の長編小説を執筆する傍ら、雑誌の経営・編集、慈善事業への参加、アマチュア演劇の上演、自作の公開朗読など多面的・精力的に活動した。代表作に『オリヴァー・トゥイスト』、『クリスマス・キャロル』、『デイヴィッド・コパフィールド』、『荒涼館』、『二都物語』、『大いなる遺産』など。

［訳者略歴］

井原慶一郎〔いはら・けいいちろう〕

一九六九年生まれ。広島県出身。鹿児島大学教授。専門は英文学、表象文化論。博士(文学)。著書に映画学叢書『映画とイデオロギー』(共著、ミネルヴァ書房)、訳書にチャールズ・ディケンズ『クリスマス・キャロル』(訳・解説、春風社)、トッド・マガウアン『クリストファー・ノーランの嘘／思想で読む映画論』(フィルムアート社)など。

〈ルリユール叢書〉

ドクター・マリゴールド　朗読《ろうどく》小説《しょうせつ》傑作選《けっさくせん》

二〇二〇年一月六日　第一刷発行

著者　チャールズ・ディケンズ
編訳者　井原慶一郎
発行者　田尻　勉
発行所　幻戯書房
郵便番号一〇一-〇〇五二
東京都千代田区神田小川町三-十二　岩崎ビル二階
電話　〇三(五二八三)三九三四
FAX　〇三(五二八三)三九三五
URL　http://www.genki-shobou.co.jp/
印刷・製本　美研プリンティング

ISBN978-4-86488-186-9　C0397

〈ルリユール叢書〉発刊の言

厖大な情報が、目にもとまらぬ速さで時々刻々と世界中を駆けめぐる今日、かえって〈遅い文化〉の意義が目に入りやすくなってきました。例えば、読書はその最たるものです。それというのも読書とは、それぞれの人が自分のリズムで本を読み、日々の生活や仕事、世界が変化する速さとは異なる時間を味わう営みでもあります。人間に深く根ざした文化と言えましょう。

本はまた、ページを開かないときでも、そこにあって固有の時間を生みだすものです。試しに時代や言語など、出自を異にする本が棚に並ぶのを眺めてみましょう。ときには数冊の本のなかに、数百年、あるいは千年といった時間の幅が見いだされるかもしれません。そうした本の背や表紙を目にすることから、すでに読書は始まっています。

気になった本を手にとり、一冊また一冊と読んでいくと、目には見えない書物同士の結び目として「古典」と呼ばれる作品があることに気づきます。先人の知を尊重し、これを古典として保存、継承していくなかで書物の世界は築かれているのです。かつて盛んに翻訳刊行された「世界文学全集」も、各国文学の古典を次代の読者へと手渡し、共有する試みでした。

古今東西の古典文学は、書物という形をまとって、次代や言語を越えて移動します。〈ルリユール叢書〉は、どこかの書棚でよき隣人として一所に集う——私たち人間が希望しながらも容易に実現しえない、異文化・異言語・異人同士が寛容と友愛で結びあうユートピアのような——〈文芸の共和国〉を目指します。

また、それぞれの読者にとって古典もいろいろです。私たちは、そのつど本を読みながら、時間をかけた読書の積み重ねのなかで、自分だけの古典を発見していくのです。〈ルリユール叢書〉は、新たな古典のかたちをみなさんとともに探り、育んでいく試みとして出発します。

Reliure〈ルリユール〉は「製本、装丁」を意味する言葉です。
ルリユール叢書は、全集として閉じることのない
世界文学叢書を目指し、多種多様な作品を綴じながら、
文学の精神を紐解いていきます。
一冊一冊を読むことで、読者みずからが〈世界文学〉を
作り上げていくことを願って——

［**本叢書の特色**］

❖名作の古典新訳から異端の知られざる未発表・未邦訳まで、世界各国の小説・詩・戯曲・エッセイ・伝記・評論などジャンルを問わず紹介していきます（刊行ラインナップをご覧ください）。

❖巻末には、外国文学者ならではの精緻、詳細な作家・作品分析がなされた「訳者解題」と、世界文学史・文化史が見えてくる「作家年譜」が付きます。

❖カバー・帯・表紙の三つが多色多彩に織りなされた、ユニークな装幀。

〈ルリユール叢書〉刊行ラインナップ

［既刊］

アベル・サンチェス	ミゲル・デ・ウナムーノ［富田広樹＝訳］
フェリシア、私の愚行録	ネルシア［福井寧＝訳］
マクティーグ　サンフランシスコの物語	フランク・ノリス［高野泰志＝訳］
呪われた詩人たち	ポール・ヴェルレーヌ［倉方健作＝訳］
アムール・ジョーヌ	トリスタン・コルビエール［小澤真＝訳］
ドクター・マリゴールド　朗読小説傑作選	チャールズ・ディケンズ［井原慶一郎＝編訳］

［以下、続刊予定］

従弟クリスティアンの家で　他五篇	テーオドール・シュトルム［岡本雅克＝訳］
聖伝	シュテファン・ツヴァイク［宇和川雄・籠碧＝訳］
仮面の陰　あるいは女性の力	ルイザ・メイ・オルコット［大串尚代＝訳］
ニルス・リューネ	イェンス・ピータ・ヤコブセン［奥山裕介＝訳］
三つの物語	スタール夫人［石井啓子＝訳］
エレホン	サミュエル・バトラー［小田透＝訳］
不安な墓場	シリル・コナリー［南佳介＝訳］
聖ヒエロニュムスの加護のもとに	ヴァレリー・ラルボー［西村靖敬＝訳］
笑う男［上・下］	ヴィクトル・ユゴー［中野芳彦＝訳］
ミルドレッド・ピアース	ジェイムズ・M・ケイン［吉田恭子＝訳］
パリの秘密［1〜5］	ウージェーヌ・シュー［東辰之介＝訳］
名もなき人々	ウィラ・キャザー［山本洋平＝訳］
コスモス　第一巻	アレクサンダー・フォン・フンボルト［久山雄甫＝訳］
ボスの影	マルティン・ルイス・グスマン［寺尾隆吉＝訳］
ナチェズ族	シャトーブリアン［駿河昌樹＝訳］

＊順不同、タイトルは仮題、巻数は暫定です。＊この他多数の続刊を予定しています。